Kerstin Herzog

DIE ILLUSIONISTEN
ZWEI NOVELLEN

Kerstin Herzog
c/o AutorenServices.de
König-Konrad-Str. 22
36039 Fulda

Herstellung und Verlag: BoD – Books on Demand,
Norderstedt.
ISBN: 9783752805413

Kerstin Herzog

DIE ILLUSIONISTEN
ZWEI NOVELLEN

Der König der Träume

Kapitel Eins
Das Internat

Ächzend öffneten sich die mächtigen eisernen Flügel des Tores und gaben den Blick auf einen breiten, weißen Kiesweg frei, der von uralten Platanen gesäumt wurde. Am Ende des Weges erhoben sich die steinernen Türme des Internats gewaltig gen Himmel.

Viktoria seufzte tief, hob ihren braunen Lederkoffer an und lief entschlossen los. Hier sollte sie nach dem Willen ihrer Mutter die nächsten Jahre verbringen. Ein Mädcheninternat, Besuche waren nicht erlaubt, nur in den Ferien durfte man nach Hause.

Doch was hieß schon Zuhause? In ihrem Fall war das eher eine Adresse als ein Heim. Bis vor einem Jahr war das anders gewesen. Vor einem Jahr war sie die über alles geliebte Tochter ihres Vaters, lebte unbeschwert in der Villa am See, hatte Privatunterricht und einen kleinen Hund. Die Katastrophe kam aus dem Nichts, an einem normalen Sommertag. Ihre Mutter saß mit einer Freundin auf der Terrasse, sie hatten grüngelbe Cocktails gemixt und Viktoria spielte Tennis mit den Trainer, der später mit ihr zusammen ein Doppel gegen die Damen austragen wollte.

Die Türglocke hatte leise an Viktorias Ohr gesummt und ein wenig später stand Dr. Vogel, der Familienanwalt, auf der Terrasse. Mutter begrüßte ihn auf ihre affektierte Art, bot ihm Stuhl und Drink an, fuhr sich mit dem Handrücken über die Stirn und klagte über die Hitze. Der Anwalt nickte abwesend, seine Augen suchten Viktoria, die auf dem Tennisplatz stand und zu ihm hinaufschaute. Sie hatte die maßlose Trauer in seinem Gesicht gesehen, gefühlt, dass es das letzte Spiel gegen den Trainer gewesen war, dass die unbeschwerte laue Heiterkeit des Sommernachmittags vorbei war. Für lange Zeit vorbei war. Sie hörte den Trainer rufen, der weiter spielen wollte, doch sie beachtete ihn nicht, lief benommen mit dem Schläger in der Hand und einem kleinen, verkrampften Herzen auf die Terrasse zu. Eine gespenstische Stille lag über dem Garten, kein Vogel sang, keine Grille zirpte und der Wind hörte für Sekunden auf, raschelnd durch die Bäume zu ziehen. Viktoria sah, wie der grauhaarige Anwalt bedauernd den Kopf schüttelte und Mutter erstarrt vor ihm stand, bis ein greller Schrei die Stille durchbrach, der sich für immer in Viktorias Seele brannte. Die Mutter fiel auf die Knie und brüllte, das Glas von sich schmetternd, wie ein weidwundes Tier ihren Schmerz heraus. Hastig lief Dr. Vogel auf Viktoria zu, nahm sie an der Hand, führte sie weg von der am Boden liegenden wimmernden Frau und schritt mit ihr in den Garten. Sie müsse jetzt tapfer sein, sagte er ihr und dass ihr Vater tot sei. Abgestürzt mit dem firmeneigenen Helikopter. Keiner hätte überlebt. Viktoria fühlte nichts. Es war unwirklich. Ihr Papa sollte heute Abend nicht nach Hause kommen? Morgen nicht und übermorgen, nie mehr? Das stimmte sicher nicht. Ob man ihn denn identifiziert habe, fragte sie Dr. Vogel, der erneut bedauernd nickte. Keiner habe überlebt.

Jetzt stand sie hier, vor diesen Internatsmauern, mit einem Koffer in der Hand, der so alles enthielt, was ihr geblieben war.

Ihre Mutter hatte diesen Sommertag vor einem Jahr nicht überlebt. War irgendwie mit ihrem Mann zusammen gestorben. Nur konnte das keiner sehen, keiner, der nicht genau hinsah, weil noch Leben in ihrem Körper steckte. Sie hatte angefangen zu trinken, viel zu trinken, hatte versucht, ihren seelenlosen Körper zu betäuben, ihn zu vergiften. Der Garten verwilderte als Erstes, dann das Haus. Leere Flaschen und Pappkartons vom Pizzalieferservice lagen überall herum, später dann Hosen und Röcke, die sie irgendwohin warf. Die Privatlehrer wurden nicht mehr bezahlt, wie überhaupt alles nicht mehr bezahlt wurde, und niemand kam, um nachzusehen.

Endlose Monate später war Dr. Vogel mit einem bärtigen Mann vor der Tür gestanden. Sie waren durchs Haus gelaufen, hatten sich alles angesehen und fanden die Mutter oben im Schlafzimmer mit einer leeren Weinflasche im Arm. Sie blieben lange, flößten der Mutter Kaffee ein, redeten mit ihr und dann riefen sie einen Krankentransport. Die Mutter verabschiedete sich mit einem flüchtigen Kuss von Viktoria und erklärte, dass Dr. Vogel ein Internat für sie gefunden habe. Dann war sie weg. Einfach so. Sah sich nicht um, nahm sie nicht in den Arm. Niemals, seit der Papa tot war. Dr. Vogel behauptete, jetzt würde alles besser werden und sie solle ein paar Sachen packen, denn morgen früh ginge die Reise schon los.

Die schwere Holztür knarrte, als die alte Pförtnerin ihr Einlass gewährte. Muffige, kalte Luft schlug Viktoria entgegen und im Dunkel des Saals erkannte sie eine zierliche Person in einer gestärkten, weißen Bluse und einem schwarzen, wadenlangen Rock. Die Gestalt bewegte sich schnell trippelnd auf sie zu, ihre Absätze schlugen hart auf den Steinboden.

»Elena Popov, Direktorin des Internats.« Ihre Stimme klirrte unangenehm in Viktorias Ohren und ihr rot bemalter Schmollmund verzog sich nach oben. Das sollte das Begrüßungslächeln sein, stellte Viktoria bestürzt fest. Sie schätzte die Direktorin auf Ende Vierzig, vielleicht jünger oder älter. Die faltenlose, schlaffe, weiße Haut der Frau bewahrte ihr

Geheimnis. Mit großen, braunen Augen blickte die Dame scharf durch die schwarzgeränderte Brille auf Viktoria herab, musterte sie eindringlich.

»Du bekommst ein Zimmer oben im linken Turm, kannst von Glück reden, dass da gerade ein Einzelzimmer frei geworden ist, denn normalerweise gibt es Schlafsäle für bis zu acht Mädchen, aber bei deiner Herkunft ist das Internat natürlich bemüht, dir den größtmöglichen Komfort zu bieten, zumal Dr. Vogel auch im Vorstand sitzt. Bilde dir bloß nichts darauf ein.« Bei den letzten Worten drehte sie sich abrupt zu Viktoria um, die ihr brav die Treppen hinauf folgte, sah über ihren dicken Brillenrand und kicherte schrill.

»Ich habe hier viele Mädchen kommen und gehen sehen, manche gehen vorzeitig, nämlich die, die sich nicht an die Regeln halten.« Sie blieb erneut auf einem Treppenabsatz stehen und drehte sich um. »Die zehn eisernen Regeln!« Wenn sie sich daran hielte, würde sie hier eine gute Zeit haben, und wenn nicht, die Direktorin kicherte erneut, dann streckte sie ihren rot lackierten Daumen nach unten und ließ den Satz offen. Eingeschüchtert erkundigte sich Viktoria nach den Regeln, obwohl ihr fast die Luft wegblieb vom vielen Treppensteigen.

»Die Regeln!« Direktorin Popov schrie es laut hinaus, sodass es im Treppenhaus widerhallte und als Echo zurückflog, »Die Regeln wirst du heute Abend im Speisesaal erfahren! Aber die erste Regel lautet: Schuluniform!« Sie senkte ihre Stimme und wartete, bis Viktoria auf gleicher Höhe war: Die Schuluniform sei das Wichtigste, weil die äußere Form das Wichtigste im Leben sei! Das könne sie sich merken, so wie sie da jetzt stehe in ihren schwarzen Kleidern, das könne sie gleich vergessen! Trauer hin oder her. Die Schuluniform bestehe aus einer weißen gestärkten Bluse, einem schwarzen Trägerkleid und weißen Strümpfen. Es gebe eine Jacke für den Sommer und den Winter. Schuhe würden gestellt und sie solle sich niemals, im Leben nicht, ohne Uniform im Internat aufhalten. Es gebe nur zwei Situationen, in denen die Mädchen ihre Uniform nicht anhätten, wenn sie ankämen und wenn sie gingen - und nicht jede gehe freiwillig, das könne sie sagen. Sie zwinkerte Viktoria vertraulich zu, bevor sie erneut hysterisch kicherte. Oben angekommen, stieß die Direktorin schnell eine schmale, schwarze Holztür auf und ließ das Mädchen eintreten. Ein gewaltiger eisiger Luftzug erfasste Viktoria, bevor die Direktorin eilig das geöffnete Fenster zuschlug. Nun, hier oben sei es doch zugig, das liege an der Höhe, bemühte sie sich zu erklären. Im Zimmer befanden sich ein schmales Bett, ein winziger Kleiderschrank und ein Tisch mit einem Stuhl. Die Wände waren schmucklos in kalkweiß gehalten. Gefängnisse hatten sicher größere Zellen, dachte Viktoria und hievte ihren Koffer auf das Bett. Die Direktorin ermahnte sie, pünktlich zum Abendessen zu erscheinen und die Uniform anzuziehen, die im Schrank hänge, die müsse passen. Dann fiel die Tür hinter ihr zu und Viktoria war alleine.

Sie trat ans Fenster und sah hinab auf die Welt. Von ihrem Turmzimmer aus konnte sie bis zum Horizont sehen. Die Felder, welche linker Hand vom Internat lagen, und die spärlich bewaldeten Hügel, die sich zur Rechten erstreckten. Sie sah das kleine Dorf zwischen Hügeln und Feldern, den ziegelroten Kirchturm mit Wetterhahn, Bauernhöfe und Kühe, die weideten. Von hier oben betrachtet sah die Welt zauberhaft aus. Sie hob ihren Kopf gen Himmel, bemerkte die Wolken, die rotgolden zu den letzten verglühenden Strahlen des Sonnenballs in die Nacht tanzten, und den Mond, der kühl und weiß am Firmament aufzog, um seine Herrschaft zu verkünden. Sie versank, träumte vom Garten, von Papa und Mama, vergaß die Zeit.

Ein energisches Klopfen beendete das Intermezzo. Hinter der Tür kam ein dunkler Mädchenkopf zum Vorschein, starrte sie interessiert an und rief: »Abendessen! Fünf Minuten! Denk an deine Uniform!« Die Tür schlug zu. Viktoria hastete zum Schrank, zerrte die Uniform heraus und schlüpfte eilends hinein. Mädchenschuhe trappelten draußen auf den Treppen, sie riss die Tür auf und stürzte hinterher.

Der Speisesaal befand sich im Erdgeschoss und hatte die Bezeichnung Saal durchaus verdient, wie Viktoria fand. Riesige Tische waren rechteckig im Raum angeordnet und dreihundert Mädchen standen in ihren Uniformen starr hinter den Stühlen. Viktoria wusste nicht, wohin sie sich bewegen sollte und sah sich hilfesuchend um. Alle Köpfe hatten sich zu ihr gewandt und beobachteten sie. Von der Seite kam die Direktorin auf sie zu, nahm sie an der Hand, schleppte sie in die Mitte des Tischrechtecks und verkündete Viktorias Namen und ihr Alter. Alle sollten sie herzlich willkommen heißen, ihr mit Rat und Tat zur Seite stehen und nun würde Viktoria die zehn Eisernen Regeln kennenlernen, die vor jedem Mahl gesprochen würden, damit man sie im Leben nie vergesse.

Der Kopf der Direktorin wackelte nervös, sie hob den rechten und linken Zeigefinger in die Höhe wie ein Dirigent und gab das Zeichen. Ohrenbetäubend prasselten die zehn Eisernen Regeln aus dreihundert Mädchenkehlen auf Viktoria ein: die Uniformregel, die Pünktlichkeitsregel, die Sauberkeitsregel, die Höflichkeitsregel, die Loyalitätsregel, die Eigentumsregel, die Schulregel, die Nachtregel, die Essensregel und die Wahrheitsregel. Am Ende setzte ein gewaltiges Kratzen, Schaben und Scharren ein, als alle auf ihren Stühlen Platz nahmen.

Die Popov führte Viktoria zu einem freien Sitz zwischen einem großen blonden Mädchen und der Kleinen, die vorher durch den Türspalt in Viktorias Zimmer gelugt hatte. Die Blonde grinste und meinte abschätzig: »Coole Kleidung.« Dann wandte sie sich ihrem Essen zu. Die Kleine auf der anderen Seite flüsterte Viktoria ins Ohr: »Das ist Lucia, die hat hier das Sagen, besser, du legst dich nicht mit ihr an.«

Die Direktorin brüllte ein Silentium durch die Halle und die Kleine senkte rasch ihren Kopf, um unauffällig ihre Suppe zu löffeln. Die nächste halbe Stunde hörte man nur Bestecke klappern und Teller klirren. Es gab Tomatensuppe, Salat und dann einen Gemüseauflauf, was alles in enormer Geschwindigkeit von weißbeschürzten Dienstmädchen auf den Tisch geworfen und ebenso eilends wieder abgeräumt wurde. Nachspeise, dann Tee oder Wasser. Die Zeit war auf die Minute vorbei und die Direktorin erhob sich, alle anderen mit ihr. In einer Stunde werde das Licht gelöscht und sie wünsche allseits eine erholsame Nacht.

Viktoria merkte, wie ihr vor Anstrengung die Beine zitterten. Mit einem Mal freute sie sich auf ihr karges Zellenzimmer und das frische, saubere Bett. Die Schülerinnen liefen in geordneten Zweierreihen hinaus, neben Viktoria ging die Kleine, dahinter Lucia mit einer Brünetten. Der Stoß von hinten kam unvermittelt, Viktoria stürzte beinahe, doch die Kleine neben ihr hielt sie im letzten Moment. Die zwei nachfolgenden Schülerinnen kicherten gehässig und einen Augenblick stauten sich die herausdrängenden Mädchenreihen.

»Die Neue hat zwei linke Füße, damit läuft's sich eben schlecht!«, rief Lucia nach hinten und äffte Viktorias Fall nach. Vereinzelte Lacher drangen nach vorne, Viktoria lief hochrot an, drehte sich zu Lucia um und trat ihr reflexartig gegen das Schienbein. Die andere gab einen erstickten Laut von sich und knickte kurz ein.

»Dito!«, rief Viktoria. Ein paar Mädchen klatschten. Wenige Lacher, aber viele bewundernde Gesichter nahm sie wahr, während sich ein Pulk von Eilfertigen um Lucia bemühte und Viktoria hasserfüllt ansah. Die Direktorin nahte, die Kleine neben Viktoria zog sie schnell weiter.

»Magdalena«, stellte sie sich vor, »Magdalena Sommer. Ich komme aus der Schweiz. Lauf in dein Zimmer und sperr die Tür von innen ab. Mach nur mir oder der Direktorin auf! Hast du verstanden?«

Viktoria nickte und Magdalena schob sie energisch vorwärts. »Beeil dich. Du hättest dich nicht mit Lucia anlegen sollen, sie ist gefährlich. Alle hier haben Angst vor ihr. Jetzt lauf schon!«

Viktoria sprang die Treppen hinauf in ihr Zimmer, schloss die Tür ab und warf sich mit heißen Wangen auf ihr kühles Bett. Wie hatte Dr. Vogel gesagt? Alles würde besser werden? Sie verzog ihren Mund zu einem bitteren Lächeln, wohl kaum besser, nur anders schlimm. Hier musste sie wenigstens der Mutter nicht bei ihrer Selbstvernichtung zusehen. Hier gab es eine Lucia, die andere vernichten wollte. Doch vielleicht hatte Magdalena übertrieben, die schien jünger zu sein, zarter.

Viktoria richtete sich auf und klappte ihren Koffer auf. Die Haarbürste und den Kamm legte sie in den Schrank, die Spangen dazu. Dann nahm sie den schwarzen Rock und die schwarzen Shirts heraus, strich sanft darüber und legte sie ordentlich in den Schrank. Schwarz war ihr im letzten Jahr als die einzig möglich tragbare Farbe erschienen, und nicht nur wegen der Trauer um ihren Vater, sondern als sichtbarer Schlusspunkt unter ihr eigenes, bisher glückliches Leben.

Ein Leben, das ihr wie ein ferner unerreichbarer Traum erschien, in den sie sich nachts einkuschelte, der sie wie eine warme, wohlige Decke umfing und beschützte. Für ihre Mutter waren im letzten Jahr die Nächte am Schlimmsten gewesen. Sie hatte die Mutter bis in die frühen Morgenstunden schluchzen und wimmern gehört, solange bis die Mutter vom Schnaps besiegt in einen komatösen Schlaf fiel. Nacht für Nacht. Für Viktoria dagegen waren es die schönsten Stunden. Stunden mit der ungestörten Erinnerung an ihren Vater.

Sie war fast fertig mit Auspacken, als sie am Grunde des Koffers die alte Holzpuppe erblickte. Ein Kinderspielzeug ihres Papas. Sie wusste, wie sie die Puppe zusammen im Keller gefunden hatten auf der Suche nach dem Schlitten und Papa hatte in einigen Regalen herumgeräumt, ein paar alte Schränke geöffnet und plötzlich fiel der Holzjunge heraus. Sie erinnerte sich genau an das erstaunte Gesicht ihres Vaters, als er das Spielzeug aufhob und einige Zeit stumm betrachtete. So, wie Viktoria jetzt die Puppe in der Hand hielt und ihren zerschlissenen schwarzen Anzug begutachtete, das ehemals weiße Hemd und den nackten linken Fuß. Sie drehte die Figur, wahrscheinlich sollte sie früher einen Zauberer oder Dirigenten darstellen oder einen Pianisten, überlegte sie. Der Papa hatte die Puppe mit nach oben genommen, sie auf den Küchentisch gesetzt und Viktoria erklärt, dass sie seinem Großvater, ihrem Urgroßvater, gehört hatte und der hatte sie von einer alten Zigeunerin bekommen. Einem greisen Weiblein, dem er für eine Nacht Unterschlupf gewährt hatte, als ein Unwetter sich über dem Land zusammenbraute. Es war ein grauenvoller Sturm mit Blitz und Hagel gewesen und das alte Weiblein hätte diese Nacht sicher nicht lebend überstanden.

Zum Dank schenkte sie dem Großvater am nächsten Morgen den Holzbuben, der damals wie neu ausgesehen hatte, sicher wie neu. Wenn er mal nicht weiter wisse im Leben, dann solle er die Puppe fragen und er solle sie immer gut behandeln, dann wäre das Glück ihm hold, hatte das Weiblein in sein haariges Ohr gewispert. Sie war auf ihren

Planwagen geklettert und feixend davon gerattert. Der Urgroßvater und der Großvater hatten sich daran gehalten, nur der Papa war ein nüchterner Mensch, hatte sich nichts aus dem Holzspielzeug und seiner Geschichte gemacht, hatte sie vergessen. Nun, da der Papa und Viktoria die Puppe gefunden hatten, saß sie auf dem Küchentisch und sah Viktoria an, mit ihren blassblauen Augen, die sehnsüchtig aus dem weißen Gesicht schimmerten. Sie könne sie haben, wenn sie wolle, hatte der Papa gemeint. Viktoria wollte.

Die Puppe war das einzige Erinnerungsstück, das Viktoria aus ihrem alten Leben mitgenommen hatte. Sie wusste selbst nicht, warum. Als sie Hals über Kopf die wenigen Sachen in den Koffer geworfen hatte, Dr. Vogel unten in der Halle wartete und ihre Mama schon ins Sanatorium fuhr, fiel ihr die Puppe auf dem Bücherregal ins Auge. Sie hing halb herunter, wirkte traurig und verlassen. Einem Impuls folgend, hatte Viktoria die Puppe in den Koffer gesteckt und nun war sie hier.

Viktoria setzte die Holzfigur auf das Fensterbrett mit dem Gesicht in das Zimmerinnere. Er wirkte zufriedener, der Junge, sein Mund schien ein wenig zu lächeln und der rechte Arm war nicht mehr so zerdrückt wie auf dem Bücherregal. Viktoria strich ihm über die blonden, kurzen Haare, die nach allen Seiten abstanden, doch sie waren zu störrisch, ließen sich nicht bändigen, waren zu alt, um eine andere Richtung anzunehmen. Das Gesicht des Holzjungen war über die Jahre etwas gelblich geworden, aber man konnte die roten, aufgemalten Wangen erahnen, der breite Mund hatte seine frühere Farbe vollständig verloren, doch die Augen blickten unter buschigen Brauen klar und blau in die Welt. Als würden sie nicht altern, ihnen der Staub und Schmutz nichts anhaben können. Vielleicht hatte er einmal einen Hut besessen, einen Zylinder oder so, und natürlich einen zweiten

Schuh. Viktoria beschloss, dem Holzjungen bei ihrem nächsten Ausgang neue Schuhe und einen neuen Anzug zu besorgen.

Kapitel Zwei
Der König der Träume

Sie sah über den Jungen hinweg in den Nachthimmel. Der Mond strahlte gelborange in seiner vollen Größe auf sie herab und überzog die Landschaft unter ihr mit einem sanften Schein. Mit einem Mal ging das Licht aus und sie stand im Dunkeln, sah nur die Umrisse des Holzjungen am Fenster, hinter ihr im Raum empfing sie vollkommene Schwärze. Nachtruhe. Sie hatte die Zeit vergessen. Schnell schlüpfte sie aus ihrer Uniform und kroch in das kühle Bett. Bevor sie die Augen schloss, sah sie zwei blassblaue Punkte vom Fensterbrett schimmern. Sie dachte, dass das nicht sein konnte, kam aber nicht weiter, denn ein tiefer Schlaf übermannte sie.

Viktoria sah sich und Vater auf dem See rudern, hörte ihn reden und erzählen aus früheren Zeiten. Die Wasseroberfläche glänzte silbern im Sonnenlicht, während sie gemächlich dahinglitten. Ruder senkten sich langsam in das Wasser, verursachten ein mildes Plätschern und erhoben sich tropfend aus dem kühlen Nass, um im nächsten Augenblick erneut in den klaren See zu sinken. Sie beobachtete die bläulichen Libellen, die nur knapp über der Wasseroberfläche dahin schwebten, drehte sich nach einem Wasserläufer um und sah den Holzjungen hinter sich im Boot sitzen. Seine Augen blickten sie lebhaft zwinkernd an. Sie fragte ihn nach seinem Namen und er lächelte geheimnisvoll. Sie erführe ihn schon, wenn es an der Zeit wäre.

Sie wandte sich nach ihrem Vater um, doch der war plötzlich verschwunden. Alleine auf dem See wurde ihr kalt ums Herz. Suchend sah sie sich nach dem Vater um und ihre

Hände klammerten sich an die Ruder, doch die Strömung schien stärker zu werden, das Wasser dunkler. Sie wollte den Jungen fragen, aber an seiner Stelle lag ein Schuh. Ein recht abgenutzter schwarzer Lackschuh und sie erkannte, dass es der fehlende linke Schuh des Jungen war. Sie wollte nach ihm greifen, hielt im letzten Moment inne, denn sie hörte Rufe. Vater kam fröhlich herangeschwommen, rief nach ihr und nun war der See wieder hell, das Wasser ruhig. Sie konnte unten am Seegrund Forellen beim Spiel beobachten, sah Schlingpflanzen im Sog wanken und Krebse im Sand krabbeln.

Erleichtert ließ sie ihre Hand durchs Wasser gleiten, beugte sich mit dem Kopf über den Bootsrand und entdeckte ihr Spiegelbild im Wasser. Sah ihre schwarzen Zöpfe und ihr weißes kleines Gesicht, den offenen Mund und hinter ihr tauchte der helle Kopf des Jungen im Wasser auf. Seine blonden Haare flogen im Wind, schienen nicht mehr strähnig und verblichen am Kopf zu kleben, sein roter Mund lachte und die Haut war sonnenverbrannt. Sie drehte sich um, doch hinter ihr war niemand. Als sie erneut ins Wasser blickte, lachte der Junge fröhlich hinter ihr und winkte. Viktoria begriff, dass man ihn nur im Wasserspiegel sehen konnte.

Vater erzählte eine Geschichte von seinem Vater und den Fischen. Den großen Fischen, die es früher im See gegeben hatte und die jetzt fort waren. Da hatte man rausfahren und eine ganze Familie ernähren können. Wo die hin seien, die Fische, fragte Viktoria. Die seien in die große See geschwommen, dahin, wo Himmel und Meer zusammenfallen würden, erklärte Vater. Sie lachte, das gibt's doch gar nicht.

Ein schrilles Geläut ließ sie aufschrecken. Benommen rieb sie sich die Augen. Wo war sie? Graues Morgenlicht fiel durch das kleine Turmfenster herein und sie erkannte die

Internatskammer wieder. Das monotone Schrillen nahm ein Ende, es war der Weckruf für alle Schülerinnen. Viktoria fiel zurück ins Kissen und blickte zur Decke, dachte an ihren Vater im Boot und wie lebendig er ausgesehen hatte. Wie frei sie sich gefühlt hatte, da auf dem See mit dem Papa, wie glücklich, und jetzt sollte alles vorbei sein. Sie stand langsam auf und zog die Uniform an, blickte über die frühe Landschaft. Leichte Nebelschwaden waberten aus den Tälern und verfingen sich in den Baumkronen. Im Dorf schliefen alle, man sah kein Licht und kein Leben, selbst die schwarzweißen Kühe lagen friedlich im Gras.

Mit einem Mal spürte sie es. Sie wusste es schon, bevor sie hinsah, nahm im Augenwinkel wahr, was nicht sein konnte. Der Junge saß auf der falschen Seite des Fensterbretts und sah hinaus. Er saß nicht mehr in der rechten Ecke, das kleine, schöne Gesicht dem Zimmer zugewandt, sondern in der entgegengesetzten und blickte aus dem Fenster. Sie erinnerte sich genau an die zwei blauen glimmenden Punkte, die sie gesehen hatte, bevor sie in den Schlaf gefallen war, und jetzt das. Viktoria drehte den Jungen herum, er schien zu grinsen. Sie starrte ihm ins Gesicht, aber nein, es hatte sich nichts verändert, der gleiche farblose, volle Mund, die gleichen muffigen Haarsträhnen, an den Kopfseiten schon herausgerissen, die große, leicht gebogene Nase und die toten wasserblauen Augen, aufgemalt. Nichts Lebendiges. Ein Stück Holz. Sonst nichts. Der Arm immer noch zerdrückt und der linke Fuß nackt mit schmutzigen Zehen.

Sie betrachtete einen Augenblick die kleinen, fein herausgearbeiteten Zehen des Jungen und fragte sich, wer sich so eine Arbeit gemacht hatte, um diese Puppe herzustellen. Für wen war sie ursprünglich gemacht worden und wer hatte alles mit ihr gespielt?

Ein zaghaftes Klopfen unterbrach ihre Gedankengänge, sie

lief zur Tür. »Wer da?« Magdalena antwortete und Viktoria huschte nach draußen in den Treppenaufgang. Die Schweizerin erkundigte sich, ob ihre Nacht gut gewesen sei, und erklärte ihr, dass sie auf der Hut sein müsse vor Lucia, die würde den Vorfall von gestern Abend nicht so leicht vergessen. Lucia hatte viele Anhängerinnen, und wer sich gegen sie stellte, hatte eine Menge Probleme. Die meisten Mädchen, die das probiert hatten, waren letztendlich gegangen, hatten vorzeitig das Internat verlassen oder auf ein anderes gewechselt.

»Wissen die Erzieherinnen das? Frau Popov?«, hakte Viktoria nach. Magdalena schüttelte den Kopf, natürlich wüssten die nichts, rein gar nichts, die glaubten auch, wenn das Licht um Neun am Abend abgeschaltet würde, schliefen alle. Das Gegenteil sei der Fall, da ginge es erst los, deswegen hatte sie, Magdalena, ihr gestern geraten, sich einzuschließen, obwohl man nicht sicher sein konnte, ob Lucia nicht Ersatzschlüssel für alle Zimmer hatte.

Aha, dachte Viktoria, das würde die umgesetzte Puppe erklären. Das wird es gewesen sein. Diese Lucia oder eine ihrer Helferinnen war heimlich, während sie schlief, in ihrem Zimmer gewesen! Sie schüttelte sich, was für eine grauenhafte Vorstellung! Sie waren eingedrungen und hatten womöglich alles leise durchgesehen, ihre paar Habseligkeiten, und dann hatten sie die Puppe entdeckt. Der einzige Gegenstand, der ihr etwas bedeutete. Wollten sie sie erschrecken? Das war ihnen gelungen. Sie hatte sich nicht nur erschreckt, sondern Angst bekommen, da eben am Fenster. Ihr war der Traum eingefallen, die luzide Lebendigkeit des Jungen, seine Augen und seine Worte. Wie er sie angesehen hatte, mit so einer blauen Intensität, das Meer in den Augen, und er war wirklich.

Groß, fühlbar, lebendig, und dann saß er plötzlich auf der

anderen Fensterbrettseite und sah auf die Welt hinunter, schien den Ausblick zu genießen. Die Holzpuppe. Das konnte nicht sein, natürlich nicht, aber einen winzigen Augenblick lang hatte sie es für möglich gehalten. Sie hatte es für möglich gehalten, dass die Figur mehr war als nur ein Stück bearbeitetes und angemaltes Holz. Das zumindest hatten Lucia und ihre Anhängerinnen erreicht. Sie nahm sich vor, in Zukunft den Tisch vor die Tür zu schieben, damit derartiger Schabernack ausfiel.

Viktoria trat in den Speisesaal ein und nahm pflichtbewusst zwischen Lucia und Magdalena ihren Platz ein. Stand hinter ihrem Holzstuhl und versuchte auf das Zeichen der Direktorin Popov hin, die zehn Eisernen Regeln mit den anderen Mädchen aufzusagen. Die Popov stand, bekleidet mit einer dunkelroten Rüschenbluse und einem langen schwarzen Rock, in der Mitte und befehligte mit zackigen Bewegungen den Sprechchor. Ihre schwarzen, kurzen Haare standen am Hinterkopf widerspenstig in die Höhe, obwohl man im Licht sehen konnte, dass sie versucht hatte, diese Büschel zu bändigen.

Das Frühstück stand fertig auf den Tischen und bestand aus Brot in Körben, Honig und Marmelade. Dazu gab es Tee oder Wasser. Magdalena und Viktoria mussten sich mit Lucia und ihrer Nachbarin einen Korb teilen, ebenso Marmelade und Honig. Viktoria wollte sich eine Scheibe Brot nehmen, doch Lucia zog den Korb mit einer blitzschnellen Bewegung aus ihrer Reichweite, legte sich selbst zwei Scheiben auf den Teller und gab den Korb weiter an die Nachbarin, die sich ebenfalls Brot nahm und den Korb mit einem hämischen Grinsen an ihre Nachbarin reichte.

Der Korb entfernte sich langsam und Viktoria verstand, dass das Frühstück für sie heute ausfallen würde. Sie sah Magdalena an, die geknickt auf ihrem Stuhl saß und ihre

Porzellantasse anstarrte. »Na, sind die Damen schon fertig mit dem Frühstück?« Die Direktorin baute sich vor ihnen auf und sah streng auf die beiden unbenutzten Teller der Mädchen.

»Vielleicht ist ihr ja der Umzug auf den Magen geschlagen, Frau Popov!«, meldete sich Lucia zu Wort und warf Viktoria einen drohenden Blick zu.

»So?« Die Popov musterte Lucia mit einem eigenartigen Blick. Dann gab sie mit einer herrischen Bewegung einem der Dienstmädchen ein Zeichen. »Man muss essen, wenn man lernen will!« Mit einer ungeduldigen Drehung entfernte sie sich und ein vollgefüllter Brotkorb stand vor den beiden Mädchen. Magdalena griff sich sofort zwei Scheiben und Viktoria bedachte Lucia mit einem freundlichen Lächeln, obwohl sie innerlich fast zerbarst. Die Blonde schob ihre sommersprossige Stupsnase ein wenig höher, kniff die schrägstehenden Augen zusammen und zischte: »Das wirst du büßen, bitter, denn merk dir eins, du bist eine winzige Maus, die ich mit meiner linken Hand zerquetschen kann.« Sie hob ihre Faust über den Tisch und drückte sie vor Viktorias Nase zusammen. »Zerquetschen, verstehst du? Wie ein überflüssiges Insekt!«

Viktoria wurde flau zumute, denn sie spürte den gewaltigen Hass der anderen.

»Warum?«, fragte sie. Eine Antwort bekam sie nicht, denn die Glocke schrillte. Gehorsam standen alle auf, gingen in ihre Zimmer. Viktoria schlug die Zimmertür hinter sich zu und atmete tief ein und aus. Dann sammelte sie ihre Schreibhefte zusammen, sah auf den Stundenplan und dann auf das Bett. Diesmal schrak sie wirklich zusammen. Auf dem weißen Kopfkissen lag säuberlich aufgespießt ein azurblauer, handgroßer Schmetterling. Er war tot. Viktoria ging langsam zum Bett und betrachtete ihn. Er schien nicht lange tot zu sein, sah frisch aus, als wolle er gleich losfliegen. Über Grasmeere, an Wiesenblumen vorbei in den Sommerhimmel.

»Wer war das?« Fragend sah sie den Holzjungen an, doch der blieb stumm. »Du weißt es, hast alles gesehen mit deinen angemalten Augen, konntest alles hören mit deinen geschnitzten Ohren, dann sprich auch und erzähl es mir mit deinem gedrechselten Mund! Wer war das?«, schrie Viktoria die Puppe an.

Ein energisches Klopfen holte sie in die Wirklichkeit zurück. Bevor sie antworten konnte, stand Direktorin Popov im Zimmer, sah sich genau um und entdeckte sofort den aufgespießten Schmetterling auf dem Kissen. »Wer war das?« Viktoria ließ die Schultern hängen und schüttelte den Kopf.

»War dein Zimmer abgeschlossen?«, forschte die Popov nach.

Viktoria nickte. Sollte sie jetzt sagen, dass es nachgemachte Schlüssel gab? Sie schwieg.

»Hat jemand hier einen Grund, so etwas zu tun? Du bist erst seit gestern da, hast du schon Feinde?« Die Popov nahm vorsichtig den Schmetterling vom Kissen auf und trug ihn zum Fenster. Einen Augenblick stockte sie und starrte die Puppe an, dann öffnete sie das Fenster einen Spaltbreit und warf das tote Insekt hinaus.

»Ich werde Bescheid sagen, dass du einen neuen Bezug brauchst. Deine Schulbücher kannst du unten bei der Pförtnerin abholen, ich habe alle notwendigen Unterlagen für dich bereitstellen lassen.« Sie warf nochmals einen wachsamen Blick zum Fenster. »Aus dem Puppenalter bist du doch raus, oder?«

»Die ist von meinem Vater.«, antwortete Viktoria bestimmt.

»Wirklich?« Die Popov kicherte nervös und verschwand im

Gang. Viktoria zögerte nicht lange, schloss ihr Zimmer von außen ab und rannte zur Pförtnerin. Im Klassenraum hatte Magdalena ihr den Platz neben sich freigehalten. Sie saßen in der vierten Reihe. Zwei Reihen weiter vorne links saß Lucia mit der Brünetten. Wenige Minuten nach Unterrichtsbeginn drehte sie sich unauffällig zu Viktoria um und schüttelte ihre Faust mit einem hässlichen Grinsen. Viktoria sah scheinbar gelangweilt über sie hinweg und versuchte, sich auf die Worte der Lehrerin zu konzentrieren, was ihr schlecht gelang. Lucia war beim Frühstück anwesend gewesen, also musste es jemand anderer gewesen sein. Bloß wer? Jemand in ihrem Dunstkreis, jemand, der nicht so auffiel. Das musste sie herausfinden.

Hat heute jemand beim Frühstück gefehlt? War jemand krank? schrieb sie auf einen Zettel und schob den hinüber auf Magdalenas Seite. Nein, niemand. Das Stück Papier kam zurück. Wer ist die Brünette? Das Papier wanderte zu Magdalena. Bernadette, vor ihr musst du dich auch in acht nehmen, sie ist die rechte Hand von Lucia. Viktoria platzierte ein Schulheft zwischen sich und die Nachbarin. Wer noch? Angespannt las Viktoria die Antwort: Wanda. Die sitzt rechts hinter uns und Beatrix, neben ihr. Die vier sind unzertrennlich, kritzelte Magdalena. Hastig schmierte Viktoria ihre letzte Frage auf das Papier: Waren heute alle da beim Frühstück? Vor Nervosität riss Viktoria Magdalena die Antwort aus der Hand. Ja. Ein einfaches Ja stand da. Also musste es andere Handlanger von Lucia geben. Wer?

Kapitel Drei
Der Irrgarten

In der großen Pause liefen die Mädchen in den Internats-
park, wo unter den alten Bäumen Bänke aufgestellt waren
und man in der weitläufigen, gepflegten Anlage spazieren
konnte.

»Weiter hinten gibt es einen Irrgarten!«, informierte
Magdalena Viktoria. Und wenn man da vorne rechts abbie-
ge, komme man auf die große Wiese mit den alten Schau-
keln, da vorbei, den kleinen Weg nach links in den Schulgar-
ten, für den waren Gruppen eingeteilt, die sich wöchentlich
um die Kräuterbeete kümmern sollten. Dahinter kamen die
Bienenstöcke und dann der Irrgarten. In der Mitte des Irrgartens gab es eine kleine Aussichtsplattform, doch viel
schöner war der Rosengarten, den Direktorin Popov als
Herzstück des Irrgartens angelegt hatte. Nur kaum jemand
hatte es jemals in das Herz geschafft.

Die Popov wusste natürlich, wie man schnell hinein und
wieder hinaus kam, hatte einen Geheimgang zum Rosengarten anlegen lassen, den nur sie und die Gärtnerin kannten.
Jedenfalls waren von den Mädchen nur Elisa und Camilla
jemals bis ins Herz und zurückgekommen. Die Direktorin
hatte kurz darauf den Zugang verändert, aber Camilla und
Elisa schwärmten noch heute von dem Rosengarten, erklärte
Magdalena.

»Da vorne sitzt Camilla! Komm, ich stell dich vor!« Sie zog
Viktoria am Arm zu einem rothaarigen Mädchen, das am
Teich auf einer Bank saß. Sie setzten sich dazu und Camilla
erzählte, wie sie an einem schwülen Sommernachmittag den

Zugang durch Zufall gefunden hatten, sie und Elisa, wie sie in der Rosenwelt angekommen waren und durch das blutrot blühende Tor geschritten waren, bis zu dem kleinen Brunnen, und wie sie, vom Duft fast berauscht, die kleine Plattform nach oben gestiegen waren. Der Himmel über ihnen und der Rosenozean aus tausend Blüten unter ihnen. Die Popov war dann mit einem albernen, ländlichen Strohhut auf dem Kopf plötzlich mitten im Beet gestanden und hatte sich unglaublich erschreckt, aber mehr noch war sie wütend gewesen. Beide hatten die Direktorin so nie erlebt, vollkommen außer sich, mit hochrotem Gesicht hatte die Popov sie von der Plattform nach unten zwischen die dornigen Blumen gezerrt. So fest ihre Handgelenke umklammert, dass am nächsten Tag bläuliche Striemen zu sehen gewesen waren.

»Zuviel Rosenduft bekommt zarten Mädchennasen nicht!«, hatte sie ihr merkwürdiges Vorgehen begründet. Natürlich hätte sie damit rechnen müssen, die Popov, hatte sie aber nicht, hatte immer vor sich hingemurmelt, was für schlaue Köpfchen unter den Löckchen wären und dass sie sofort aus dem Duft raus müssten.

Camilla war zum Ende der Geschichte gelangt. Elisa war ebenfalls hinzugekommen und sie berichteten, dass sie manchmal versuchen würden, erneut den Weg zu finden. Der Irrgarten war ja nicht verboten für die Mädchen, doch einmal hatten sie nicht mehr herausgefunden und es war schon dunkel geworden, als die Gärtnerin Helene sie entdeckt und heimgebracht hatte. Sie hatten es seitdem nicht mehr probiert.

»Ich würde es versuchen!« Viktoria war begeistert. »Wer kommt mit?« Camilla und Elisa nickten, Magdalena zog den Kopf ein und murmelte was von »… wenn wir nicht mehr raus finden?«

»Wir nehmen eine Schnur mit. Ich habe im Zimmer ein Wollknäuel«, schlug Camilla vor. Die anderen nickten zustimmend, Magdalena zögerte.

»Komm schon, du willst doch auch den Rosengarten sehen und riechen!«, versuchte Viktoria, sie zu überzeugen. »Wir treffen uns nach der Sperrstunde hier unten am Eingang des Irrgartens, abgemacht?« Alle schlugen ein, am Ende sogar Magdalena, wenn auch nicht sonderlich begeistert. Zusammen liefen sie zurück ins Internat und bemerkten vor Aufregung nicht das auffällige Rascheln in den Büschen hinter der Bank, das klang, als ziehe sich ein großes Tier ins Unterholz zurück.

Ungeduldig wartete Viktoria am Abend auf die allgemeine Lichtlöschung, das Zeichen für die Nachtruhe im Internat. Den Holzjungen hatte sie wieder auf seinen alten Platz gesetzt, diesmal würde sie aufpassen, wenn sie zurückkam von ihrem nächtlichen Ausflug, und den Tisch vor die Tür wuchten.

Sie lauschte nach draußen in den Gang. Nichts. Geräuschlos öffnete sie die Tür und schlich in Strümpfen auf den Flur. Bevor sie die Tür leise schloss, sah sie das bläuliche Flackern auf dem Fensterbrett. Irritiert stand sie eine Weile an der Tür und lauschte nun nach drinnen, in ihr Zimmer. Wieso leuchteten die angemalten Augen des Jungen in der Nacht? Phosphorfarbe? Sie musste sich morgen darum kümmern. Jetzt glitt sie Treppenstufe um Treppenstufe nach unten und tastete sich am Geländer hinunter in die vollkommene Finsternis. Bald würde die eine knarrende Stufe kommen, die sie am Nachmittag entdeckt hatte, dann wäre sie schon fast in der Eingangshalle und müsste nur noch am Pförtinnenhäuschen vorbei, das um diese Zeit verwaist war, und hinaus zur Tür.

Als es knarrte, fuhr Viktoria überrascht zusammen. Es

tönte so laut, dass sie sicher war, alle würden davon aufwachen. Ein kühler Luftzug streifte ihre rechte Wange, als wäre jemand schnell an ihr vorbei gehuscht. Sie blieb stehen und lauschte, doch sie hörte nichts. Nur das Blut in ihren Ohren rauschte. Hoffentlich hatte jemand von den anderen eine Taschenlampe dabei.

Viktoria setzte sich erneut in Bewegung, und als sie unten ankam, blieb sie stehen. Sie musste das Treppengeländer loslassen, die letzte tastbare Verbindung nach oben ins Zimmer. Wenn sie loslief durch den dunklen Raum, hatte sie nur eine gefühlte Richtung, eine gefühlte Orientierung, an welcher Stelle der Ausgang war. Wieder spürte sie den kalten Hauch an ihrem Gesicht, fast wie eine federleichte Berührung. Sie ließ los und im selben Augenblick stand sie im gleißenden Licht aller Kronleuchter der Empfangshalle. Stand da in ihrer Uniform und den weißen Strümpfen, einen Rucksack auf den Schultern, der ihre Schuhe und etwas zu essen enthielt, das sie beim Abendbrot stibitzt hatte. Seitlich, mit den kleinen Körpern an eine Wand gepresst, klebten mit gesenkten Köpfen Camilla und Elisa, nur Magdalena war nicht zu sehen. Vor Viktoria erhob sich mit funkelndem Blick Direktorin Popov und klirrte durch den Saal: »Hast du die Regeln nicht verstanden, Viktoria Strahlenfels?«

Neben der Popov wuchs triumphierend Lucia aus dem Boden, die das Schauspiel sichtlich genoss. Verrat! Sie hatten nicht aufgepasst! Diese blonde Giftschlange musste ihren Plan mitbekommen haben, hatte sie denunziert. Viktoria wich Lucias Blick nicht aus, hielt stand und ging zu den anderen beiden Mädchen.

»Ihr werdet einen Verweis erhalten, eure Eltern werden informiert! Mit dem dritten Verweis verlasst ihr die Schule!«, polterte die Popov, schwang ihren weiten, asiatischen Morgenrock theatralisch um ihren dürren Körper und zog ab.

Lucia folgte ihr. Die anderen drei machten sich schweigend auf den Weg nach oben. Wenigstens hatte es Magdalena nicht erwischt.

Kapitel Vier
Die zweite Nacht

Viktoria fiel auf ihr Bett, stand wieder auf, schob den Tisch vor die abgeschlossene Tür und zog ihr Nachthemd an. Forschend betrachtete sie das dunkle Fensterbrett, sah gegen den Nachthimmel die Umrisse des Jungen. Da war kein blaues Leuchten, kein Schimmern. Nichts, nur Schwärze. Sie musste sich getäuscht haben, die Augen fielen ihr zu und im gleichen Augenblick war sie hellwach. Sie hatte das Kratzen deutlich gehört, es kam vom Fensterbrett. Sie schoss in die Höhe und stand zeitgleich mit dem Jungen auf dem kalten Fliesenboden des Zimmers. Ihr Mund öffnete sich weit, aber kein Schrei drang heraus, obwohl sie das kalte Grausen erfasst hatte. Der Junge stand lebendig und groß vor ihr, sah sie aufmerksam an und fuhr ihr mit seiner warmen Hand leicht über das Gesicht.

»Du musst keine Angst haben. Ich tu dir nichts.« Seine tiefe Stimme beruhigte Viktoria etwas.

»Komm mit mir! Ich zeige dir eine andere Welt als diese! Gib mir deine Hand!« Er fasste nach ihr und zog sie mit sich zum Schrank, den er schnell aufriss. Hastig schob er ein paar Kleidungsstücke beiseite und öffnete eine weitere, kleinere Tür im Innern des Schranks, die Viktoria vorher nie aufgefallen war.

Sie liefen durch dunkle, niedrige Gänge, die nur alle paar Meter mit einer Art Notbeleuchtung ausgestattet waren. Dann hörte diese Lichtquelle auf und der Junge zog eine Taschenlampe aus seiner Hosentasche heraus. Im schmalen Strahl der Lampe fanden sie ihren Weg zu einer eisernen

Tür, die er mit einem silbrigen Schlüssel öffnete. Sie traten ins Freie hinaus, standen in der Dämmerung an einem Wasserfall. Viktoria spürte das feuchte Gras unter ihren nackten Füßen und sog die kalte Luft ein. Er zog sie weiter Richtung Fluss und dort, geradewegs vor ihnen, lag an einer Anlegestelle eine blaue Gondel, Bug und Heck mit goldenen Drachen verziert. Galant geleitete er sie an seiner rechten Hand in das Boot. Auf der überdachten Sitzbank lagen reich bestickte warme Decken und Kissen, in die sie sich sofort hineinkuschelte. Der Junge gab ein Zeichen nach hinten, wo ein schwarzer Schatten in einer langen Kutte stand. Viktoria konnte sein Gesicht nicht erkennen, aber er hielt das meterlange Ruder fest in der Hand. Die Gondel glitt leicht auf den Fluss hinaus.

»Möchtest du etwas trinken?«

Viktoria schüttelte den Kopf, irgendwo hatte sie mal gelesen, dass man in anderen Welten besser nichts essen und trinken sollte.

»Ich habe Wasser, Saft oder Tee, was auch immer du möchtest«, bohrte er weiter. Viktoria sah ihn scheu von der Seite an und erschrak. Er war gar nicht mehr so jung wie noch eben, sondern älter als sie, vielleicht schon Mitte oder Ende Zwanzig.

»Wer bist du?« In ihrer Mädchenstimme schwang ein angstvoller Unterton mit, obwohl sie versuchte, bestimmt und fest zu sprechen. Sie wollte sich ihre Panik nicht anmerken lassen, doch gleichzeitig wurde sie von einer ungeheuren Neugierde geplagt. Er wandte ihr sein volles Gesicht zu und sie bemerkte die hellblonden, nach hinten gekämmten Haare, die abrasierten Seiten, die wasserblauen Augen, die leicht vorspringende Nase und sah auf den blassroten Mund, der zum Sprechen ansetzte: »Ich bin der König der Träume.«

Viktoria riss die Augen auf, ihr klappte die Kinnlade nach

unten, und bis sie sich wieder gefangen hatte, sprach er schon im leichten Plauderton weiter: »Ich möchte dir mein Land zeigen, mein Königreich, Viktoria, ich will, dass du mit mir kommst. Sieh dir die Schönheit meines Reiches an. Für eine Nacht, wenn du willst, und wenn es dir nicht gefällt, darfst du gehen, zurückgehen in dieses Internat. Aber …«, er beugte sich nah vor ihr Gesicht, senkte seine Stimme, »… ich bin sicher, du bleibst bei mir. Es ist einzigartig, du wirst sehen.« Er lächelte sie gewinnend an und Viktoria lächelte zurück. Wenn es mir nicht gefällt, kann ich gehen!, dachte sie beruhigt. Sie würde das Land der Träume besichtigen und dann sicher wieder zurückgehen, denn das hier war ein Traum. Nichts sonst. Allerdings war dieser Traum anders als alle Träume, die sie bisher gehabt hatte. Er war so wirklich, es fühlte sich so echt an, die Berührung ihrer beider Hände, der leichte Luftzug über dem Fluss, das Wispern der Wellen an der Gondel und die Landschaft, die Stimme des Königs, seine Gesten und Augen, das konnte sie unmöglich träumen. Verwirrt sah sie in die Ferne.

»Da hinten …«, setzte der König an und deutete mit dem Arm in die Weite, »… da hinten kommt das Land der Elfen und Feen, das wird dir bestimmt gefallen. Es ist ein kleines Volk und sie spinnen zarte, liebliche Träume, sehr fleißige Leute sind das. Tag für Tag und in der Nacht bringen sie ihre feinen Traumnetze zu den Schläfern.« Er lächelte versonnen vor sich hin. Die Gondel steuerte auf das Land der Elfen zu und richtig: Bei ihrer Ankunft sprangen kleine Gestalten ans Ufer.

Der Tag war gekommen, die Sonne schien angenehm auf die Wiesen und Wälder und Viktoria bemerkte beim Aussteigen, dass sie nicht mehr ihr Nachthemd trug, sondern ein feines, fliederfarbenes Seidenkleid, das fast bis zum Boden reichte. Der König half ihr aus der Gondel und die Elfen umringten beide, zogen an ihren Händen, manche flogen über ihren Köpfen und in der Luft lag ein Zwitschern. Nicht ein solches Zwitschern, wie kleine Vögel es von sich geben, wenn der Tag beginnt, sondern ein unbeschreiblich süßes Zwitschern aus nie gehörten Tönen, das einem vom Ohr in den Kopf rauschte und sich dort zu Worten verband, wieder zerfloss, in das Blut und die Adern bis zum Herzen drang und einen kleinen Honigschmerz zurück ließ. Viktoria schritt mit dem König über die Wiesen und Wälder bis zur kristallenen Elfenstadt. Alles schien sichtbar und doch wieder nicht. Durch die filigranen Türme und Türmchen, die winzigen Häuser und Läden, oft mit Blütenstaub benetzt, fielen die Sonnenstrahlen, brachen sich, wurden zurückgeworfen, um an der nächsten Glaswand erneut zu brechen, sich weiter bewegend, spielend und doch gefangen.

»Die Elfen spinnen die zartesten Traumnetze, die sie des Nachts zu den Kindern bringen«, erklärte der König. Viktoria beobachtete eine Gruppe von Elfen, die sich offenbar auf den Weg machte, im Gepäck seidenfeine Netze, die man kaum sah. »Das sind die Träume für die Allerkleinsten, die Mittagsträume. Die müssen besonders sorgfältig gewebt werden, denn kein böser Gedanke darf sie trüben. Das können nur wenige weise Elfen. Sie werden im ganzen Königreich hoch geachtet.«

Viktoria sah den Elfen nach, wie sie mit ihrer durchscheinenden Last gegen den Sommerhimmel flogen. Doch schon drehte sich der König schwungvoll um die eigene Achse wie ein virtuoser Balletttänzer und klatschte in die Hände: »Auf, auf, ich möchte mit dir das Land der Zwerge besuchen.«

Sie liefen zurück zur Gondel und fuhren gemächlich weiter flussabwärts. Die Elfen begleiteten sie eine Weile, bis sie nach und nach winkend zurückblieben, denn vom Fluss stieg immer dichterer Nebel auf. So dicht, dass man kein Ufer mehr sah und die Sonne als fahle Lichtkugel am Himmel kaum auszumachen war. Die Temperatur sank und in der Totenstille hörte man nur das regelmäßige Platschen des Ruders. Der schwarze Fährmann stand unerkannt hinter ihnen, schien nicht zu atmen und der König schwieg beharrlich, starrte vor sich hin. Viktoria fing an zu frieren und die Zeit tropfte dahin, bot keine Hilfe, zog sich in die Länge, bis die Nebelschwaden wie Vorhänge einer Bühne nach und nach fielen, hinter ihnen im Nichts verschwanden, den Blick freigaben auf eine dämmrige Welt, deren einzige Lichtquelle ein flammenspuckender Horizont war, der ein stetes bedrohliches Flackern auf die ganze Landschaft warf.

Bevor sie am Ufer angekommen waren, entdeckte Viktoria die schwebende Stadt im Himmel und starrte sie staunend mit weit aufgerissenen Augen an. Die Stadt war riesig, mit Hochhäusern und Brennöfen, Kuppeln gigantischer Paläste schimmerten kupfern im Feuerschein, Glasrohre führten oberhalb der schwebenden Konstruktion wie ein sich spiegelndes Labyrinth in silbrige Trichter, die schwerelos am Himmel hingen. Eine dampfende Lok mit einem pompösen Zugwaggon näherte sich ihrer Anlegestelle, ohne Schienen, wie Viktoria verwirrt feststellte, und der König schwenkte eifrig seinen Zylinder. Sie bemerkte, dass ihr Körper jetzt in einer schmalen, kurzen Uniformjacke steckte, die sie über einem sich ab der Hüfte stark bauschenden, zinnoberroten Kleid trug. Ungläubig fasste sie sich in die frisch gelockten Haare und befühlte das Hütchen, welches ihr schräg auf dem Kopf saß. Die Zwerge, die wie vollkommen normale kleine Menschen aussahen, nur exzentrischer gekleidet, rollten einen roten Teppich bis zum Waggon aus.

»Sie sind große Wissenschaftler und Erfinder, die Zwerge«, erläuterte der König Viktoria, während er gekonnt die Verbeugung eines der honorigen Zwerge, die vor ihnen standen, erwiderte. In Windeseile wurde ein turmartiges Podest aufgebaut, eine Blaskapelle marschierte ums Eck und der älteste Zwerg kletterte über eine Leiter zum Rednerpult. Seine dünne Stimme hätte sicher nicht das ohrenbetäubende Schnaufen der Dampflok übertönt, wäre nicht vor ihm ein messingfarbenes Gebilde aus ineinander verschachtelten Rohren und Röhrchen, Rädchen und Rädern gewesen, das seine Stimme auf wundersame Weise um ein Vielfaches verstärkte. Er hielt eine bemerkenswert steife Begrüßungsrede, die äußerst knapp ausfiel. Danach gab es einen Tusch, allerhand Verbeugungen und unter zackigen Marschmelodien bestiegen der König und Viktoria den Waggon. Drinnen beugte sich der König nah zu ihr, strich mit einer Hand ihre Haare vom Ohr weg und flüsterte: »Sie sind sehr stolz und vornehm, die Zwerge, achten auf Respekt, Höflichkeit und gute Manieren.«

Viktoria schob den samtenen Vorhang zur Seite und sah in den brennenden Himmel, sah auf die Luftschiffe, die sich wie schwere Vögel langsam auf die Stadt zu bewegten.

»Scheint hier niemals die Sonne?« Fragend wandte sie sich an ihren Begleiter.

»Nein, die Zwerge brauchen keine Natur, keine Sonne. Ihre Sonne ist die Wissenschaft, ihr Lebenselixier ihre Erfindungen. Sie schmieden die metallenen Träume. Träume für Menschen, die sich wie sie der Forschung verschrieben haben, die die Fragen der Menschheit umtreiben. Ihnen gießen sie die ehernen Träume, die keinerlei Wärme haben, denn für Formeln und Zahlen braucht man keine Wärme. Und sie hämmern Träume für Menschen, die zu viele Emotionen haben, die mit ihren Gefühlen nicht umgehen können. Diese Menschen bekommen stählerne Träume, die ihnen einen Halt geben, ihre hitzigen Gemüter abkühlen sollen.«

Sie stiegen aus und wurden von einer Kutsche, der zwei

elektrische Pferde vorstanden, in eine Fabrik gefahren. Die Straßen wurden von Gaslichtern erhellt und überall herrschte ein geschäftiges Treiben. Es gab Unmengen von Uhrenläden, stellte Viktoria fest, und der König bemerkte ihren Blick: »Die Zwerge sind ein sehr gewissenhaftes und pünktliches Volk, sie glauben nicht einer Uhr allein. Wenn sie nur eine Uhr zu Hause hätten, könnte die womöglich nachgehen oder vorgehen. Sie haben ein Minimum an fünf Uhren und sogar ein Gesetz dafür erlassen, dass eine jede Person, auch die Babys, mindestens fünf Uhren besitzen muss, damit keiner die Zeit vergisst oder ein Traum verspätet zu den Schlafenden kommt.

Wenn es doch mal passiert, muss der Delinquent, der Verspätete, mindesten für ein Jahr Träume für die Überschäumenden machen. Das ist Strafarbeit für die Zwerge, die Träume für die an Emotionen Überschäumenden zu machen. Es ist ein stupides Schmieden ohne Esprit und ohne Inspiration für den zwergischen Erfindungsgeist, weil sie nur eiserne Behälter für Überflüssiges machen dürfen. Strafarbeit eben.«

In der Fabrik wurde ihnen die schwere Herstellung der Träume gezeigt, es war stickig und heiß, viele Zwerge hämmerten auf Quarzen, die von kleinen Wagen, welche durch die oberirdischen Glasrohre rollten, herbeigebracht wurden.

»Ein Traum wird von zwölf Zwergen hergestellt«, erzählte der honorige Zwerg, während er sie mit seiner Delegation herumführte, »zwei müssen das Tagleben des Schlafenden erkunden, damit das Traumleben dem angepasst werden kann oder, wenn etwas in die falsche Richtung läuft, wir es wieder geradebiegen können mit einem Traum. Damit der Schlafende erkennt, was ihm fehlt, was seiner Forschung fehlt.« Der Zwerg stolzierte mit hocherhobenem Kopf weiter. »Ein paar andere müssen entsprechendes Traumquarz hauen und wieder andere müssen es bearbeiten, bis es am Ende zum Träumenden gebracht wird.«

Sie gelangten über eine stählerne Brücke in einen Palast mit einer monströsen Glaskuppel. Über rote Teppiche und durch viele Türen hindurch liefen sie und standen zum Schluss in einem rotgold glänzenden Saal. Über ihnen erhob sich die Glaskuppel, die den Blick auf den flammenden Horizont freigab. Das Orchester fing an zu spielen, zu allererst die Streicher, dann setzten leise die Blasinstrumente ein, bevor zum Finale hin das Schlagwerk durch die Halle donnerte. Es gab erneut eine Ansprache, das Zwergenvolk war in Ballkleidung erschienen und lauschte hingebungsvoll seinem Zwergenpräsidenten. Am Ende der Rede gab es schallenden Applaus und der Präsident überließ dem König das Rednerpult. Der König der Träume sprach ein paar wohlgeformte Sätze und gab am Ende das Zeichen an das Orchester für die Eröffnung des Balls. Musik setzte ein und mit einer kleinen, angedeuteten Verbeugung forderte der König Viktoria zum Tanz auf. Sie hatte niemals mit einem anderen Mann außer ihrem Vater getanzt, schon gar nicht mit einem fremden Mann. Vage erinnerte sie sich an die Walzerschrittfolge, vergaß aber alsbald alles um sich herum, denn der König wirbelte sie elegant von einem Ende des Saales zum anderen. An ihr schwirrten Lichter vorbei, der Himmel begann feuerrot zu glühen und sie sah nur schemenhaft die weißen Gesichter der Zwerge, die an den Rand des Saales getreten waren, um ihrem König Platz zu machen. Sie spürte seine zwingende Hand an ihrem Rücken und bog sich, gab nach, wurde gedreht und fiel wieder an ihn zurück. Der König schwebte leicht mit ihr dahin, nur sein Gesicht war ernst, er beobachtete sie genau, ließ sie keine Sekunde aus den Augen. Kein Lachen, kein Zeichen von Fröhlichkeit zeigte sich in seinen Zügen. Viktoria konnte nicht ergründen, ob ihm der

Tanz Freude bereitete oder er ihn abspulte wie eine Pflicht, nur um ein Ziel zu erreichen. Die Musik verklang und bevor sie erneut einsetzte, führte er Viktoria zu einem hohen Lehnsessel.

»Möchtest du jetzt etwas trinken?«

Viktoria war heiß geworden und nur zu gern hätte sie ein ganzes Wasserglas geleert. Kaltes, quellklares Wasser, genauso wie es vor ihr stand. Er schenkte die kühle Flüssigkeit in einen silbernen Becher und hielt ihn ihr hin. Fast hätte sie das Gefäß genommen, nur um wenigstens ihre trockenen, rissigen Lippen zu benetzen, aber irgendetwas hielt sie in letzter Sekunde davon ab.

Nichts trinken oder essen in anderen Welten. Woher kam nur dieser Satz, woher kannte sie ihn? Es wollte ihr nicht einfallen. Trotzdem ist alles nur ein Traum, dachte sie, und selbst wenn ich trinken oder essen würde, wäre es nur ein Traum, der wie eine Seifenblase platzt. Jeden Morgen. Immer, bis an mein Lebensende. Nichts wird passieren, ganz gleich, was der König behauptet, denn auch er ist nur ein Gespinst, das keine Macht über die Wirklichkeit hat.

Sie lächelte ihn an, setzte ihr bezauberndstes Lächeln auf. »Ich habe keinen Durst. Vielen Dank.«

Er erwiderte ihr Lächeln nicht, trat zurück hinter ihren Stuhl, stand in ihrem Windschatten und schwieg. Er schwieg lange, Viktoria beobachtete die Tanzenden, lauschte auf die Musik und versuchte sich auszuruhen, was ihr nicht gelang. Nach einer Weile sah sie sich, unsicher geworden, nach ihm um, aber der König stand, den Blick starr in die Ferne gerichtet, aufrecht und bewegungslos hinter ihr. Schien weit weg zu sein. Sie wartete und die Zeit begann, sich elend lang zu dehnen, sie sah den Zwergen bei ihren komplizierten Tänzen zu, wollte sich ablenken. Schließlich sprang der König mit einem behänden Satz vor sie, strahlte sie an und fragte, ob sie nicht Lust hätte, ein wenig spazieren zu gehen. Viktoria hob erstaunt ihre Augenbrauen in die Höhe.

»Spazieren?! Jetzt?!«

Der König nickte eifrig, hielt ihr die Hand hin, zum Boot, es sei nicht weit. Den eilfertig herbeispringenden Zwergen winkte er ab, sie sollten weiter ihr Fest genießen, er würde mit Viktoria zum Boot zurück spazieren.

Sie liefen durch das verzweigte Glasröhrensystem im lodernden Widerschein des Himmels. Vereinzelte Blitze zuckten durch die Nacht und die Fabrikschlote stießen weißen Wolkendampf aus. Endlich konnten sie die Glaswege verlassen, der König half ihr durch eine Tür und sie schlenderten auf einem Asphaltweg, der von Gaslichtern gesäumt wurde, zur Anlegestation.

»Gefällt es dir hier?«

Sie nickte und er zog sie plötzlich eilig weiter zur Gondel: »Es gibt noch etwas, was ich dir zeigen will, das letzte Land für diese deine Nacht. Steig ein!«

Der dunkle Gondoliere stieß vom Ufer ab und in kurzer Zeit befanden sie sich erneut in der Mitte des Flusses, der eine azurblaue Farbe annahm, je weiter sich der brennende Himmel der Zwerge entfernte. Kleine, weiße Schaumkronen bildeten sich auf den Wellen, Seeblumen in allen Grünschattierungen wechselten mit Blautönen, Libellen schwirrten nah am Boot vorbei und alsbald entdeckte Viktoria kleine Frösche und Fische, die sie spielend zu begleiten schienen. Das Boot verlor etwas an Fahrt, schaukelte sich durch den immer dichter werdenden Pflanzendschungel hindurch und blieb beinahe stecken. Der schwarze Mann hinter ihnen ließ ein tiefes, grauenerregendes Stöhnen hören und Viktoria entdeckte im gleichen Augenblick die kleine, weiße Hand, die sich am Bootsrand festhielt. Erschrocken nahm sie die zweite Hand wahr und dann die dritte und die vierte. Als Letztes tauchten schöne Mädchenköpfe aus dem Wasser auf, die langen Haare mit wundersamen Algenkränzen geschmückt.

»Undinen. Das sind Undinen. Wasserwesen, vor ihnen musst du dich nicht fürchten. Vor ihnen nicht.« Der König lächelte hintergründig und nahm Viktorias kalte Hand in seine. Die bezaubernden Mädchen hängten sich stumm an das Boot, betrachteten Viktoria mit ihren unergründlichen Flussaugen und schoben langsam die Gondel aus dem Pflanzendickicht hinaus ins offene Wasser. Eine Hand nach der andern verschwand vom Bootsrand. Vor ihnen sprangen Flussdelfine aus dem Wasser, die das Boot unter einem heißen Spätsommerhimmel zur nächsten Anlegestelle geleiteten. Dort wurden sie schon von schmalen Gestalten mit langen Stäben in den Händen erwartet. Als der König und Viktoria ausstiegen, erscholl begeisterter Jubel.

Kleine Feuerwerkskörper wurden in den Nachmittagshimmel geschossen, die Kinder trugen karierte Luftballons und bunte Konfetti ergossen sich alle nasenlang über den König und Viktoria. Ihre Füße steckten in leichten Sandalen und ihr feuerrot leuchtendes, langes Sommerkleid flatterte fröhlich um ihre dünnen Mädchenbeine. Die schwarzen Haare fielen offen in leichten Wellen an ihr herab und wurden nur durch einen lockeren geflochtenen Kranz am Hinterkopf gehalten. Es wurden Trompeten geblasen, ein paar Trommler marschieren mit und hier und da schlug eine der Frauen neben ihr ein Rad, eine andere bewegte sich im Flick Flack voran und alle lachten, klopften dem König und Viktoria auf die Schultern.

»Das ist das Laternenvolk«, erklärte der König und jetzt erst bemerkte sie, dass an den langen Stäben kleine und große Laternen hingen.

»Das Laternenvolk bringt einem jeden schöne, sanfte und fröhliche Träume und in allen Laternen befindet sich ein

Traum, ein besonderer Traum für einen bestimmten Menschen. Wenn die Laterne angezündet wird, der Mensch einschläft, entschwindet der Traum ganz langsam aus der Laterne zu dem Schlafenden, wie ein süßer Duft hüllt er ihn ein und lebt mit ihm für eine Nacht.«

Sie schritten den Weg weiter bis zu einer bunten Zeltstadt. Überall flatterten Wimpel und Fahnen, Laternen säumten alle Wege und zwischen den Spitzen der zwei größten Zelte balancierte in schwindelerregender Höhe ein Seiltänzer mit zwei Laternenstäben in der Hand. Viktoria staunte.

»Wie kommen die Träume in die Laternen?«, fragte sie den König, der in einem luftigen weißen Leinengewand neben ihr her schritt.

»Die Laternenleute sind die Meister des Lichts. Betrachte in der Nacht eine Laterne oder eine Kerze und du wirst einen feinen Dunstschleier um die Lichtquelle herum entdecken. Das ist der Stoff, aus dem das Laternenvolk die Träume macht.«

Sie gelangten über allerlei Wege unter vielerlei Wimpeln und Lampions hindurch in das Innere der Zeltstadt. In deren Mitte stand eine meterhohe Laterne aus glitzernden Stoffen, in die man, wie in eine Kathedrale, hineingehen konnte. Die Laternenmenschen führten Viktoria an eine goldene Laterne, die auf einem blau schillernden Sockel stand, und ein großer, dürrer Mann, der einen Turban auf dem Kopf trug, trat hervor: »Wir sind sehr erfreut, dich hier zu sehen, Viktoria, du darfst jetzt einem Menschen einen Traum schicken, wenn du möchtest. Wer soll es sein?«

Es wurde still in dem riesigen Zelt, alle hielten den Atem an und sahen erwartungsvoll zu Viktoria, die schrecklich verlegen wurde. Einen Traum? Wem sollte sie jetzt einen Traum senden? Magdalena? Der Popov? Sie trat nahe, sehr nahe, zu der güldenen Laterne.

»Meiner Mutter. Meiner Mutter möchte ich einen wundervollen Traum senden. Sie soll wissen, wie sehr ich sie vermisse. Sie und den Papa, unsere Familie, mein Zimmer und den Hund. Wie gerne ich zurückgehen würde in der Zeit, und wenn ich die Macht hätte, den Papa wieder auferstehen zu lassen, würde ich das tun. Ein einziges Mal. Und sie soll wissen, dass es mir im Internat gutgeht, dass sie sich keine Sorgen zu machen braucht und dass sie wieder gesund werden soll. Ich möchte, dass sie fühlt, dass ich sie lieb habe und wieder mit ihr zusammen sein will«

Zu ihrer Linken war der König der Träume an ihre Seite getreten, zu ihrer Rechten stand der Hagere mit einem goldenen Stab und zündete bedächtig die prunkvoll geschmiedete Laterne vor ihnen an. Das Licht ergoss sich wie ein warmer Fluss durch ihren gesamten Körper, schwappte in ihre Glieder und pulsierte durch ihr Herz, wogte in Wellen in ihrem Kopf. Sie fühlte sich angenehm beschwingt und sorglos, wie zuletzt vor jenem verhängnisvollen Sommertag. Sie spürte, wie der Papa ihr übers Haar strich und die lieben Augen der Mutter auf ihr ruhten. Sie hätte ewig so verharren können, doch eine kalte Berührung an der Stirn ließ sie blinzeln. Der König hatte sie mit einer Handbewegung in das Zelt zurückgeholt.

»Man darf nicht zu viel von sich selbst in die Träume geben, denn Träume sind maßlos. Wenn man es zulässt, nehmen sie Besitz von deinem ganzen Leben, lassen dich nicht mehr los. Dann bist du der Sklave deines Traums. Träume wollen immer alles, deswegen solltest du vorsichtig sein.«

Viktoria beobachtete, wie der Hagere den dunstigen Schleier um die güldene Laterne herum mit einem feingewirkten Kescher einfing und in die kleine geöffnete Laterne neben sich füllte, bis deren Licht leuchtete. Dann gab er die kleine Laterne an eine dünne alte Frau in einer karierten Schürze weiter, die sie davon trug. »Deine Mutter wird heute Nacht deinen Traum träumen«, lächelte der Turbanträger Viktoria an, »und jetzt wollen wir ein Fest feiern!«

Sofort erschollen Freudenrufe, Musik ertönte und Hüte flogen in die Luft und die ganze Gesellschaft bewegte sich nach draußen auf den großen Platz vor dem Zelt. Es dämmerte und überall wurden Laternen angezündet, ein Feuer in der Mitte entfacht und es gab allerhand Leckereien zu essen und zu trinken. Der König und Viktoria saßen auf weichen Kissen, die wie ein Thron gestapelt waren und überließen sich dem Schauspiel des Laternenvolks.

»Wenn die Träume alles wollen und maßlos sind, wie du es sagst, bist du dann auch so?« Viktoria sah den König von der Seite aufmerksam an. Er wirkte plötzlich kleiner, schien in sich zusammenzufallen, als er mit leiser Stimme antwortete: »Vielleicht, ich bin ja der König.« Dann schwieg er. Die Luft wurde kühler und Viktoria fröstelte etwas.

»Wir müssen zurück zum Boot.« Er half ihr auf, und als er ihre kalten Hände spürte, legte er seinen Mantel schützend um ihre Schultern.

»Die Nacht ist bald vorbei und du solltest zurück in dein Internat, wenn du das willst«, setzte er hinzu. Viktoria nickte, doch bevor sie ins Boot stieg, drehte er sie mit einer heftigen Bewegung zu sich. »Du kannst hier bleiben und meine Königin werden. Du musst nicht zurück! Was willst du dort? In diesem scheußlichen Internat mit dieser unmöglichen Frau. Komm mit mir!«

Viktoria schüttelte erschrocken den Kopf. »Nein, ich weiß nicht. Ich will zurück.«

Er ließ sie los, stieß sie weg von sich. »Bist du sicher? Ich kann dir alles geben, was du möchtest! Du kannst jedem Menschen Träume schicken, auch andere Träume. Nicht nur schöne Träume.«

Hilflos stand sie vor ihm. »Ich weiß es einfach nicht, ich möchte darüber nachdenken.«

Eine steile Zornesfalte bildete sich auf der Stirn des Königs, Viktoria konnte seine Wut mehr fühlen als sehen. Er half ihr in die Gondel und Viktoria stellte fest, dass der schwarze Gondoliere verschwunden war. Auf ihren Blick sagte der König: »Er wird zu den Undinen gegangen sein, kaum ein Mann hält ihren Augen stand.«

Er klatschte in die Hände, ein rhythmisches Klatschen, fast wie ein Lied, und der Himmel über ihnen öffnete sich.

»Die Wolkenmädchen bringen dich zurück, ich muss hier bleiben. Überlege es dir gut, Viktoria, ich komme nächste Nacht noch einmal, das letzte Mal. Dann musst du dich entscheiden. Ich kann dir jeden Wunsch erfüllen, ich kann sogar deinen Vater ins Reich der Träume holen, wenn du das möchtest.«

Er blieb am Ufer stehen, während die Wolkenmädchen die Gondel in den Himmel, an die Oberfläche zogen. Sie sah ihn immer kleiner werden und schließlich als hellen Punkt verschmelzen mit dem Land um sich herum.

Kapitel Fünf
Direktorin Popov

Ein entferntes dumpfes Klopfen ließ sie aufhorchen und je weiter die Gondel durch die Wolken trieb, desto lauter wurde das Geräusch. Sie hörte, wie jemand ihren Namen rief, aber wer sollte hier oben nach ihr rufen? Das Geräusch ebbte nicht ab, fuhr fort zu tönen und wurde immer unerbittlicher.

»Viktoria!«, rief eine helle Mädchenstimme. Sie drehte sich um, doch da war niemand. Nur sie saß in der Gondel, selbst die Wolkenmädchen waren verschwunden und wieder wurde ihr Name gerufen. Diesmal laut und jetzt erkannte sie die Stimme: Es war Magdalena! Sie rieb sich die Augen, war die hier in den Wolken? Und dann sah sie die kalkweiße Zimmerdecke, spürte das harte Internatsbett, in dem sie lag, und sprang auf. Sie schob den Tisch von der Tür weg und ließ Magdalena herein.

»Weißt du, wie spät es ist?« Sie war außer Atem. »Zieh dich an, es gibt gleich Frühstück!«

Magdalena wollte hinaushuschen, blieb aber wie angewurzelt stehen und betrachtete Viktoria erstaunt.

»Du siehst so anders aus. Hast du was mit deinen Haaren gemacht?«

Viktoria fuhr sich über den Kopf und merkte, dass noch immer der kunstvoll geflochtene Kranz am Hinterkopf ihre langen Haare hielt.

»Meine Bettfrisur«, meinte sie obenhin und drehte sich schnell zur Puppe auf dem Fensterbrett. Die saß wie unberührt da, genau dort, wo sie gestern Abend gesessen war.

Nichts hatte sich verändert. Alt und schäbig saß der Junge da und sah auf ihr Bett. Sie hätte ihn nach dem Schmetterling fragen sollen, fiel ihr ein.

Hastig band sie ihre Haare zu einem Dutt, denn offene Haare waren im Internat verboten, und rannte hinter den anderen her. Sie kam gerade rechtzeitig zu den Zehn eisernen Regeln herbeigeschlittert und fing sich einen strafenden Blick der Direktorin ein, die mit dem Dirigieren begann. Bei der würde sie nicht mehr punkten können nach der nächtlichen Aktion, und das, nachdem sie einen Tag da war. Lucia bedachte sie mit einem verächtlichen Blick und wandte sich hochnäsig von ihr ab. Das Frühstück verlief ohne nennenswerte Zwischenfälle, abgesehen von der Eiseskälte, die von Lucias Seite hinüber zu Viktoria und Magdalena zog.

Gerade, als Viktoria oben im Turmzimmer ihre Schulsachen zusammenpackte, klopfte es. Ein energisches Klopfen, das keinen Widerspruch duldete und, bevor sie »Herein« rufen konnte, stand Direktorin Popov im Raum.

»Setz dich!«

Gehorsam setzte sich Viktoria auf ihr Bett. Das würde die Standpauke für gestern Nacht werden oder es wurde eine Strafe über sie verhängt, vielleicht schlimmer: Sie musste das Internat in Schande verlassen. Ihr wurde flau zumute und mit einem Mal fühlte sie sich klein, bekam Sehnsucht nach ihren Eltern.

Direktorin Popov war an das Fenster getreten, doch sie sah nicht hinaus auf die Welt, sondern zu dem Jungen auf dem Fensterbrett. »Wo genau hast du ihn her?« Ihre Stimme klang fast normal, also, für ihre Direktorinnenverhältnisse fast normal. Sie war natürlich immer noch zu laut für den kleinen Raum und eine Oktave zu hoch.

Viktoria berichtete ihr von der Herkunft des Jungen und die Popov stand währenddessen stocksteif am Fenster. Als

Viktoria geendet hatte, trat eine geraume Zeit Stille ein.

»Weißt du, wer das ist?« Die Popov drehte sich nicht um, beiläufig kam die Frage, doch Viktoria war sofort auf der Hut. Wusste die Popov etwa vom König der Träume? Wusste sie, dass der Junge nicht nur eine einfache Holzpuppe war, sondern mehr?

»Nein«, log Viktoria. »Wer sollte das sein? Eine Puppe eben, eine beliebige Puppe.«

Vehement drehte sich die Direktorin zu Viktoria und sah sie durchdringend an. »Ich schätze es nicht, wenn man versucht mich anzulügen«, stellte sie fest.

Viktoria lief rot an und die Direktorin stolzierte mit einer abschätzigen Handbewegung zur Tür. »Ich gebe dir einen gutgemeinten Rat: Diese Puppe solltest du verbrennen!« In der Tür drehte sie sich nochmals um und flüsterte: »Wenn du Hilfe brauchst, komm zu mir.« Mit diesen Worten entschwand die Popov im Treppengang, nicht ohne ihr hysterisches Kichern.

Nachdenklich schloss Viktoria die Tür und setzte sich wieder auf ihr Bett. »Ihr kennt euch«, wandte sie sich an den Jungen auf dem Fensterbrett. »Sie kennt dich und du kennst sie. Aber woher?«

Der Junge behielt sein stetes Holzlächeln, reagierte nicht.

»Noch einmal will ich mit dir kommen, diese eine Nacht, und wissen, wer du wirklich bist.«

Der Junge blieb stumm.

Schließlich stand Viktoria auf, wollte hinunter zum Unterricht laufen, aber da fiel ihr die Tür im Schrank ein. Flink zog sie ihre Kleider beiseite und suchte nach der kleinen Tür in der Schrankwand. Doch da war nichts, außer normales Eichenholz. Keine Tür, nicht einmal der Hauch einer Tür oder gar eines Schlosses. Enttäuscht rannte sie zum Unterricht.

In der Pause traf sie sich im Garten mit Magdalena, Camilla und Elisa.

»Wo warst du gestern Nacht?«, fragte sie Magdalena. Beschämt senkte die den Kopf.

»Hab verschlafen.«

Viktoria umarmte die Kleine. »Sei froh, Lucia hat uns an die Popov verraten! Wir sind erwischt worden. Es war grausig und die Schreckschraube Lucia stand dabei!«

Entsetzt hob Magdalena die Hände vor ihr Gesicht. »Wie hat die das rausbekommen?«

Alle vier sahen sich fragend an.

»Sie muss uns belauscht haben«, vermutete Camilla. Was noch im Raum lag, wagte keiner auszusprechen. Keiner sagte, was alle dachten, nämlich, dass es eine von ihnen war, die Lucia die ganze Sache gesteckt hatte.

Sie redeten weiter über Belanglosigkeiten, die Schule, die Lehrer, doch die unbeschwerte Offenheit war wie weggeblasen. Keine vertraute der Anderen und gegen Ende der Pause hielt es Viktoria nicht mehr aus.

»Wer glaubt, dass es eine von uns war, die es Lucia verraten hat?«

Verlegen sahen alle zu Boden.

»Wir müssen einander vertrauen, wenn wir gegen Lucia standhalten wollen. Genau das, was hier passiert ist, will sie ja. Dass wir uns gegenseitig belauern und misstrauen, das verschafft ihr Macht. Damit stärken wir nur Lucia.« Viktoria redete sich in Fahrt und riss die anderen Mädchen mit. »Wir vier müssen einander trauen!« Sie hob ihre linke Hand in die Höhe und die anderen klatschten erleichtert ab.

»Sie wird wohl im Gebüsch gesessen haben wie ein Tier«, mutmaßte die rothaarige Elisa. Die anderen nickten und gemeinsam liefen sie mit neu gefundenem absoluten Vertrauen zueinander in den Schulraum.

Die folgenden Stunden konnte sich Viktoria kaum auf den Unterricht konzentrieren. Ihre Gedanken gingen immer wieder zurück zur letzten Nacht, zum König. Warum sollte sie nicht bei ihm bleiben? Sein Reich war leicht, ein feingewobenes Gespinst aus Wunderlichkeiten, sie konnte Königin werden und müsste sich nicht mehr mit Lucia herumplagen, hätte eine Heimat, eine bezaubernde Heimat, die nur ihr gehörte. Sogar ihren Vater konnte der König zurückholen! Wenn das wahr wäre, würde sie bleiben, aber was würde dann mit ihrem Körper hier passieren? Ging der mit ins Reich der Träume? Das musste sie ihn unbedingt fragen diese Nacht, und noch immer war ihr nicht wohl bei dem Gedanken, für dem König zu folgen. Ein kleiner Schauer rann ihr über den Rücken und sie zog die Strickjacke fester um den Leib. Warum hatte die Popov ihr geraten, die Puppe zu verbrennen, und vor allem, woher kannte sie den König? Das musste sie herausfinden.

»Viktoria! Bitte erkläre uns den Zweiten Hauptsatz der Thermodynamik! Du siehst die ganze Zeit zum Fenster hinaus, deswegen gehe ich davon aus, dass du ihn bereits beherrschst! Lass uns an deinem Wissen teilhaben!« Die korpulente Physiklehrerin setzte sich demonstrativ in wachsamer Schülerpose auf ihren Stuhl und sah Viktoria erwartungsvoll an. Die erhob sich langsam, strich sich eine Haarsträhne aus dem Gesicht und schwieg. Einige gehässige Lacher erschollen von links vorne.

»Ruhe!« Die Lehrerin blickte Viktoria mit unverändertem Gesichtsausdruck an. Viktoria sah zu Boden und versuchte fieberhaft, sich an die Bruchstücke zu erinnern, die Satzfetzen, die bis eben zu ihr durchgedrungen waren, versuchte, sie zu irgendeiner Logik zusammenzusetzen. Es gelang ihr nicht, wollte ihr nicht gelingen. Sie hob ihren Kopf und sah der Lehrerin fest in die Augen.

»Ich weiß es nicht.«

Die nickte, ein langes, selbstgefälliges Nicken und Viktoria spürte die Häme, die von vorne links kam, spürte, wie sich die Mädchen um Lucia herum an ihrem Versagen weideten. Die Tränen stiegen ihr in die Augen, sie wollte sie herunterkämpfen, denen da vorne nicht diesen Gefallen tun, ihnen nicht den Anblick der totalen Vernichtung geben.

»Setzen! Kommen wir nun zu eben diesem Zweiten Hauptsatz ...« Viktoria fiel starr auf ihren Sitz zurück, Magdalena griff unter dem Tisch nach ihrer Hand und drückte sie kurz. Diese kleine Geste des Rückhalts war fast schlimmer als die Schadenfreude Lucias und ihrer Gefährtinnen. Am liebsten hätte Viktoria sich in Magdalenas Arme geworfen und hemmungslos geweint, doch sie hielt aus. Hielt diese endlosen Minuten bis zum Unterrichtsende aus und es gelang ihr, sich zu konzentrieren. Doch darunter nahmen wilde Rachepläne gegen Lucia Gestalt an. In der Pause ging sie mit ihren drei Verbündeten in den Garten, die sie trösteten. Camilla erzählte eine ähnliche Geschichte, die ihr passiert war. Lucia und ihre Gefährtinnen waren nirgends zu sehen, bis zum Abendessen nicht.

Erschöpft schleppte sich Viktoria nach oben in ihr Turmzimmer, wünschte Magdalena eine gute Nacht und schloss die Tür hinter sich.

Es stach ihr sofort ins Auge. Auf ihrem Kopfkissen lag eine tote Kröte, und was noch erschütternder war: der König saß nicht mehr auf dem Fensterbrett. Sie stürzte zum Fenster, tastete wie blind den Sims ab, als könne sie ihren Augen nicht trauen. Er war nicht da. Sie drehte sich zum Schrank, warf hastig den dürftigen Inhalt auf den Boden und steckte den Kopf in jedes Fach, kroch auf allen Vieren unters Bett. Stand auf, ihr Blick wurde von dem toten, grünbraunen Tier angezogen und mit einer ungeheuren Wut, die Angst und

Ekel überschattete, warf sie das arme Geschöpf aus dem Fenster.

Dann wuchtete sie die Matratze aus ihrer Verankerung, sah in die Bettbezüge hinein. Nichts. Rasend vor Panik blickte sie sich im Raum um, stieg auf den Stuhl und sah auf den Schrank, in die Lampe, die von der Decke hing, schüttelte die Vorhänge am Fenster aus und inspizierte ihren Koffer, kontrollierte abermals den Schrank und suchte die kleine Tür. Nichts. Er war weg. Einfach weg. War er ohne sie gegangen? Sie wollte sich beruhigen, öffnete das Fenster und ließ die kalte Abendluft auf ihr schmales Gesicht wehen, in der Hoffnung, einen klaren Gedanken fassen zu können. Er war weg und es hatte ein totes Tier auf ihrem Kopfkissen gelegen. Sie starrte in die heraufziehende Dämmerung. Lucia! Das konnte nur Lucia gewesen sein. Sie musste sie zur Rede stellen, doch vorher wollte sie in den Irrgarten, wollte wissen, was es damit auf sich hatte und mit der Popov, woher die Popov den König kannte. Viktoria wusste, dass sie die Antwort im Herzen des Irrgartens finden würde. Sie wusste es. Falls Lucia den König gestohlen hatte, so war sie sicher mit ihm auf ihrem Zimmer und Viktoria konnte sich später überlegen, wie sie ihn wiederbekam. Jetzt wollte sie dem Geheimnis der Bekanntschaft der Popov mit dem König auf den Grund gehen und dazu musste sie in den nächtlichen Irrgarten.

Sie ordnete ihr Zimmer und zog aus ihrem Koffer eine alte Taschenlampe heraus, steckte sich das Wollknäuel, um das sie die Pförtnerin gebeten hatte, in die Tasche. Die hatte geglaubt, die Kleine wolle stricken, und es ihr gerne besorgt. Die Schuhe ließ Viktoria diesmal an, sie würde nicht über den Hauptausgang hinausschleichen, sondern es gleich mit dem Weg hinten durch den Speisesaal in den Garten probieren. Sie sah ein letztes Mal in ihr Zimmer, nein, sie hatte nichts vergessen, sogar die Wasserflasche und ein stibitztes trockenes Brot vom Abendessen hatte sie in einem kleinen Säckchen dabei.

Viktoria stieg die Stufen hinunter. Die Treppenabgänge waren in diffuses Dämmerlicht getaucht, die Nacht hatte noch nicht begonnen. Am Speisesaal drückte sie die Klinke langsam hinunter und hoffte inständig, dass die Tür offen war. Sie war es und Viktoria huschte hinein. Aus der Küche tönte Geschirrklappern und Lachen. Die Köche und Bedienungen waren am Werk. Geduckt schlich sie sich an den Stuhlreihen entlang bis zu einem der riesigen Flügelfenster. Das musste sie öffnen und dann war sie draußen. Die Wahrscheinlichkeit, dass sie da jemand erwischte, hielt sie für gering. Die Gärtnerin, auf die musste sie achtgeben, doch ansonsten war der Park um diese Zeit gottverlassen und leer.

Von der Seite schlug ihr ein kühler Wind entgegen und verwundert sah sie, dass eines der rechten Fenster offen stand. Der Vorhang wehte leicht in den Saal hinein. Geistesgegenwärtig ergriff sie die Gelegenheit und schlüpfte hinaus in den Garten, lief gebeugt zum nächsten schützenden Gebüsch und warf sich auf den Boden. Ihr Herz klopfte bis zum Hals. Sie hatte es geschafft! Nach ein paar Sekunden lief sie geduckt, sich ständig umschauend, weiter hinein in den Park.

Kapitel Sechs
Lucias Spiel

Endlich lag der Irrgarten nur zwanzig Meter vor ihr im Abendrot wie eine glutvolle Verheißung. Sie kniff die Augen zusammen und spähte auf das Rosentor des Labyrinths. Es war offen und in der Mitte stand eine Gestalt in Schuluniform mit blonden Zöpfen, die langsam ihren linken Arm hob. In der Hand baumelte der König der Träume. Die Gestalt warf ihn ein paar Mal in die Luft, dann wandte sie sich bedächtig um und verschwand im Irrgarten.

Viktoria stockte der Atem. Lucia war mit dem König im Irrgarten verschwunden. Sie musste sofort hinterher.

Ihre Deckung aufgebend, rannte sie los, spürte, wie ihr das Blut in den Kopf schoss, das Herz anfing zu pumpen. Was, wenn Lucia den König zerstörte? Das musste sie um jeden Preis verhindern! Sie prallte in vollem Lauf gegen das Gitter des Rosentores und rutschte nach unten ab. Diese gemeine Lucia hatte extra das Tor geschlossen und Viktoria hatte es vor Aufregung nicht einmal bemerkt. Eine Zornesfalte grub sich tief in ihre Stirn, als sie zu allem Überfluss das dunkle, gurgelnde Lachen Lucias hinter der nächsten Hecke hörte. Sie musste alles beobachtet haben!

»Gib mir die Puppe wieder, du Diebin!«, schrie Viktoria aus Leibeskräften. Lucia sprang hinter dem Gebüsch hervor, wedelte ungestüm mit dem König in der Luft, sodass Viktoria glaubte, ihm müsse jeden Augenblick der Arm abreißen.

»Hol sie dir, die olle Puppe!«, rief Lucia und verschwand lachend hinter der nächsten Hecke.

Inzwischen hatte sich Viktoria aufgerappelt, trat wütend

durch das Rosentor, schlug die Tür hinter sich zu und rannte Lucia nach. Zu beiden Seiten des schmalen Ganges ragten smaragdgrüne Hecken hoch in den Abendhimmel. Die verlöschende Sonne verlieh den tiefen Gängen einen letzten Lichtschimmer, doch die Vögel hatten ihr Tageskonzert beendet und der Nachtwind fing an, sanft durch die Äste zu streichen. Viktoria hastete durch die Gänge, bog hier nach links, dort nach rechts ab und verlor die Orientierung. War Lucia vor ihr oder hatte Viktoria eine Abzweigung übersehen? Sie lief langsamer und musterte die Hecken um sich herum. Die waren meterdick, da konnte keiner hindurchsehen, geschweige denn sich ohne Abzweigung durchquetschen, auch Lucia nicht.

Viktoria blieb stehen und lauschte. Nichts, außer dem Wind, der die Blätter liebkoste. Auf dem weißen Kiesweg müsste man aber jedes noch so kleine Geräusch hören, wenn sich vor oder hinter einem jemand bewegte, überlegte Viktoria. Also war auch sie, Viktoria, die ganze Zeit zu hören. War da nicht ein entferntes Knirschen zu vernehmen? Sie lauschte in die Dämmerung.

»Viktoria, Viktoria!« Die überhebliche Stimme von Lucia erklang direkt neben ihr, so nah, dass sie zusammenzuckte. Lucia musste im Parallelgang sein. Viktoria rannte los, bog links und nochmal links ab, sah einen Zipfel von Lucias Bein ums Eck biegen und verstärkte ihr Tempo. Das wäre doch gelacht, wenn sie die o-beinige Schreckschraube nicht erwischen würde.

»Man achtet das Eigentum anderer Menschen, Eiserne Regel, du Diebin!«, brüllte sie der Kontrahentin hinterher.

»Hol dir doch dein Eigentum, wenn du kannst!« Lucias Hohngelächter drang bitter in ihre Ohren. Sie bog um einige Ecken, spähte in Abzweigungen und rannte weiter.

»Zeig dich, du feiges Stück!«, japste sie außer Atem. Keine

Antwort. Viktoria hastete um weitere Ecken, in schmaler werdende Gänge, sah in der einsetzenden Dunkelheit kaum etwas, versuchte trotzdem, so schnell wie möglich weiterzukommen. Zweige streiften ihr Gesicht, ihre Haare, schienen sie festhalten zu wollen und mit einem Mal nahm sie die Totenstille um sich herum wahr. Keuchend blieb Viktoria stehen, versuchte, ihren Herzschlag und ihre Atmung zu beruhigen und zu lauschen. Sie stand einige Wimpernschläge bewegungslos auf dem schmalen Weg.

Die Hecken hatten alle Farbe verloren, erhoben sich schwarz und mächtig wie steinerne Mauern in den Himmel. Sie strengte sich an, jedes kleine Geräusch zu erkennen, doch es gab überhaupt keine Geräusche. Selbst der Wind hatte sich gelegt. Sie öffnete ihren Rucksack und kramte nach der Taschenlampe. Es tat fast weh in den Ohren, so laut kamen ihr diese wenigen Handgriffe vor. Meilenweit war das zu hören. Jeder im Irrgarten musste spätestens jetzt wissen, wo sie war.

Es tat sich nichts. Sie ging so leise wie möglich vorwärts, was schwer war im weißen Kies, der bei jeder Berührung knirschte. Immerhin strahlten die Steine etwas Helligkeit ab, sodass sie sich nicht in vollkommener Dunkelheit bewegte. Die Lampe hatte sie nicht angeknipst, sie wollte erst in den Nebengang gelangen, und wenn da niemand war, würde sie deren Licht nutzen. Sie schlich um zwei Ecken, der Gang war recht kurz, schien nach wenigen Metern auf einen Platz zu münden. Angestrengt starrte Viktoria in die sich öffnende Schwärze. War dort hinten nicht eine Bewegung gewesen? Sie meinte, die weiße Internatsbluse von Lucia schimmern zu sehen, aber warum sagte das andere Mädchen nichts? Viktoria schlich weiter, immer näher an das Ende des Ganges, drückte sich eng an das stachelige Gestrüpp, spürte, wie die Zweige ihr die Waden zerkratzen, und dann spähte sie um das Eck auf den Freiraum. Er war nicht groß, der Platz, und seine spinnenartigen Arme verloren sich ungezählt in die Finsternis.

In der Mitte, vor einer verschnörkelten Bank, stand vom Mondlicht beschienen Lucia und starrte auf eine schwarze Gestalt vor sich. Viktoria konnte den Schock des Mädchens fühlen, obwohl sie nur ihr wächsernes Gesicht erkennen konnte. Vor Lucia stand lebensgroß, in einen schwarzen Umhang gehüllt, der König der Träume. Seine blonden Haare waren streng nach hinten gekämmt und er sah Lucia, die seinen kleinen Holzarm in der Hand hielt, finster an.

Viktoria hätte beinahe aufgeschrien, hielt sich aber rechtzeitig die Hand vor den Mund. Lucia hatte den König beschädigt, ihm einen Arm herausgerissen und nun, das konnte jeder sehen, war der König wütend. Und es war eine kalte, beherrschte, tödliche Wut, das spürte Viktoria.

»Gib mir meinen Arm zurück!« Er trat einen drohenden Schritt auf Lucia zu, die fast zu Boden ging und ihm hilflos den kleinen Puppenarm entgegenstreckte. Er riss ihn mit einer schnellen, brutalen Bewegung aus ihrer Hand und steckte ihn an seine leere Seite. Viktoria hörte Lucia wimmern und um Vergebung flehen, doch der König schien sie nicht zu wahrzunehmen. Wandte stattdessen sein Gesicht in Viktorias Richtung, die langsam aus dem Dunkeln trat und auf ihn zuging.

»Viktoria, hilf mir«, hörte sie Lucia weinen. Mit versteinerter Miene fixierte der König Viktoria, die ihm entgegenkam. Sie sah die blaue Kälte in seinen Augen, sah die Wut und fühlte sich mit einem Mal schuldig, dass sie nicht genug auf ihn aufgepasst hatte. Als sie nah vor ihm stand, hellte sich sein Gesicht von einer Sekunde auf die andere auf. Verflogen waren die Unnahbarkeit, das Eis in den Augen und die Schwärze seiner Seele. Er nahm ihre Hand in die seine.

»Schön, dass du da bist, Viktoria.« Er zog sie mit sich. »Dieser Ort ist nicht sehr angenehm, wir sollten ihn verlassen und in unser Königreich zurückkehren.«

Viktoria fühlte die Wärme seiner Hand und den festen Druck. Sie drehte sich ein letztes Mal nach Lucia um, die auf die Bank gesunken war und ihr mit entsetztem Gesicht nachsah. Viktoria wusste, Lucia würde ihr nie wieder etwas Böses antun. Von dieser Stunde an würde ihr nie mehr ein Mädchen im Internat ein Leid zufügen. Sie lächelte bei der Vorstellung, wie Lucia alles ihren Gefährtinnen erzählen würde.

Der König nahm einen kürzeren Weg aus dem Irrgarten, einen Geheimweg, wie Viktoria vermutete, denn sie liefen um wenige Ecken, bis sie plötzlich auf einer großen Wiese hinter dem Internat standen.

Kapitel Sieben
Die Drachen

»Jetzt sind wir frei.« Er lächelte sie so bezaubernd an, dass ihr fast das Herz aus dem Takt geriet. »Aber mit diesem Mädchen bin ich noch nicht fertig. Das belohnen wir später mit einem passenden Traum. Komm!«

Sie rannten durch die taufeuchte Wiese. Viktorias Füße wurden nass, bis sie an eine große Eiche kamen, die sich herrschaftlich und Jahrhunderte alt über die Landschaft erhob. Der König berührte mit den Fingerkuppen leicht die dicke, zerklüftete Baumrinde, sah hoch zu den knorrigen Ästen, dem grünen Laub, lauschte auf das leise Knarzen der Eiche im Wind.

»Hier ist es!«, flüsterte er Viktoria zu, die ihn erstaunt ansah. »Hier gibt es ein Tor!«, verkündete er. »Bleib dicht bei mir!«

Es handelte sich um eine Drehtür und sie landeten nicht etwa im Inneren des riesigen Baumes, sondern auf einer drückend warmen Steinplatte, welche zu einem gigantischen grauen Felsplateau gehörte. Hand in Hand standen sie am Rand des Abgrundes und blickten über die steinernen Spitzberge. Hier und dort loderte ein Vulkan, das Licht war rauchschwer, die Luft schwül und am Horizont entdeckte Viktoria einen großen Vogelschwarm. Sie beobachtete die Flugformation der Riesentiere und fragte sich, um welche Art Vogel es sich dabei handeln konnte. Dann sah sie die Schwänze der Wesen, riesige schuppige Schwänze, sah die silbrig glänzende Schlangenhaut und mit einem Mal wurde ihr klar, dass es Drachen waren, die direkt auf sie zuflogen.

Der König drängte sie mit einer festen Bewegung nach hinten und einer der Drachen landete, grub seine Krallen in den Felsen, sodass die Spuren zu sehen waren. Das Ungetüm schüttelte sich und sah Viktoria mit unergründlichen Schlangenaugen an, aus seinen Nüstern quoll Dampf. Eine ganze Weile geschah überhaupt nichts, weder der König und Viktoria noch der Drache rührten sich. Dann senkte das Tier seinen Kopf, der König verneigte sich kurz und zog Viktoria mit sich auf den Drachenrücken. Kalte, trockene Schuppenhaut fühlte sie unter den Fingern, als sie sich festzuhalten versuchte.

»Wir fliegen über das Drachenland. Eine Landung wäre für dich zu heiß. Je weiter unten man sich in diesem Land befindet, desto wärmer wird es. Das Flusswasser in den Tälern ist am Siedepunkt, hier können nur die Drachen selber hier leben und arbeiten. Niemand sonst. Kein anderes Lebewesen kann in dieser glühenden Ödnis überleben.« Seine blonden Haare wehten, als der Drache sich in die Luft erhob.

»Was für Träume senden die Drachen?«, schrie Viktoria gegen den Wind.

Der König lachte trocken und herzlos. »Die Drachen sind keine schlauen Tiere, deswegen senden sie den Menschen einfache Albträume, wie Feuerträume oder Fallträume. Meistens kann der Träumer fliegen, wie Ikarus, und dieser erst angenehme Traum von Schwerelosigkeit verwandelt sich in den Horror eines Falltraumes. Der Träumer kann seinen eigenen Tod spüren.«

Entsetzt schwieg Viktoria, doch der König fuhr fort: »Da die Drachen nicht besonders erfinderisch sind, ähneln sich diese Fallträume. Der Schlafende bekommt jede Nacht einen fast identischen Traum. Du musst keine Angst haben, Viktoria, diese Träume sende ich Menschen, die sich zu hoch hinauf gewagt haben, die auf einem zu schmalen Seil balancieren und das Verderben ihrer Mitmenschen in Kauf nehmen, wenn sie selbst stürzen. Es ist eine Warnung. Fallträume sind die Träume für rücksichtslose Menschen und glaube mir: Manch einer ist davon aufgewacht.« Er lachte erneut gnadenlos. Viktoria sah schaudernd in die dampfende Tiefe unter sich. Das Monster musste sich nur einmal schütteln und sie würde hinabstürzen.

»Die Feuerträume indessen sind für gierigen Menschen gedacht«, fuhr der König unbeirrt fort, »Menschen, denen ihr Hab und Gut mehr bedeutet als Mitgefühl und Menschlichkeit. Meistens senden die Drachen Träume von abgebrannten Häusern. Der Schlafende kann dann zusehen, wie sein geliebtes Haus ein Opfer der Flammen wird. Er sieht es in sämtlichen Details. Er kann sehen, wie seine teuren Autos in Flammen aufgehen oder die wertvolle Sammlung antiker Teppiche, die Gemälde und Skulpturen. Bei den Damen ist der Schuhschrank sehr beliebt oder die seltene Pflanzenzucht. Was auch immer mehr wert ist als eine mitfühlende Regung, wird verbrannt. Der Träumer hat den Logenplatz«, kicherte der König.

Viktoria bedachte in mit einem forschenden Seitenblick. Er schien sich sichtlich wohlzufühlen hier oben, auf dem Rücken des Drachen, lebte förmlich auf. Das Tier flog über die gleichbleibend felsige Landschaft dahin, die keinen Anfang und kein Ende zu haben schien. Nach vielen eintönigen Minuten begann der Drache mit dem Sinkflug und landete vor einer gewaltigen Grotte, aus der weißes Licht schimmerte.

Der König half Viktoria von dem Ungetüm herunter und sie gingen gemeinsam auf den Eingang der Grotte zu. Flankiert wurde der Weg von schwarzen Drachen, die die beiden, besonders Viktoria, mit ihren gelben Reptilienaugen misstrauisch beäugten. Viktoria überkam eine namenlose Furcht.

Was würde das hier werden und was hatte sie sich überhaupt dabei gedacht, noch einmal mit dem König zu gehen? Innerlich verfluchte sie ihre Neugierde und versuchte, so tapfer wie möglich auszusehen.

Sie blickte an sich herunter und bemerkte, dass sich auf dem Flug einmal mehr ihre Kleidung verändert hatte. Sie steckte in einem graubraunen Drachenreiteranzug. Ihre Füße schützen spitze Schuppenschuhe vor Verbrennungen und auf ihrem Kopf saß eine Feuerhaube mit dem Emblem des Drachenlandes, einem Feuerdrachen. Sie sah vor sich auf den König, während sie in das Innere der Grotte eindrangen. Er trug einen schwarz-glänzenden schuppigen Drachenanzug und sein golden glitzernder Rock bestand aus abertausenden winzigen Drachenlandmünzen. Ein perlmuttbesetztes Schwert steckte herausfordernd an seiner rechten Hüfte.

Viktoria rannen die Schweißperlen von der Stirn, sie hatte das Gefühl, ihre Kehle würde ausdörren und sie würde nie mehr einen Ton hervorbringen. Das Licht wurde heller und heller, die Luft stickiger und heißer. Viktoria versuchte, im Schatten des Königs zu laufen, bis der endlich stehen blieb. Als sie neben ihm ankam, traute sie ihren Augen nicht. Vor ihr funkelten in einem Nest so groß wie ein See vier Dracheneier.

»Das ist das Allerheiligste der Drachen. Wer ein Ei erlangt, besitzt den Drachen, der daraus schlüpft. Und die Drachen können natürlich außer Fliegen, Feuerspeien und Träume senden noch einiges mehr.« Der König brach ab und wandte sich zu Viktoria. »Möchtest du ein Ei haben?« Seine Augen loderten.

Sie wich zurück und hob abwehrend ihre Hände. »Was sollte ich mit einem Drachen?«

Mit einer schnellen Handbewegung wies er auf die Dracheneier: »Sie bedeuten Macht. Die kann dir dann keiner mehr nehmen, selbst ich nicht.« Herausfordernd sah er sie an. Stand im Gegenlicht, so dass sie nur seine irisierenden Augen sah, das Gesicht, die ganze dünne Gestalt waren schwarz, denn hinter ihm warfen die Dracheneier gleißendes Licht in die Grotte. Kaltes Licht, das sie blendete. Sie wehrte es nicht ab, hob nicht die Hand vor ihre Augen und suchte keinen Schatten.

Ein Drachenei. Sie hörte ein lautes Knacken. Das Knirschen kam aus dem Nest, eine Zickzacklinie fuhr in Windeseile die Längsseite eines Eis hinunter. Der König trat auf sie zu, nah kam er heran, so nah, dass sich ihre Nasenspitzen beinahe berührten.

»Entscheide dich, Viktoria, der Drache gehört dir!«, flüsterte er.

Sie hörte das Zischen aus dem Inneren des Eis und drehte sich abrupt um. »Ich will niemanden besitzen, nur weil mir die Macht dazu gegeben wird.«

Die Schultern des Königs sanken enttäuscht nach unten. »Sondern?«

Viktoria schwieg, wandte sich um und lief auf den Ausgang der Grotte zu. Drachenreiterin. Sie, Viktoria, die Königin der Lüfte. Sie sah sich auf dem schwarzen Drachen reiten, über die Länder und durch die Wolken fliegen. Einen Augenblick lang.

Der König hatte aufgeholt und schritt schweigend neben ihr her. Gemeinsam bestiegen sie den Drachen und schwebten zurück zum Felsplateau. Das Tor stand weit offen und es führte eine schmale Wendeltreppe in das Innere des Felsens.

»Wo ist die Eichendrehtür abgeblieben?«, fragte Viktoria. »Die Tür zur Welt, zur wirklichen Welt?«

Der König runzelte die Stirn. »Man kann nur einmal durch ein Tor gehen, dann verschwindet es. Es gibt keine zweite Chance, sonst würden sich hier in unserer Welt sehr viele ungebetene Gäste aufhalten. Die Menschen sind recht schwatzhaft. Können schlecht Geheimnisse behalten.«

Viktoria fragte sich, wie sie aus dieser Traumwelt wieder hinaus gelangen könnte, wenn sie es wollte. Geheuer war ihr nicht zumute.

Kapitel Acht
Im Land der Gesichtslosen

Die Stufen schienen endlos in die Tiefe zu gehen, die Luft war muffig und der immer enger werdende Gang wurde nur durch eine dünne Kerze, welche der König in der Hand hielt, erhellt. Sie warf flackerndes Licht und die Schatten ihrer beider Körper sprangen grausam entstellt an den Wänden der Höhle vor ihnen, neben ihnen und über ihnen einher. Viktoria musste den Kopf einziehen, damit sie überhaupt weiter kam.

»Wie lange noch?« Ihre Stimme quoll dunkel verzerrt aus ihrem Mund, Wortfetzen waberten in Molltönen nach vorne Richtung König, der sich zu ihr drehte und mit glasklarer Stimme antwortete: »Wir sind gleich da. Ich schlage vor, du redest ab jetzt nur noch das Nötigste.«

Er lächelte sie knapp an und glitt durch eine Luke. Mühsam kletterte Viktoria hinterher und kam auf einer Art Riesenwattekugel zum Stehen, verlor sofort das Gleichgewicht und plumpste unschön hin. Der König half ihr wortlos auf die Beine. Durch die Nebelschwaden schwebten graue Gestalten geräuschlos auf sie zu. Sie umflogen die beiden und kamen Stück für Stück näher. Gleichzeitig nahm Viktoria zwei Dinge wahr. Zum einen konnte man durch die Wesen hindurchsehen und zum anderen besaßen sie keine Gesichter. Stattdessen war ihnen ein weiß leuchtender ovaler Fleck aufgemalt. Auf eine gewisse Entfernung sah es aus, als flögen graue japanische Geishas durch die schwere Nebelsuppe.

»Wir sind im Land der Gesichtslosen.« Der König hatte einen schwarzen langen Mantel und einen grauen Anzug an. Sein weißes Gesicht erschien seltsam konturlos, nur die Nase sprang hervor und die Lippen waren blutrot. Viktoria bemerkte ihr langes nebelgraues Kleid und hob die Hände, um die Schwaden um sich herum zu fühlen. Sie sah jede einzelne Ader in ihren Händen, kniff die Augen zusammen und begriff, dass sie durchsichtig geworden war. Durch ihre Hände hindurch blickte sie zum König, der angespannt den immer dichter werdenden Reigen der Gesichtslosen um sie herum beobachtete.

Sie flogen um Viktorias Kopf, durch ihre Haare, streiften an ihrem Kleid entlang, bis ein großes Geistwesen direkt vor ihr aus dem Boden wuchs und durch sie hindurch ging. Vor Schreck schrie Viktoria laut auf, doch aus ihrem Mund kam kein einziger Ton. Mit angstgeweiteten Augen und qualvoll geöffnetem Mund stand sie auf der Nebelschwade, schrie um ihr Leben und niemand konnte sie hören. Mit einem Satz stand der König neben ihr und hielt seine Hand auf ihren Mund.

»Die Gesichtslosen sind für die Geisterträume da, die grusligen, schrecklichen Träume, in denen der Schlafende von einer überirdischen Macht verfolgt wird und nicht entfliehen kann. Manche rennen um ihr Leben und kommen nicht vom Fleck, weil ihre Füße am Boden kleben oder sie mit schweren Gewichten behangen sind. Andere wiederum kommen schnell vorwärts, aber befinden sich in einer Art Spirale, aus der sie nicht ausbrechen können, immer wieder keuchen sie dieselbe Straße entlang, dieselben Wege und rennen im Kreis. Nicht wenige müssen sich durch Gänge quetschen, die immer enger werden, und sie wissen, hinter ihnen kommt die Gefahr, sie können nicht zurück und vor ihnen wird es immer enger und enger. Sie können es nicht schaffen.

Entscheidend bei diesen Träumen ist, dass der Schläfer um die lebensbedrohliche Gefahr weiß, aber sie nicht benennen kann. Er weiß nicht, wer oder was hinter ihm her ist, doch er weiß, dass es so ist und er so schnell wie möglich fliehen muss. Wenn diese Situation geschaffen ist und der Träumer das glaubt, hat er keine Chance mehr, den Gesichtslosen zu entkommen. Ihnen kann man nur entrinnen, indem man sich umdreht und ihnen todesmutig entgegentritt. Das macht natürlich kein Schläfer.« Der König lachte ein kleines, gehässiges, zufriedenes Lachen. »Die wenigsten«, setzte er hinzu.

»Die Gesichtslosen ernähren sich von der Furcht der Menschen vor ihnen. Sie stellen keine Träume her, wie die Zwerge oder die Feen, sie ernähren sich von der Angst der Träumenden. Sie gehen durch die Träumer hindurch, schaffen ein diffuses Gefühl von Furcht, vor etwas Unerklärlichem, und wenn der Träumer ein empfänglicher Geist ist, wird er das spüren, in seinem Traum einbinden und schon hat er die Geistsauger in seinem Körper. Sie breiten sich aus, fühlen sich wohl, werden parasitär fett. Die Träumenden werden indessen dünner und dünner, schlafen und essen kaum noch, haben Angst vor jeder Nacht. Wenn der Träumer zu schwach geworden ist für große Ängste, verlassen sie ihn wieder und suchen sich neue Wirtsmenschen, in denen sie leben können.«

Viktoria schüttelte sich, klammerte sich an den Arm des Königs und beobachtete angstgeplagt die schwebenden Wesen, ob eines ansetzte durch sie hindurch zu gehen. Sie hatte es gespürt, den eisernen Griff nach ihrem Herzen, diesen kalten, kurzen Augenblick des Todes.

»Kommen sie zu allen Menschen, diese Weißgesichter?« Sie hatte vergessen, dass kein Ton aus ihrem Mund kam, nicht einmal ein winziger Laut.

Der König verstand sie trotzdem. »Zu allen, ja. Doch nicht

alle Menschen sind empfänglich für sie, nicht in allen können sich die Gesichtslosen einnisten. Es gibt Mutige, Tapfere, Unschuldige, Glückliche, Fröhliche, Traumlose und viele mehr, da funktionieren die Machenschaften der Geister nicht. Sie funktionieren besonders gut bei Menschen, die eine unausgesprochene Last mit sich herumtragen, eine Last, die sie am liebsten vergessen würden. Der sie sich eben nicht stellen wollen. Im Traum bleibt kein Ausweg. Da kommen die Gesichtslosen.«

Er vollzog eine elegante Pirouette, ließ seinen Mantel effektvoll wehen und stieg erneut in den Felsen hinein. Die Geistwesen umringten Viktoria im selben Augenblick lückenlos, kamen wie eine Glaswand unaufhaltsam auf sie zu und sie konnte den letzten Zipfel des schwarzen Königsmantels im Felsen verschwinden sehen. Er wartete nicht auf sie, ließ sie allein mit diesen Schreckgespenstern. In Viktoria stiegen Angst, Verzweiflung und Wut gleichzeitig hoch, sie stürzte sich lautlos schreiend mit einer übermenschlichen Anstrengung durch einen der Gesichtslosen hindurch auf den Eingang in der Felswand zu. Das Wesen verschwand, bevor sie es berührte, die eisige Herzklammer blieb aus und sie gelangte ohne Blessuren in den Felsen. Erschöpft lehnte sie sich an die Innenwand, versuchte, ihren Atem zu beruhigen. Er war weg, wartete drinnen nicht auf sie, ließ sie alleine.

Sie betrachtete die Gänge vor sich, einer führte hinauf und einer hinab. Vom Drachenland waren sie gekommen, aber das Tor zur Welt war verschwunden und bisher hatte sie kein zweites gesehen. Sie konnte sich den Weg zurück sparen, der König selbst war sicher hinab gestiegen, aber der wusste, was da unten wartete. Doch es gab eine Chance auf ein weiteres Tor oder sie konnte den König erneut treffen, ihn bitten, sie in die Welt zurückzubringen. Würde er das tun? Er kam ihr in dieser Nacht nicht mehr so charmant und hilfsbereit vor wie in der letzten. Er schien Freude an der dunklen Seite des Traumlandes zu haben, ja er blühte regelrecht auf. Sicher war er in der vorigen Nacht freundlich gewesen zu seinen Untertanen, aber eben beiläufig freundlich, so eine Art Freundlichkeit, die ihn nicht viel Mühe kostete, die glatt war. Dabei fiel ihr ein, dass der König kein Interesse hatte, sie in die Wirklichkeit zurückzuschicken. Er hatte doch gesagt, er wolle sie hierbehalten. War das eine Falle? Dieser dritte und letzte Traum - und jetzt sollte sie alleine hinabsteigen an einen Ort, der vermutlich schrecklicher war als die anderen, von dem sie nie wieder weg kam?

Kapitel Neun
Der Höllenreiter

Sie schüttelte sich, versuchte, sich Mut zuzusprechen, und begann mit dem Abstieg. Es war ein Traum, nichts weiter. Der König zeigte ihr sein ganzes Reich und das war nicht nur wundervoll, genau wie es nicht nur wundervolle Träume gab. Er war doch ehrlich zu ihr, also würde er sein Versprechen halten und sie zurückbringen, wenn sie das wollte. Ein Traum dauert nicht endlos, er dauert nur im Traum endlos. Die Zeit in der Traumwelt war eine andere als in der Wirklichkeit. Da verging allerhöchstens eine Nacht, meist nur wenige Minuten, während hier Tage verstreichen konnten.

Sie stieg weiter hinab, das Licht erlosch und sie tastete sich im Dunkeln an den Wänden vorwärts. Bei jedem Berühren der Wand fürchtete sie, ins Leere zu greifen, bei jedem Schritt in die unerbittliche Schwärze den Halt zu verlieren. Doch sie stand Stück für Stück auf sicherem Boden und fühlte den kalten nassen Stein an ihrer Hand.

»Hallo? Ist da wer?« Ihre Stimme erklang rein wie eh und je, kam als hundertfaches Echo zu ihr zurück. Sie lauschte. Es rührte sich nichts. Wie lange, wie lange sollte sie hier im Dunkeln umherirren? War dies das Ende, lief sie die ganze Zeit im Kreis und merkte es nicht? Sie spürte, wie ihr Mut sank, eine dunkle Qual sich breitmachte. Sie versuchte, sich zu beruhigen, grub ihre Fingernägel schmerzhaft in den Unterarm, vielleicht würde sie davon aufwachen. Nichts geschah. Sie rutschte mit dem Rücken an der Wand auf den Boden, zog die Knie vor das Gesicht und hätte am liebsten geweint. »König, wo bist du?«, flüsterte sie und dann fiel die Höllenangst über sie her, zerfleischte sie und ließ sie als ein zitterndes Bündel am Boden zerstört zurück. Plötzlich sah sie ein schwaches rötliches Licht, weit hinten, am Ende des langen Ganges. Sie wischte sich die Tränen aus den Augen und strengte sich an, zu erkennen, was es war. Egal was, das war ihre einzige Chance, der Finsternis zu entkommen. Sie rappelte sich auf und rannte los, das Licht jedoch entfernte sich im gleichen Maße, wie sie auf es zukam, der Abstand schien sich nicht zu verringern. Hatte sie aufgeholt, war ein Stück näher gehastet, entschwand das Leuchten schneller. Manchmal glaubte sie, eine Gestalt im Licht erkennen zu können, wusste aber nicht, ob ihre Augen sie belogen. Sie rannte schneller.

Da, da war es doch, verschwand um die Ecke und sie hatte doch die dürre Gestalt mit der Fackel gesehen, die schwarzen Haare! Es schien jetzt weit entfernt und die Luft im Gang war heißer geworden. Viktoria hatte Durst, sie lief langsamer, die Tränen rannen ihr herunter, sie wischte sich den Schweiß von der Stirn. Ihr Kleid war schwarz, hatte Risse im Saum vom vielen Laufen. Es wäre eine schöne, elegante Robe gewesen, aber nun war es zerschlissen, staubschmutzig und hing traurig an ihr herunter. Sie stützte sich mit der Hand am Felsen ab, das Licht wurde schwächer und schwächer, gleich würde die Schwärze über sie hereinbrechen.

Sie merkte, wie die Wand unter ihren Fingern bröckelte, sah auf und drückte gegen den Fels, der mehr und mehr nachgab. Ein Tor, vielleicht gab es hier ein Tor! Alle ihre Lebensgeister kehrten mit einem Schlag zurück und sie warf sich mit aller Kraft gegen die Wand, die nachgab und unter ihr zu Staub zerbröckelte.

Viktoria wurde von grellem Feuerschein geblendet und die

Hitze nahm ihr fast den Atem. Glühende Lava floss vor ihr in einem dicken, zähflüssigen Strom vorbei und mündete nicht weit entfernt in einem brodelnden Becken. Am Rand standen feuerrote nackte Gestalten, halb Mensch, halb Tier, die gespannt in die Tiefe des Lavasees blickten. Keiner hatte sie bemerkt und sie floh erschrocken hinter einen Felsbrocken und wollte sich auf den Boden setzen, fuhr aber im gleichen Augenblick wieder hoch, denn der Untergrund glühte. Sie besah ihre Schuhe, die jetzt aus einem festen, kühlen Material bestanden und keine Hitze durchließen. Der König, wo war nur der König? Hatte er sie verlassen? Zurückgelassen mit diesen barbarischen Gestalten? Sie musste sich etwas überlegen, brauchte einen Plan. Zuerst wollte sie von diesem Ort weg, zurück in den Gang und dann den Aufstieg durch die Finsternis beginnen. Hier unten gab es kein Tor, das gab es nur oben.

Vor ihr erscholl ein brutales Kreischen, das sie erschütterte. Vorsichtig lugte sie hinter ihrem Felsbrocken hervor. Was sie sah, ließ alle Farbe aus ihrem Gesicht schwinden. Auf einem Felsvorsprung über dem feurigen See stand ein Pferd, ein riesiges rotes Pferd. Es war prunkvoll gesattelt und an seinem Halfter glitzerten Diamanten, doch die Fleischfetzen hingen ihm lose von den Rippen, die Beckenknochen stachen grellweiß heraus und sein Schädel war nur halb mit felliger Haut überzogen, die andere Seite war blanker Knochen. Viktoria unterdrückte einen Schrei des Abscheus, denn auf dem Pferd saß ein rotfunkelnder Feuerreiter.

Es war niemand anders als der König selbst. Er lächelte sie direkt an, ein abgründiges, zufriedenes Lächeln, das in Viktoria die Wut emporsteigen ließ. Ein Spiel, er hatte mit ihr ein fürchterliches Spiel gespielt und die ganze Zeit um ihre Nöte gewusst. Das wurde ihr mit einem Schlag klar, als sie dieses Lächeln sah und in seine Augen blickte. Sie war seine

Marionette hier in dieser Welt, so wie er ihre Puppe in der Wirklichkeit war. Entschlossen trat sie hinter ihrem Felsen hervor. Ihr Kleid hatte auf wundersame Weise einen dunklen Glanz erhalten, sah nicht mehr alt und zerschlissen aus, sondern glitzerte finster und abweisend gegen die Röte. Heißer Höllenwind fuhr durch ihre Haare und ließ sie zusammen mit dem Kleid wehen. Aufrecht und erbittert stand sie gegen den König, der sein zerfleischtes Pferd in die Höhe riss, sodass es nur auf den Hinterhufen stand und man seine Gedärme herausquellen sah. Er setzte zum Sprung an, flog auf dem halbtoten Tier mit einem unwirklichen Satz über den gesamten siedenden See und landete vor Viktoria. Er klopfte dem Tier lobend den Hals und stieg ab. Die Kreaturen hüpften kreischend auf sie zu, gierten nach dem Pferd. Das war das Ende. Hier würde sie nicht mehr herauskommen, da war sie sich sicher.

»Wie geht es dir?« Eine nichtssagende Höflichkeit, sie hätte ihm beinahe ins Gesicht gespuckt. Gepflegte Konversation in jeder Lebenslage.

»Nun, es ging mir schon besser. Ich möchte jetzt nach Hause«, antwortete sie stattdessen.

»Das hier sind die Albträume. Die wirkliche Hölle für jeden Träumer. Was du siehst, sind immerwährende Schmerzen, sie brennen sich in die Köpfe der Schlafenden. Menschen mit Albträumen haben fast immer etwas zu verbergen, etwas Kolossales zu verbergen, denn ihre Träume sind nicht auszuhalten. Es gibt auch Menschen, die haben schlimme Dinge mit ansehen müssen, zu denen kommen die Albe ebenfalls. Diese Menschen müssen sich mit den Dingen auseinandersetzen, ihre Sprachlosigkeit überwinden, und solange suchen die Nachtmahre sie heim, sitzen des Nachts auf der Brust und beschweren die Atmung.« Der König referierte frei und natürlich, als wäre dies hier die selbstverständlichste Umgebung. Während er dies tat, fielen die Albe über das Pferd her und nagten es bis auf das Skelett ab.

Viktoria wankte, als sie die lüsternen Blicke der Biester auf sich ruhen sah.

»Ich will nach Hause!«, wiederholte sie, so fest sie konnte.

Der König hob irritiert seine Augenbrauen. »Du gehst zu früh«, stellte er fest. Viktoria nickte, ihr war alles egal, nur weg von hier. Der König schüttelte fassungslos seinen hübschen Kopf, schien es nicht glauben zu können und sah sie wieder an.

»Mein Königreich ...« Seine Worte wurden von einem Feuersturm geschluckt, der über sie hereinbrach. Viktoria wurde in die Luft gehoben, sah Arme, Beine und Schwänze der Albe neben sich umherwirbeln und wieder verschwinden. Das tote Pferd schwebte an ihr vorbei und Felsbrocken rasten in ungeheurer Geschwindigkeit spiralförmig in die Luft. Nur den König sah sie nicht. Sie wurde hin und her geschleudert, gedreht und von oben nach unten und von unten nach oben gefegt, geschüttelt und gegen Wände geworfen.

Was immer das hier war, hoffentlich führte es in die Freiheit, weg aus dem Traumland. Sie spürte keinerlei Angst, war sich fast sicher, trotz der Blessuren, die ihr zugefügt wurden, dass nichts Schlimmes passieren würde. Für einen winzigen Augenblick schwebte ein schwarzer Schopf lächelnd an ihr vorbei. Das war doch die Popov! Viktoria traute ihren Augen nicht, aber da war die Gestalt schon wieder verschwunden, so schnell, wie sie aufgetaucht war. Konnte das sein? Die Popov hier unten? Sicher ein Trugbild.

Kapitel Zehn
Der Tanz

Sie landete so, wie man eine Figur in Position stellt: auf den Füßen. Die Landung ging sanft vonstatten und sie sah sich um. Als Erstes fiel ihr der Glanz auf. Der gesamte Saal, in dem sie gelandet war, schimmerte rotgolden. Ein weiches, warmes Licht, das von unzähligen Kerzenhaltern an den Wänden und Lüstern an der Decke gespeist wurde, sich an den goldenen Wänden brach und in wundersamen Schattierungen den Raum erhellte. Eine einzelne Violine setzte zu einer sehnsuchtsvollen Weise an und Viktoria bemerkte das opulente Brokatkleid, in dem sie steckte, die goldfarbenen Handschuhe und den reich verzierten Fächer in ihrer Hand.

Ihre Haare waren kunstvoll zu einem Lockenturm hochgesteckt und mit seltenen Blüten durchsetzt, gehalten durch goldene Reife. Sie stand in der Mitte des Saals und aus einer der prunkvollen Flügeltüren trat der König in einem goldenen Anzug, lächelte, lief auf sie zu und forderte sie zum Tanz auf. Das Orchester setzte ein und Viktoria flog in einer Goldwolke mit dem König durch den Saal. Er drehte sie schwungvoll um ihre Achse, immer und immer wieder, riss sie herum und schwebte weiter mit ihr bis zur nächsten Pirouette, dass es Viktoria schwindlig wurde.

Das Orchester, der Saal, die Tore, die Kerzen und in der Mitte die eisigen Augen des Königs, sein schönes, stets lächelndes Gesicht, die fliegenden blonden Haare und seine Schulter, an die sie sich fester und fester haltsuchend klammerte, das alles raste immer schneller an ihr vorbei. Sie wusste, sie würde gleich die Orientierung verlieren und keuchte ein atemloses »Halt!«, aber der König drehte sie weiter, lächelte und drehte sie weiter. Sie merkte, wie sie wütend wurde, und versuchte, sich gegen ihn zu stemmen, den Tanz auf diese Weise zu verlangsamen, doch das gelang ihr nicht. Er war stärker, packte fester zu und drehte sie schneller.

»Aufhören!« Das Wort brach laut aus ihrer Kehle hervor, so laut, dass der König einen Moment innehielt und sie aufmerksam musterte.

»Aufhören! Ich muss mich setzen«, forderte Viktoria ihre Wünsche ein. Er verbeugte sich, erneut lächelnd, und geleitete sie zu einem Thronstuhl am Ende des Saals. Das Orchester spielte gedämpfter weiter.

»Möchtest du vielleicht jetzt etwas trinken?« Höflich hielt ihr der König einen goldenen Becher hin. Reflexartig griff sie danach, spürte das kalte Metall in ihrer Hand und fast hätte sie getrunken, so trocken war ihr Mund. Doch sie hielt stand, sah dem König in die Augen. »Später«, sagte sie und stellte den Becher auf ein kleines Tischchen neben sich. Der König runzelte unzufrieden die Stirn, sagte nichts und setzte sich auf den Stuhl neben sie.

»Du hast mein Reich gesehen, Viktoria«, stellte er nach einer Weile fest. Sie nickte und beobachtete den feinen Goldstaub, der wie glitzernder Regen von der Decke fiel. Das hier war nur für sie. Sie sollte bleiben.

»Du kannst nun deiner Freundin, wie hieß sie doch gleich, die Freundin, die mir den Arm herausgerissen hat im Irrgarten? Ludmilla? Dieser Person kannst du jetzt einen Traum schicken, wenn du möchtest.« Er bedachte sie mit einem kurzen Seitenblick, beiläufig.

»Lucia. Sie heißt Lucia!«, verbesserte Viktoria den König.

»Gut, wie auch immer. Hast du eine Idee oder soll ich ihr einen Traum schicken?«

Das wiederum fand Viktoria bedrohlich. Lucia hatte den

König in seiner Puppengestalt misshandelt, das stimmte schon, aber sie hatte nicht wissen können, um wen es sich handelte, und wenn sie den Traum dem König überließ, kam Lucia nicht gut dabei weg. Er hatte ein berechtigtes Interesse, Lucia einen Alb zu schicken. Besser, sie bestimmte den Traum, damit Lucia das überlebte.

»Ich bin mir nicht sicher, was ich Lucia schicken möchte«, antwortete sie ausweichend.

»Ich habe einen sehr treuen Alb, den Herzreißer, er würde ihr eine passende qualvolle Nacht bereiten, die sie ihr Leben lang nicht vergäße.«

Viktoria schauerte bei dem Gedanken, wie dieser Alb auf Lucias Brust hocken würde. »Ich würde ihr gerne eine Elfentraum schicken«, sagte sie mit fester Stimme.

Der Becher des Königs zersprang klirrend in tausend Stücke auf dem Boden. »Einen Elfentraum für dieses Gör, dieses widerliche, unausstehliche Geschöpf, welches Schmetterlinge tötet. Schmetterlinge, die den Elfen am nächsten verwandt sind!« Des Königs Stimme bebte vor unterdrückter Wut.

»Sie soll sehen, wie schön das Leben und vor allem die Träume sein können, wenn man frei ist von Gier, Neid und Missgunst!« Das sog sie sich aufs Geratewohl aus den Fingern, es klang überzeugend. Natürlich hätte sie Lucia gerne einen halben Albtraum geschickt, einen kleinen, doch sie spürte, dass das unmöglich war. Wenn der kleine Alb losgeschickt wurde, wer hätte ihn dann unter Kontrolle und sie konnte nicht sicher sein, ob nicht der König eine geheime Anweisung geben würde. Einzig und allein bei den Elfen war sie sich sicher, dass Lucia nichts Schlimmes passierte.

»Einen Elfentraum also. Vielleicht einen mit toten blauen Schmetterlingen?« Der König verzog sein Gesicht nicht, klatschte in die Hände und sogleich kam eine fünfköpfige

Elfengesandtschaft herbei geschwebt. »Bitte!« Mit einer entnervten Handbewegung überließ er Viktoria das Feld. »Du musst den Namen aufschreiben und ihnen mitgeben.« Dann wandte er sich dem Orchester zu.

Viktoria erzählte den Elfen, wie der Traum auszusehen habe, beschrieb ihnen den Tanz mit dem König im goldenen Saal, jedes Detail, die Kerzen, das goldbestaubte Orchester, ihr Brokatkleid, alles, wie sie es hier sahen, sollte im Traum erscheinen. Dann schrieb sie den Namen auf ein kleines Stück grünes Papier, das ihr die Elfen hinlegten. Sie blickte ihnen nach, bis sie durch eines der Tore verschwunden waren. Ihr Herz bebte.

»Alles hier gehört dir.« Der König lächelte wieder. »Lass uns tanzen.« Er hob Viktoria vom Thron und wirbelte sie durch den Saal.

Diesmal achtete Viktoria auf das Tempo, aber der König wurde nicht schneller und schneller, sondern behielt seine Geschwindigkeit bei. Er war ein guter Tänzer und Viktorias Wangen fingen an zu glühen, vor Freude und Erregung. Die Lichter flirrten an ihr vorbei, die Musik berauschte ihre Ohren, ihren Körper, nahm ihren Kopf gefangen, bis sie vollkommen gebannt in die Augen des Königs blickte, die ihr gar nicht mehr kühl und aufgemalt vorkamen, sondern warm, tief und lebendig. Der König hatte mitten in der Drehung gestoppt und beugte sich näher und näher zu ihr herunter. Der Goldstaub umflimmerte ihn und Viktoria schloss die Augen, erwartete die Berührung seiner Lippen.

Es war wie ein elektrischer Schlag, der sie von den Fingerspitzen bis in die Zehen durchfuhr und erschrocken wich sie zurück. Er holte sie mit einer festen Bewegung seiner Hand, die ihren Hals von hinten umfasste zurück und küsste ihr rechtes Ohr, murmelte unverständliche Worte, brummte ein wenig, und fing erneut an, sie zu drehen. Viktoria entspannte sich und tanzte, öffnete und schloss die Augen im Wechsel, lauschte seiner Stimme und fühlte sich herrlich frei und reich. Der ganze Goldstaub, das Orchester, die schönen Kleider, ein Königreich nur für sie, warum nicht? Die Albträume, nun, die musste es sicher geben. Die Menschen konnten ja nicht nur feingesponnene Elfenträume haben. Vielleicht war es ja nicht so schaurig, vielleicht war das Territorium der dunklen Träume nur klein, zu vernachlässigen?

»Wenn du der König der Träume bist «, Viktoria hielt inne und trat einen Schritt zurück, um ihn besser sehen zu können, »was ist dein Traum?« Sie lächelte ihn verzückt an, wartete gespannt auf die Antwort. Der König wurde blass, drehte sich in Windeseile um sich selbst, sodass sein goldener Mantel hinter ihm wehte, blieb stehen, sah nervös von Viktoria hin zum Orchester, das aufgehört hatte zu spielen. Gleichzeitig hörte der Goldstaub auf zu glittern, fiel als ordinärer flockiger Schmutz auf den Boden und bedeckte den König und Viktoria mit einer dreckigen grauen Schicht. Hinter ihr prallte etwas dumpf auf den Boden, und als sie sich erschrocken umdrehte, sah sie, dass aus der goldenen Saalwand Gesteinsbrocken brachen. Überall flogen Ziegel und Gestein aus der Mauer, und als sie ihre Augen nach oben wandte, schrie sie auf. Der schimmernde Kerzenlüster über ihr riss aus seiner Verankerung, und bevor sie reagieren konnte, zerrte der König sie auf die Seite, zog sie durch den einstürzenden Raum unter einen Mauervorsprung, hastete mit ihr durch eines der Tore und sprang mit ihr ins Nichts hinein. Hinter ihnen explodierte der goldene Saal. Trümmer, Schutt und Asche flogen vorbei in die Tiefe. Viktoria konnte unter sich nichts entdecken, kein Ende, über sich außer den zersplitterten Geschossen nichts, nur den König sah sie an ihrer Hand. Er schien bekümmert, beachtete sie nicht, sagte kein Wort.

»Was ist passiert, wo kommen wir hin?«, schrie Viktoria zu ihm hinüber. Der König wandte sich einen kleinen Moment zu ihr um und sie konnte seine toten aufgemalten Augen sehen, dann blickte er weg und schüttelte traurig den Kopf. War das jetzt ein Tor zurück in die Welt? Viktoria wollte nicht in die Welt, sie wollte ein wenig hier bleiben, ins Land der Elfen gehen oder sich von den Zwergen etwas erklären lassen, das Laternenvolk besuchen, mit den Wolkenmädchen schweben, bei den Undinen singen. Irgendetwas davon. Nur nicht ins Internat zurück.

Kapitel Elf
Der Kampf der Magier

Sie landete hart im Nirgendwo. Sah sich um und sah Nichts. Alles, was sie umgab, war klares Hellgrau, keine Schattierungen, keine Lichtquelle und keine Dunkelheit, gleichmäßiges, klares, helles Grau. Sie sah an sich hinunter, das Brokatkleid hatte die Explosion nicht überlebt, sie stand in ihrer normalen Internatskleidung da, doch hier war nicht die Wirklichkeit.

Es war definitiv ein großer Raum, vermutlich ein Land, denn sie konnte kein Ende und keinen Anfang, keinen Hügel, keine Senke erkennen. Es gab nichts, woran sich das Auge festhalten konnte und der Raum schien unendlich groß zu sein. Wo war bloß der König abgeblieben? Hatte er sie etwa schon wieder allein gelassen? Sie drehte sich um und zuckte zusammen. Er stand direkt hinter ihr, schwarz angezogen mit einem bleichen, ernsten Gesicht.

»Komm mit mir!«, flüsterte er, dann beschwörend: »Komm mit.«

Viktoria sah ihn zweifelnd an. Wenn sie dieses Angebot jetzt annahm, könnte sie sicher nie wieder in die Wirklichkeit zurück. Sie dachte an ihre Mama, an das Internat und alles da draußen, dachte an den Garten und wie das Gras duftete und an Magdalena, Elisa und Camilla.

»Lebt man unendlich im Land der Träume?«

Der König lächelte. »Nein, nur, solange jemand an einen denkt, nur, solange man im Herzen eines Menschen sitzt, solange lebt man im Land der Träume. Wenn man vergessen wird, verlischt auch das eigene Leben im Traumland.«

Viktoria überlegte. »Wenn die Menschen, die an einen denken, sterben, dann stirbt man mit?«

Der König schüttelte den Kopf. »Du kannst immer jemandem im Traum erscheinen, jemandem, dessen Herz du erobern kannst und der dich nur im Traum trifft.« Er ergriff ihre Hände. »Komm mit, es ist ewig und du kannst leben, wie du möchtest!«

Viktoria zögerte. »Was ist mit den dunklen Träumen? Die machen mir Angst.«

Der König verdrehte ungeduldig die Augen. »Wie ich dir schon einmal sagte, sie haben nur die Macht über dich, die du ihnen gibst. Wenn du ihnen keine Macht gibst, brauchst du keine Angst zu haben!«

Viktoria rang unentschlossen mit ihren Gefühlen, wollte im Land der Träume bleiben und schreckte gleichzeitig vor der Endgültigkeit ihrer Entscheidung zurück.

»Du bist der König, bist du ein glücklicher König?« Viktoria versuchte Zeit zu gewinnen, überlegte fieberhaft, was sie jetzt tun sollte. Sie wollte den König nicht verlassen, aber für immer im Land der Träume zu bleiben, konnte sie sich ebenso wenig vorstellen. Der König war einige Schritte seitwärts gegangen, sank in sich zusammen und schien weit weg mit seinen Gedanken. Schließlich hob er den Kopf.

»Was soll das sein: Glück? Vielleicht ja, vielleicht bin ich glücklich. Vielleicht bin ich todtraurig? Ich weiß nicht, was Glück sein soll.« Hilflos ließ er die Schultern hängen, wirkte puppenhaft dünn in seinem schwarzen Gewand.

Viktoria nahm sich ein Herz. »Könnte ich nicht weiter zwischen den Welten wandern? Ich meine hin und her wandern, so wie bisher? Ginge das nicht?«

Der König erstarrte. Eine Weile passierte überhaupt nichts, dann drehte er ihr sein Gesicht zu und Viktoria erschrak. Sah entsetzt in seine rotglühenden Augen.

»Was willst du da in deiner Welt, die bedeutet nichts!«, zischte er. Sie wich zurück, die Entscheidung war plötzlich leicht, sie wollte in ihre alte Welt.

»Weltenwanderer!« Er lachte höhnisch. »Das haben schon andere vor dir versucht. Der Preis ist hoch, Viktoria! Und du wirst ihn nicht bezahlen können, keiner kann das!« Schallendes Gelächter. »Wirklich?« Tiefgedehnt erklang eine neue Stimme hinter Viktoria. Dem König blieb das Lachen im Hals stecken, er klappte tonlos seinen Mund zu und wurde noch wächserner, Viktoria fuhr herum und traute ihren Augen nicht.

Vor ihr stand in einem feuerroten Federkleid die Popov.

Sie fixierte den König und der sie. Viktoria befand sich zwischen den beiden und wusste nicht, wie sie sich verhalten sollte. Sie war froh, die Popov zu sehen, obwohl sie nicht sicher war, ob die Direktorin ihr überhaupt wohlgesonnen gegenüber stand. Aber sie war eine Person aus der Realität, die den König kannte, die einzige, die ihr zurück in die Wirklichkeit helfen konnte.

»Wir beide sind Weltenwanderer und erfreuen uns bester Gesundheit. Zumindest ich. Du hattest ja in letzter Zeit Probleme mit deinen Gliedmaßen.« Sie ließ Wort für Wort genussvoll in den Raum tropfen. Gleichzeitig bedeutete sie Viktoria mit einem versteckten Fingerzeig, sie solle sich hinter sie stellen. Bevor Viktoria einen winzigen Schritt in ihre Richtung machen konnte, wurde sie vom König hart an der Schulter zurückgerissen.

»Du bleibst bei mir, lass diese Hexe faseln. Sie ist niemand, ein Nichts.« Viktoria stand neben dem König, die Popov hatte sich nicht gerührt.

»Ein Nichts, ein schwer zu fassendes Nichts für dich, nicht wahr? Ein Nichts, aus dem des Königs Albträume sind, habe ich recht?« Angespannt beobachtete die Popov den König, so wie man ein äußerst gefährliches Raubtier belauert. Scheinbar gelangweilt legte der König seinen Arm um Viktorias Taille, aber sie spürte, dass sie den Boden unter den Füßen verlor und ein kleines Stück in der Luft schwebte. Die Popov bemerkte es ebenfalls, riss ihren linken Arm in einer ausladenden Kreisbewegung nach oben, und während Viktoria dem rotbefiederten Arm nachstarrte, wurde sie brutal aus der Schwebe in die entgegengesetzte Richtung gerissen und fand sich hinter der Popov wieder. Die lächelte zufrieden über ihr gelungenes Manöver.

»Halte dich an mir fest, wir verschwinden aus dieser Zwischenwelt«, zischte sie Viktoria zu, dann lauter an den König gewandt: »Soweit ich weiß, ist deine Macht hier begrenzt, oder irre ich mich da?«

Des Königs Augen glühten, Viktoria wagte es nicht hinzusehen. Ihre Kehle wirkte wie zugeschnürt und sie wollte nur weg, irgendwohin, wo sie sicher war. Vor beiden, vor diesen Zauberern. Die Popov hüllte mit einer verführerischen Drehung Viktoria in ihr rotes Federkleid ein und flog mit ihr davon, der König vollzog ebenfalls eine elegante Wendung.

Als sie die Augen wieder aufschlug, sah Viktoria nur Dunkelheit um sich. Sie atmete die Luft ein, frische, klare Nachtluft. Sie hob den Kopf nach oben und sah die Sterne über sich, hörte das leise Rauschen der Bäume. Sie war draußen. Doch wo war sie gelandet? Sie tastete den Boden ab und ihre Finger befühlten feuchtes Gras und etwas weiter Kies. Die Augen gewöhnten sich langsam an die Finsternis und sie erkannte die hohen Hecken um sich herum. Das musste der Irrgarten sein. Sie erhob sich und versuchte, sich zu orientieren. Wo könnte der Ausgang sein, in welcher Richtung lag das Internat? Notfalls müsste sie bis morgen früh warten, die Gärtnerin würde sie schon finden.

Ein Geräusch hinter ihr ließ ihr das Blut gefrieren. Sie war nicht alleine im Irrgarten. Wie hatte sie das glauben können? Der König hatte ja seine wahre Gestalt Lucia gegenüber im Irrgarten annehmen können, also konnte er hier sein und versuchen, sie wieder mitzunehmen. Wo war die Popov? In den Sekundenbruchteilen, in denen Viktoria all diese Gedanken durch den Kopf schossen, wagte sie sich nicht umzudrehen. Sie horchte, zog instinktiv den Kopf ein und verharrte regungslos in ihrer Position, dicht an einer Hecke. Vielleicht würde die Person, die sich hinter ihr befand, sie übersehen. Viktoria fing an, flach und lautlos zu atmen, hielt die Augen geschlossen. Sie hörte keinerlei Geräusch, spürte aber einen feinen Luftzug neben sich, so, als wäre etwas vorbeigeflogen. Sie öffnete vorsichtig ihre Lider, blinzelte und sah in des Königs blaue Augen, zentimeternah vor sich.

»Komm mit! Ich tue dir nichts!«

Viktoria bewegte sich nicht, schwieg.

»Wir können bei den Elfen wohnen oder bei den Zwergen, wo es dir gefällt. Es passiert nichts, was du nicht willst.« Seine Stimme kroch in ihr Herz, durch die Adern bis in den Kopf, wirbelte alles durcheinander, bis Viktoria die Worte kaum noch verstand, die er ihr ins Ohr flüsterte. Er hielt sie einen Augenblick umschlungen und sie meinte, die Violine aus dem Goldorchester zu hören.

Dann wurde es kalt, bitterkalt. Flocken fielen auf sie herunter und ein eisiger Sturm brach los. Der Schnee erhellte den Irrgarten, glitzerte unnatürlich und bedeckte das dunkle Grün der Hecken. Sie konnte die Wege des Gartens erkennen, trotz des Eiswindes, der die Flocken in ihr Gesicht trieb. Am Ende des Weges erschien der blutrote Feuervogel, breitete seine weiten Schwingen aus und lachte donnernd.

»Aus meinem Garten entkommst du nicht, König der Träume! Das hier ist dein Ende!«

Viktoria drückte sich in die schneekalte Hecke, versuchte,

unsichtbar zu werden. Der König war in seinem schwarzen Gewand in die Mitte des weißen Weges getreten, das Gesicht der Popov zugewandt. Sein Mantel wehte im Sturm, seine Lippen waren fest zusammengepresst, er schien entschlossen zu sein. Viktoria sank unauffällig in die Hocke, kippte auf alle Viere über und kroch Stück für Stück zurück. Das hier war nicht für ihre Augen gedacht, das würde ihr niemand glauben. Sie sah, wie die Feuerfrau Flammen aus ihrem Ärmel gegen den König warf, der ausweichend zur Seite sprang und seinerseits eine riesige Glaskugel gegen den Vogel schmetterte.

Viktoria erstarrte, denn die Kugel enthielt sich wandelnde Bilder. Personen und Landschaften, ein kleines Mädchen im roten Kleid, Erwachsene in seltsamen Trachten, die Viktoria noch nie gesehen hatte, und Weizenfelder. Das war die Vergangenheit der Direktorin! Der König der Träume schmetterte der Popov ihre Erinnerungen entgegen. Viktoria erreichte die nächste Biegung, brachte sich in Sicherheit, stand auf und wollte losrennen. Dann fiel ihr ein, dass weder der König noch die Popov sich erst im Irrgarten orientieren mussten, sie kannten ihn und würden sie sofort finden, egal, wie weit weg sie es schaffte. Sie konnte genauso gut hier bleiben und das Ende abwarten.

Sie spähte um die Ecke und erschrak. Des Königs Arm brannte, allerdings schleuderte er unbeeindruckt weiter gläserne Kugeln gegen seine Kontrahentin. Aus dem Gesicht der Popov ragten lange Glassplitter, Blut lief herunter, ein Auge war scherbenblind, doch sie zertrümmerte mit der einen Hand die Kugeln und mit der anderen katapultierte sie Flammengeschosse gegen den König. Der funkelnde Schnee bettete alles wie in Watte, schluckte laute Geräusche und verströmte trügerische Dezemberfriedlichkeit. Doch auf dem Weg tropfte das Blut auf den weißen Grund, des Königs Haar fing Feuer und Viktoria ahnte, dass er verlieren würde.

»Eine Holzpuppe, die brennt gut!« Die Popov lachte wahnsinnig, fing an zu singen und ging auf den König zu. Der stand bis zum Oberkörper in Flammen, aber die Kugeln gelangten ihm noch aus der Hand. Trafen den Körper, den Kopf und das Gesicht der Popov, splitterten und zerschnitten Haut, Haare, Mund und Augen. Als die Direktorin auf Armeslänge vom König entfernt war, bohrte sich eine Scherbe in ihre Brust, sie wankte und fiel. Der letzte Flammenwerfer ging in den Sternenhimmel.

Brennend drehte sich der König nach Viktoria um, schaffte es nicht mehr und sackte zusammen, als die Flammen sich seines dünnen Körpers bemächtigten, ihn auffraßen, bis nichts als ein Häuflein Asche von ihm blieb.

Viktoria stand da und sah auf das Schlachtfeld. Es hatte aufgehört zu schneien. Die Nacht war klar und ruhig. Stille, eine unglaubliche Stille breitete sich aus. Kein Wind, kein Blätterrauschen. Die Toten lagen friedlich da, nur eine schmale Rauchsäule stieg vom König auf oder von dem, was einmal der König gewesen war. Jetzt lag da ein Häuflein Asche. Viktoria stieg langsam über den Schauplatz des Kampfes auf die Popov zu, die totenstarr mit ausgestrecktem Arm im Schnee lag. Das Blut lief aus ihrem verletzten Gesicht und aus ihrem Federkleid. Wie ein kleiner roter Vogel lag sie da, kaum zu erkennen unter all den Splittern.

Was hatte sie bewogen, gegen den König anzutreten, woher kannte sie ihn und warum hatte sie ihr geholfen? Darauf würde Viktoria nie eine Antwort bekommen. Sie hockte sich neben die Direktorin und zog ihr vorsichtig die Glasscherbe aus der Brust, immer darauf bedacht, sich selbst nicht zu verletzen. Dann entfernte sie sacht die Geschosse aus dem Gesicht der Frau und fuhr mit der Hand über die gebrochenen Augen. Um sie herum wurde es heller und heller, als sie aufblickte, bemerkte sie den Sonnenaufgang. Die Gärtnerin würde sicher jeden Augenblick hier sein, Viktoria stand auf und rief laut um Hilfe. Ein kräftiger Windstoß fuhr durch ihr Haar und fegte die Asche des Königs hinweg.

Sie starrte auf die Stelle, wo vor wenigen Augenblicken der König gestanden hatte und nun nichts mehr von seiner Existenz zu sehen war. Nicht einmal die Asche. Das war es also. So einfach war das. Mit dem Leben und dem Sterben. Am liebsten hätte sie ein bisschen geweint, nahm sich aber zusammen und brüllte erneut um Hilfe.

Der Wind kam wie ein starkes Echo zurück und trug die roten Federn der Popov mit sich.

»Viktoria?« Sie hörte die Stimme der Gärtnerin nah vor sich.

»Hier! Hier bin ich!« Schrie sie erleichtert. Sie sah den grünen Kittel, die grauen Haare und das bekannte Gesicht auf sich zukommen und warf sich in die Arme der Gärtnerin. Noch nie war sie so froh gewesen, einen vertrauten Menschen zu sehen.

»Ist ja gut. Was ist denn passiert?«

Doch bevor Viktoria die Frage beantworten konnte, ließ die Gärtnerin sie los und stürzte auf die tote Direktorin zu. Rüttelte sie, fühlte den Puls, horchte an der Brust, aber ihr konnten die schweren Verletzungen nicht entgehen. Sie richtete sich auf und drehte sich zu Viktoria.

»Was ist hier passiert?«

Viktoria schüttelte den Kopf, die Popov sah jetzt fast normal aus, hatte nichts mehr von dem Feuervogel, der sie gewesen war, sondern lag als tote Direktorin im Kies. Viktoria fiel plötzlich auf, dass der Schnee verschwunden war.

»Es hatte geschneit in der Nacht. Hier lag eben noch Schnee.«

Die Gärtnerin blickte sie verwundert an. »Wir gehen jetzt ins Haus, ich rufe einen Arzt.«

Sie führte Viktoria auf einem kurzen Weg hinaus aus dem Irrgarten auf das Internat zu.

Der Arzt kam und mit ihm der Bestattungsunternehmer, alle Schülerinnen bekamen schulfrei und es wurde eine Trauerveranstaltung abgehalten. Lucia war die ganze Zeit über nirgendwo zu sehen. Als Viktoria Magdalena nach ihr fragte, zuckte die mit den Schultern.

»Ich glaube, sie hat das Internat verlassen. Heute Morgen stand ein großes Auto mit Chauffeur vor der Einfahrt. Ich konnte nicht erkennen, wer eingestiegen ist, doch wenn Lucia jetzt fehlt, ist sie wahrscheinlich gegangen. Was für ein Glück für uns!«.

Viktoria versuchte, ihre Gedanken zu ordnen, und ging auf ihr Zimmer. Das Fensterbrett war leer, es war aufdringlich leer. Viktoria setzte sich mit dem Rücken zum Fenster, um diesen leeren Sims nicht sehen zu müssen. Dann öffnete sie den Schrank, befühlte seine Rückwand. Nichts, alles normal. Wer war jetzt der König im Land der Träume, wenn er hier verbrannt war? Konnte er immer der König sein? Viktoria schüttelte sich, saß lange Stunden in Gedanken versunken da.

Kurz vor dem Abendessen lief sie hinunter zur Pförtnerin und verlangte ein Ferngespräch. Eigentlich war das nicht zulässig, aber in dieser Ausnahmesituation ließ sich die Frau erweichen und leitete sie ins Hinterzimmer zum Telefon. Viktoria führte ein langes Telefonat. Danach dankte sie der Pförtnerin, eilte in ihr Zimmer, zog die Internatssachen aus, packte ihren Koffer und schleppte ihn in die Eingangshalle. Dort setzte sie sich auf die Bank und wartete. Die Bibliothekstür öffnete sich und Magdalena kam heraus, sah sie und fragte bestürzt, was denn los sei. Viktoria bat sie, sich zu setzen, und dann erzählte sie ihr die ganze Geschichte. Magdalenas Mund stand nach den ersten Sätzen offen und ihre Wangen röteten sich. Viktoria erzählte von der Nacht auf dem See, von dem toten Schmetterling, vom König und der kleinen Tür im Schrank, der zweiten Nacht, den Elfen, den wissbegierigen Zwergen, vom Laternenvolk und seinen Kunststücken, von den Undinen und den Wolkenmädchen und von ihrer dritten Nacht mit den Drachen, den Gesichtslosen und den Alben und vom goldenen Saal. Sie ließ nichts aus.

»Du musst verstehen, Magdalena, ich muss weg von hier. Ich denke, ich habe Schuld. Schuld am Tod der Direktorin.« Magdalena sah sie verständnislos an. Viktoria benötigte Zeit, bevor sie weitersprechen konnte: »Auf die Traumbotschaft habe ich nicht Lucias Namen gesetzt, sondern den der Direktorin. Sie hatte mir damals, als sie den König auf dem Fensterbrett erkannte, ihre Hilfe angeboten. Hatte gemeint, ich wäre doch zu alt für Puppen, und wenn ich mal Hilfe bräuchte, solle ich es ihr sagen. Das da im goldenen Saal war meine Chance, wieder hinaus zu gelangen. Ich weiß nicht, ob der König mich wieder zurückgelassen hätte. Ich war einfach nicht sicher.«

Magdalena schüttelte den Kopf. »Er hat es doch aber gesagt, oder?«

Viktoria zuckte mit den Schultern. »Bei den Gesichtslosen hat er mich allein gelassen, hat mich den Weg zu den Alben, zur finstersten Traumhölle, alleine gehen lassen. Er ist eine Lichtgestalt und gleichzeitig verkörpert er die Nacht. Nur war ich mir nie sicher, was überwiegt.«

Magdalena griff nach ihrer Hand. »Du hast keine Schuld. Wenn die Popov dir das angeboten hat, wird sie gewusst haben, was sie erwarten kann, oder? Sie war eine erfahrene Frau und offenkundig eine Magierin.«

Viktoria nickte. »Vielleicht. Trotzdem kann ich nicht hier bleiben, ich muss weg. Ich werde von Dr. Vogel, dem Familienanwalt, abgeholt. Meiner Mutter geht es besser, sie hat ein kleines Haus und will, dass ich bei ihr wohne. Ich möchte das auch. Ich möchte mit ihr und meinem kleinen Hund als Familie leben. Alles das hier vergessen. Magdalena, danke für alles, für deine Hilfe und deinen Beistand!«

Sie umarmte die Freundin und versprach, ihr zu schreiben. Die Türglocke läutete und Viktoria nahm ihren Koffer, Magdalena winkte ihr lange nach, auch noch, als das Auto mit Viktoria durch das Tor verschwunden war.

Dr. Vogel erklärte auf der Fahrt, dass ihre Mutter sich am Tage einer Therapie unterziehen müsse, die lange dauern würde, doch am Abend würde sie zu Hause sein und es wäre gut, wenn Viktoria dann da wäre. Sie könne von dort aus in die Schule gehen, er hatte für sie beide eine freundliche Haushälterin organisiert, die immer nach dem Rechten schauen würde. Falls irgendein Problem auftauchen sollte, könne sie sich jederzeit an ihn wenden.

Viktoria spürte eine lähmende Erschöpfung. Sie fuhr nach Hause, zwar in ein neues Zuhause, aber nach Hause. Die Augen wurden ihr schwer. Das Motorengeräusch drang monoton an ihr Ohr, der große Wagen schaukelte leicht hin und her. Dann fielen ihr die Lider zu und im gleichen Moment riss sie die Augen wieder auf. Sie sah in das lächelnde Gesicht des Königs, der sie an der Hand nahm und über eine taufeuchte Wiese führte, auf der feuerrote Federblumen blühten.

Die Verführung

Kapitel Eins
Mieke Kalinowski

Mieke Kalinowski stand am Fenster und sah in den weitläufigen Park mit seinen alten Buchen, Kastanien und Linden, sah über die kleinen weißen Bänke hinweg, die wie Inseln der Geborgenheit eingebettet zwischen Sträuchern und Blumen auf müßige Besucher warteten. Hinter ihr schlürfte Salome Lichtenberg mit zittrigen Händen ihre lauwarme Suppe. Mieke nahm die schmatzenden Geräusche der Sechsundneunzigjährigen kaum wahr, sie dachte daran, dass Juri nicht nach Hause gekommen war.

Heute Morgen nicht, gestern nicht und vorgestern nicht. Sie hatte die letzten beiden Nächte kaum geschlafen, war in der ersten Nacht, in der Juri weggeblieben war, durch die Straßen der Stadt gezogen, hatte alle Schankstuben, Bars und Tavernen nach ihm abgesucht. Nichts. Sie hatte ihn nicht gefunden. Niemand wusste, wo Juri war. Gestern Nacht war sie erschöpft vom Weinen und Grübeln für zwei Stunden eingeschlafen, aber der Kummer hatte sie erneut hochgetrieben. Ihr Herz hatte sich nicht beruhigen lassen und wieder war sie losgezogen, hinein in die Nacht, in der Hoffnung, Juri zu finden oder jemanden zu treffen, der wusste, wo er war.

„Fräulein Mieke, Sie sehen nicht gut aus, wenn ich Ihnen das sagen darf!" Die feste Stimme der Alten riss sie aus ihren Gedanken. Mieke drehte sich um, nahm mit einem schnellen Blick wahr, dass Suppe auf dem grünen Tischtuch gelandet war. Automatisch begann sie, Teller, Brot und Löffel auf den Servierwagen zu räumen.

„Ich habe schlecht geschlafen, Frau Lichtenberg, es ist nichts. Wahrscheinlich haben wir Vollmond." Sie stellte den Teller mit argentinischem Rinderhüftsteak in Pfeffersahnesauce, Bohnen und Bratkartoffeln vor die Greisin.

„Nun, wie Sie meinen, Fräulein, ich glaube Ihnen kein Wort." Der scharfe Ausdruck aus den hellen Augen der Alten drang Mieke bis ins Herz. „Sie könnten mir Ihren Kummer erzählen, während ich esse, das wäre unterhaltsamer für mich und vielleicht erleichternd für Sie."

Salome Lichtenberg begann, sehr langsam eine kleine Bratkartoffel auf ihre Gabel zu spießen und zum Mund zu führen. Zögernd nahm Mieke ihr gegenüber Platz und begann, erst stockend, sich immer wieder besinnend, dann flüssiger und schnell, immer schneller, zu erzählen – von Juri, ihrem Mann, von ihrem Kennenlernen vor fünf Jahren in einer Bar, der bald darauf folgenden Hochzeit, Juris schwerer Arbeit, der ersten gemeinsamen Wohnung und von den Träumen, die sie beide einmal gehabt hatten, von dem Wenigen, was ihnen genügt hatte zum Glück, und dann von der Wende. Sie erzählte der Alten, wie Juri immer später heimkam, etwas von Überstunden murmelte, anfing, am Wochenende zu arbeiten, sich immer mehr von ihr zurückzog. Als das Geld knapp wurde, war sie misstrauisch geworden. Juri arbeitete doch so viel, da musste doch mehr vorhanden sein, doch ab der Hälfte des Monats war die Haushaltskasse leer, nicht einmal für Kartoffeln und Milch reichte es. Sie fing an, Essen vom Stift hier abzuzweigen und mit nach Hause zu nehmen, begann, Juri zu belauern. Fragte nach seiner Arbeit, den Überstunden und wo das Geld sei für die viele Arbeit. Sie bekam keine Antwort, stattdessen blieb Juri zum ersten Mal über Nacht weg. Erstarrt verbrachte sie die ganze Nacht am Küchentisch, auf jeden

Schritt im Haus lauschend, auf jedes Türschlagen. Als er in den Morgenstunden heimkam, schüttete er blicklos einen Haufen Münzen vor ihr auf dem Tisch aus und verschwand stumm im Schlafzimmer. Es war viel Geld gewesen und es hatte verführerisch geglänzt, da vor ihr auf dem weißen Tischtuch. Aber sie wollte das Geld nicht, sie wollte ihren Juri zurück, und nun war er schon zwei Tage verschwunden. Sie erzählte der alten Frau von ihrer Suche nach Juri in den letzten zwei endlosen Nächten, ihrer Angst und Ruhelosigkeit.

Salome Lichtenberg nickte zustimmend. „Die Nächte sind am Schlimmsten, ich weiß, mein Kind, ich weiß, die Zeit tropft langsam wie Pech vor sich hin und die Seele ist anfälliger für die grausamsten Gedanken." Sie tupfte sich den Mund mit einer Serviette ab. „Ich kann Ihnen eine Geschichte erzählen, wenn Sie möchten, die Geschichte einer sehr guten Bekannten von mir, fast einer Freundin, möchte ich sagen. Ich glaube, dass Ihnen die helfen könnte. Die Begebenheit bringt Ihnen zwar nicht Ihren Mann zurück, aber ich fürchte, Klarheit für Sie, Mieke. Was meinen Sie?" Schmallippig lächelnd lehnte sich Salome Lichtenberg in ihrem Rollstuhl zurück und sah Mieke forschend an. Diese blickte auf die viktorianische Standuhr an der gegenüberliegenden Wand: „In ein paar Minuten endet meine Schicht, Frau Lichtenberg, danach würde ich nach Hause gehen und wäre alleine mit meinem Warten und meinen Gedanken. Alles ist besser als das, als die Qual, nicht zu wissen, was los ist mit Juri." Sie stand auf und stellte den halbleeren Teller der Lichtenberg beiseite und deckte das Teeservice auf.

Kapitel Zwei
Das Konzert

Es roch nach schwerem Parfum. Vor ihr verströmte eine stark gepuderte, breite Dame einen betäubenden Geruch aus Jasmin und dunklen Rosen durch ihre weiche Fuchsstola, während der ältere Herr neben ihr sie freundlich durch sein Monokel anlächelte, wissend hüstelnd. Der purpurne Samtvorhang der Bühne war noch geschlossen, also sah sie sich um. Ränge und Balkone des Theaters waren bereits voll besetzt, genau wie das Parkett, in welchem sie saß. Die letzten Eiligen hasteten Entschuldigungen murmelnd herein, nötigten bereits Sitzende wieder zum Aufstehen und zwängten sich durch die Reihen bis zu ihren Stühlen.

Damen auf den Balkonen fächelten sich Luft zu, manche tasteten mit den Händen nach der Frisur und prüften deren Festigkeit, andere vertieften sich in das goldumrandete Programmblatt, es lag ein leises, erwartungsvolles Wispern in der Luft und Viola Frost überflog mit einem schnellen seitlichen Kennerblick die schwarzen Lettern auf dem goldenen Blatt ihres Nachbarn. Mit Schumanns Kreisleriana würde er also beginnen, dann folgte eine Pause, zwei weitere Stücke von Robert Schumann, eine erneute Pause, schlussendlich Schostakovich und Strawinski. Schönes Programm, es würde sein Genie vollendet zur Geltung bringen, da war sie sich sicher. Ihre blauen Augen schweiften über die Brüstungen und Balkone und sie sah gerade noch das wächserne Gesicht eines älteren Herrn, der sie unverwandt aus hohlen Augen anstarrte, bevor das Licht ausging.

Der Vorhang öffnete sich und gab den Blick auf einen

schwarzen Flügel frei, umgeben von fünf gewaltigen Kandelabern, deren dunkle Kerzen aufgeregt flatterten. Kein Laut war zu hören, das Publikum starrte mit aufgerissenen Mündern in höchster Zuversicht zur Bühne, jeden Moment den Meister erwartend, ängstlich darauf bedacht, keine noch so kleine Bewegung des Jahrhundertpianisten zu verpassen. Lange Minuten und nichts regte sich, die Kerzen flackerten, tropften, ein paar vereinzelte Huster unterbrachen die Stille, dann vom Balkon das Rascheln eines Bonbonpapiers, welches mit einem empörten Ruf aus dem Parkett zum Schweigen gebracht wurde.

Ihr Nachbar ließ sein Monokel in die linke Hand fallen und lehnte sich zurück. Viola sah wie alle anderen zum Flügel und fragte sich, ob der Pianist wohl überhaupt noch kommen würde oder ob sie die ganze Mühe umsonst auf sich genommen hatte. Als sie nochmals hoch zu den Balkonen blickte, erkannte sie das schwache Spiegeln eines Opernglases, das auf sie gerichtet war. Schnell sah sie wieder nach vorne, versuchte Haltung zu bewahren, während sie fieberhaft überlegte, wer so an ihr interessiert sein konnte. Sie kannte in dieser Stadt niemanden, hatte vor zwei Tagen ein möbliertes Zimmer angemietet und es für die nächsten Wochen im Voraus bezahlt. Per Post. Ihre Vermieterin, eine Frau Jakob, hatte sie nie zu Gesicht bekommen. Niemand wusste, dass sie in der Stadt war und schon gar nicht hier in diesem Theater in Erwartung eines Konzerts von Etienne von Sutter.

Ein leises Rascheln und Summen begann sich in der Dunkelheit zu regen, die Menschen fingen an, zu tuscheln, mutmaßten, ob sie überhaupt noch in den Genuss von Klavierkunst kommen würden, schnäuzten sich, kramten in ihren Taschen und versuchten, in der Dunkelheit des Saales etwas zu erkennen. Der ohrenbetäubende Knall brachte die wartende Menge zu einem entsetzten Schweigen. Eine brennende Lichtkugel stieg vor der Bühne langsam in die Höhe, beleuchtete eine Riesenschaukel, welche kunstvoll mit rubinroten Rosenranken umwunden war und von hinten, hoch über dem Saal, zur Bühne schwebte. Darauf saß niemand anderer als Etienne von Sutter, lässig an eine Seite der Schaukel gelehnt, ein Bein angewinkelt, mit dem Fuß auf dem Brett. Kleine Rauchkringel in die Luft blasend, ließ er die Zigarettenasche über seinem Publikum verwehen. Seine blonden, nach hinten gegelten Haare leuchteten im Widerschein der Feuerkugel, die immer weiter nach oben stieg. Das Publikum spendete ihm ekstatischen Applaus, einige Damen stießen schrille Schreie aus und Viola war nicht sicher, ob nicht die eine oder andere das Bewusstsein verlor.

Elegant sprang Etienne von Sutter vorzeitig aus der sich langsam senkenden Schaukel und stand mit einem einnehmenden Lächeln am Bühnenrand, winkte hierhin und dorthin, verbeugte sich dreimal tief. So tief, dass seine Nasenspitze die Schienbeine berührte. Viola konnte das aus ihrer zweiten Reihe heraus genau sehen und auch, dass er die Beine durchgestreckt hielt. Zu tief, die Verbeugung, zu tief, um echt zu sein, dachte sie bei sich. Die Leute tobten, es wurden einzelne Rosen nach vorne geworfen, einige sprangen von ihren Sitzen. Mit einer einzigen, herrischen Handbewegung brachte der Künstler das Volk zum Schweigen, lächelte entschuldigend, die rechte Hand auf dem Herzen und begab sich zum Flügel. Der gesamte Saal schien den Atem anzuhalten, als Etienne von Sutter auf dem Klavierhocker Platz nahm, die Schöße seines Fracks richtete und kurz innehielt, wie in Zwiesprache mit sich selbst versunken, um dann abrupt die Hände in die Höhe zu reißen und sie sanft auf der

Klaviatur fallen zu lassen und im selben Moment mit seinem virtuosen Fingerspiel zu beginnen.

Viola betrachtete sein ins Spiel versunkenes Profil. Er hatte sich verändert, war erwachsen geworden, war ein aparter und bejubelter Mann, der von der Kunst gut leben, der die Konzerthallen in der Welt füllen konnte, einmalig in seinem Spiel. Sie hatte die Zeitungen gelesen, hatte alle Artikel verschlungen, damals, als es losging mit seiner Karriere, als er auf dem Sprung nach ganz oben war, und dann Jahr für Jahr, sie hatte alles still gesammelt, die Berichte über ihn ausgeschnitten, mit kleinen Anmerkungen versehen und in ein eigens dafür angeschafftes Buch geklebt. Sie hatte gelesen, wie viele Preise er bekam, hatte die Fotos in den Gazetten gesehen, Etienne mit einer eleganten Brünetten vor dem Eifelturm, Etienne mit einer aparten Schwarzen im Ritz, Etienne in der Royal Albert Hall in London am Flügel, Etienne braungebrannt auf einer Yacht im Mittelmeer, Etienne an irgendeinem Flügel irgendwo in der Welt, Etienne lachend auf einer Party mit einem Champagnerglas in der Hand. Die Reihe ließ sich endlos fortführen.

Vor zwei Monaten dann war ihr ein kleines Schweizer Tageblatt in die Hände gefallen; als sie es aufschlug, fand sie einen Bericht über Etienne mit einem kurzen Interview. Der Reporter hatte den Pianisten offenbar vor dem Künstlereingang abgepasst, denn ein dazu passendes, leicht verwackeltes Foto zierte den Artikel. Als Erstes fragte der Reporter Etienne von Sutter, wann er denn mit dem Klavierspielen angefangen hatte. Der antwortete, dass er schon mit vier oder fünf Jahren am Klavier gesessen war.

Als Nächstes fragte der Journalist nach dem ersten Lehrer von Etienne von Sutter und hier stockte Viola Frost fast das Herz, als sie las, wie Etienne etwas nebulös antwortete, dass die Lehrer ihm nie so wichtig gewesen waren und keiner einen bedeutenden Einfluss auf ihn genommen hatte, dass sein Genie von innen herauskam und er seinen jeweiligen Klaviermeistern nur die Empfehlungen an den nächsten zu verdanken hatte und ja vielleicht noch die Disziplin, denn das wollten sie ja alle, diese Lehrer. Vor kalter Wut bebend hatte Viola Frost am gleichen Abend beschlossen, die Dinge selbst in die Hand zu nehmen, und so saß sie jetzt hier in der zweiten Reihe, ein paar Meter von Etienne von Sutter entfernt, und doch trennten sie Welten.

Er erhielt nach allen Stücken frenetischen Applaus, kam jedes Mal für kurze Zeit zum Bühnenrand und verbeugte sich mit der Hand auf dem Herzen in alle Richtungen, warf Kusshände in die Luft zu den oberen Rängen und den Balkonen. Livrierte brachten ihm ein Tablett mit Wasserkaraffe und einem vollgefüllten Glas, welches er, bevor er sich wieder setzte, komplett leerte. Nach dem letzten Ton riss es die Menschen von den Plätzen, Blumen flogen zur Bühne und der Applaus wollte nicht enden.

Viola Frost erhob sich nur langsam von ihrem Stuhl, in erster Linie wollte sie nicht auffallen, und klatschte der Form halber mit. Selbstverständlich war die Darbietung unübertrefflich gewesen und niemand wusste das besser als sie, doch ihm enthusiastischen Beifall dafür zu spenden, ihn zu bejubeln, brachte sie dann doch nicht übers Herz. Sie blickte schnell nach oben zu den Balkonen und sah, dass der ältere Mann ebenfalls aufgestanden war und zur Bühne blickte. Er klatschte so in die Hände, als wäre es ein überaus lästiges Übel, von dem es sich schnell zu befreien gelte. Von seinen weißen Seidenhandschuhen konnte ohnehin kein Laut ausgehen und sein schmales, blasses Gesicht zeigte keinerlei Regung.

Er stand damit in einem ungeheuren Gegensatz zu den Damen, die ihn von allen Seiten umringten, die sich über die Brüstungen beugten mit ihren roterhitzten Gesichtern und mit sehnsüchtigen Augen auf den Pianisten gierten. Um den Bühnenrand drängte sich das Volk, um einen Händedruck oder ein paar Worte des Idols zu erhaschen. In der Tat sprang Etienne von Sutter leichtfüßig vom Bühnenrand, umarmte dort einen Lockenkopf, nahm hier eine Rose entgegen, schüttelte Hände und ließ sich beglückwünschen. Viola Frost presste sich nach vorne, stieß ihre dünne Gestalt gewaltvoll durch die Bäuche, Busen und Schenkel der Drängenden, bis sie vor Etienne stand.

Er bedachte sie mit einem flüchtigen Blick, seine Augen wurden von einem Geschehen hinter ihr gefesselt und schon schob er sie unsanft zur Seite, um eine attraktive Rothaarige mit einem Handkuss zu beehren. Es flogen Schmeicheleien umher, die Leute um Etienne und die Rothaarige lachten wohlwollend, glücklich darüber, dass sie wenige Sekunden am Leben des Pianisten teilhaben konnten, ihn in einer fast privaten Situation erleben durften, die sie sonst nur aus den Gazetten kannten. Das machte diesen Augenblick im Leben der Leute zu einem unvergesslichen, einmal und nur in diesem Moment schien das Leben seine Ketten vergessen zu haben, war durchlässig bis ganz nach oben zu den Schönen und Reichen, in diesem einen winzigen Augenblick konnten sich die Leute so fühlen, als gehörten sie auch zu dieser Welt. Und Etienne von Sutter hatte ihnen die Tür geöffnet, ihnen einen kurzen Blick auf eine andere, perfektere Welt gewährt, das würden sie niemals vergessen.

Die Menschenwolke mit dem Pianisten im Zentrum zog weiter und spuckte Viola als überflüssiges Element aus ihrem Inneren, ließ sie vor einer pompösen klassizistischen

Säule als Aussätzige zurück. Bewegungslos stand sie einige Augenblicke, dann flüsterte sie kaum hörbar: „Du hast mich nicht erkannt." Und ein feines, kaltes Lächeln glitt über ihr Gesicht. Sie hob die Schultern, streckte das Kinn nach oben und nahm eine straffe Haltung an, bevor sie sich zum Ausgang begab. Im Augenwinkel bemerkte sie den Herrn vom Balkon, im schwarzen, eleganten Anzug, schwarzen Hemd und Krawatte, nur seine weißen Seidenhandschuhe leuchteten als Blickfang und eine seltsam geformte Nadel am Revers. Die stach mit ihrem Blutrot in Violas Augen. Der Fremde blickte sie interessiert an, hatte offenbar Violas Auftritt vor dem Pianisten verfolgt und fast schien es Viola, er wolle sie ansprechen. Sie huschte schnell nach draußen auf die Straße; das Letzte, was sie jetzt brauchen konnte, war ein Gespräch mit einem Theaterbesucher.

Kapitel Drei
Der Fremde

Sie zog das wollene Cape fester um ihren mageren Körper, stemmte sich gegen eine kräftige Windböe, die überraschend um die Ecke fuhr, und ging mit schnellen Schritten in eine breite Straße, rechts vom Theater, die von Cafés und Bars hell erleuchtet wurde. Sie zwängte sich mitten durch eine größere Menschenansammlung und verschwand sofort nach links in eine weniger belebte Gasse. Kurz hielt sie inne, trat einen Schritt in die schützende Dunkelheit eines Torbogens und beobachtete, wie der Fremde auf der lebhaften Straße zwischen den Menschen nach ihr spähte. Er trug einen silbernen Knaufstock bei sich, von dem Viola sich nicht sicher war, welchem Zweck der diente, denn der Mann war augenscheinlich gut zu Fuß. Sie wartete geduldig, und erst als sie sicher war, dass der Unbekannte fort war, zog sie eine schwarze Mütze über ihre Haare und verließ ihr Versteck.

Zügig lief sie durch die immer schmaler werdenden Gassen, doch sie hastete nicht, wollte den wenigen Menschen, die ihr entgegenkamen, nicht auffallen. Ab und an drehte sie sich um, blieb in einer Einfahrt stehen und wartete, aber es passierte nichts mehr, alles blieb ruhig um sie herum. Sie hatte ihren Verfolger abgehängt. Absichtlich lief sie ein paar Umwege, um ihr eigentliches Ziel zu verschleiern. Es musste mittlerweile weit nach Mitternacht sein und bis auf ein paar Katzen war jetzt niemand mehr in den buckligen, engen Gassen unterwegs. Etwas nervös sah sie sich um, bevor sie an der Tür eines wetterschiefen Hauses, aus dessen kleinen Fenstern mattes Licht schimmerte, klopfte. In dem Moment, als sie den Türklopfer ein weiteres Mal anheben wollte, hörte sie in wenigen Metern Entfernung das leise Klacken des Silberknaufs. Das Blut wich ihr vor Schreck aus dem Kopf und schnell schlüpfte sie an dem alten Weib, welches ihr öffnete, vorbei in den warmen Raum des Hauses.

„Schließ die Tür!", zischte sie. Die Weißhaarige verriegelte geräuschlos die Tür und zog die Vorhänge der Fenster zu, dann nahm sie Viola an der Hand und mit in die hintere Wohnküche.

„Du bist verfolgt worden?"

Erschöpft ließ sich Viola in einen der tiefen, weichen Sessel fallen. „Ja. Ein Mann aus dem Konzertsaal. Ich kenne ihn nicht."

Sie beschrieb der Älteren den Mann und das Geschehen. Die Frau drehte ihr währenddessen den Rücken zu und bereitete auf dem Herd einen Tee. Als sie sich wieder zu Viola wandte, war ihr Gesicht ernst.

„Nun, ich hoffe, er hat nicht bemerkt, welches Haus du betreten hast. Aus deiner Beschreibung, insbesondere wegen des Ordens oder der Ansteckhadel am Revers, vermute ich, dass er ein Mitglied eines Geheimbundes ist, eines bestimmten Geheimbundes. Diese Leute sind gefährlich, verfügen über mächtige Kontakte und können Einfluss nehmen. Du solltest dich vor ihnen in Acht nehmen, obwohl er sicher nicht an dir als Person interessiert ist, sondern lediglich an deinen Kenntnissen. Der Fremde ist an unserem Wissen über die Natur interessiert, an nichts anderem, und im weiteren Sinne ausschließlich an Macht. Macht über andere Menschen."

Viola lächelte müde. Rabea Pavlowa hatte sicher recht, sie war eine der ältesten weisen Frauen, von der Viola jemals gehört hatte. Rabea wusste viel über Kräuter, Essenzen und

Tinkturen, welche die wunderlichsten Wirkungen entfalten konnten. Wirkungen, die sich andere Menschen nicht einmal zu erträumen vermochten.„Seit wann bist du in der Stadt?" Rabea Pavlowa stellte einen dampfenden Krug vor Viola ab und setzte sich.

„Seit zwei Tagen. Ich habe ein möbliertes Zimmer." Viola nahm einen Schluck aus dem tönernen Krug und schüttelte sich. Die Alte lächelte. „Du solltest den Sud ganz trinken, mein Kind, denn er ist die Grundlage für den Trunk, den du später einnehmen wirst."

Viola sah erstaunt auf. „Was willst du mir geben?"

Rabeas Mund wurde hart. „Nun, ich weiß, warum du hier bist. Ich kenne deine Vergangenheit und ich weiß, dass du wegen Etienne gekommen bist und ich dir helfen soll. Er hat dich nicht erkannt, nicht wahr? Du warst zu jung damals, Mädchen, fast noch ein Kind, und er wollte hoch hinaus fliegen. Das ist ihm gelungen. Überprüfe dein Herz, deinen Verstand und deine Seele, denn man bekommt nichts umsonst. Prüfe dich, ob du das wirklich willst oder ob du nicht doch vergeben kannst, prüfe genau, ob du meine Hilfe wirklich benötigst."

Die Alte war aufgestanden, um eine knarrende Schublade aus einer alten Holzkommode zu ziehen, aus der sie verschiedene graue und braune Säckchen entnahm. Damit schlurfte sie zurück zum Herd, nahm einen kleinen Topf zur Hand, den sie mit Wasser befüllte.

„Was ist der Preis?" Durch Violas Stimme rann ein kaum wahrnehmbares Zittern.

Rabea Pavlowa stellte den Topf bedächtig auf den Herd und wandte sich erneut Viola zu. „Mit dem Trank kannst du Etienne verführen, er wird dir verfallen und du wirst zur wichtigsten Person in seinem Leben werden, wenn du das möchtest." Die Alte schwieg einen Augenblick, Violas Wangen brannten vor Aufregung, als die alte Frau fortfuhr: „Der Trank birgt eine große Macht. Hör mir genau zu, du wirst eine Meisterin der Verführung. Nicht mehr, aber auch nicht weniger. Du wirst deine Form nach Belieben ändern können, du kannst ein Mann, eine Frau oder ein Kind sein, selbst der Spatz im Park oder die Katze im Hof. Doch mit jeder Gestaltenwandlung wird sich dein wahrer Körper ein klein wenig verändern. Es wird dir vielleicht nicht sofort auffallen, weil es kaum merklich ist, doch mit zunehmender Wandlung wird es unübersehbar sein. Dein wahrer Körper wird die Farbe von gefrorenem, azurblauem Wasser annehmen und es wird niemals wieder umkehrbar sein. Es gibt kein Kraut dagegen, zumindest kein mir bekanntes."

Erschöpft von ihrer langen Rede stützte sich Rabea Pavlowa auf dem Küchentisch auf und sah Viola ernst an. Die nickte. „Ich warte bereits mein halbes Leben auf diesen Augenblick. Vergebung ...", lachte sie spöttisch, „Vergebung für einen, der seine Vergangenheit nicht mehr kennt, nein. Und es ist mir egal, ob er sie verdrängt oder wirklich vergessen hat und was er für Gründe dafür hat. Er hat sein Leben auf den Trümmern anderer Leben aufgebaut, und wenn ich mit ihm fertig bin, wird er sich erinnern."

Violas Augen glühten und in ihren Mundwinkeln hatten sich kleine Schaumbläschen gebildet. Die Alte sah sie nachdenklich an. „Rache ist nie eine gute Ratgeberin. Und höre nochmals, du wirst nur die Meisterin der Verführung, nicht mehr." Sie band sich die halblangen, schlohweißen Haare zu einem Zopf. „Es gibt einen Preis, Mädchen, und er ist nicht die Farbe deines Körpers. Der Preis ist viel höher, sehr viel höher. Du wirst alles fühlen, was Etienne fühlt. Du wirst jede seiner Regungen spüren, du wirst es genauso fühlen wie er. Wenn er leidet, wirst du leiden, wenn er krank ist, wirst auch du die Krankheit spüren, wenn er sich freut, wirst du durchströmt vom Glück, wenn er nervös ist, werden dir Gegenstände aus der Hand fallen. Du wirst mit ihm verbunden sein wie mit einem zweiten Ich. Alles, was du ihm antust, wirst du dir selbst durch ihn antun. Es kommt alles zu dir zurück. Das ist der Preis. Dein Geist wird niemals wieder unabhängig von ihm existieren können. Niemals, hörst du!" Die Stimme der Alten donnerte durch die Küche.

Viola war blass geworden, drückte sich in ihren Sessel und biss sich auf die Lippen. „So jemand wie Etienne kann nichts fühlen, nichts fühlen können, sonst würde er sich niemals so verhalten, hätte nichts vergessen, würde sich auf seinem Weg nach oben einmal umschauen."

Trotzig hob sie den Kopf und sah in die grauen Augen der Pavlowa, die sich mit einem Schulterzucken erneut dem Herd zuwandte. Mit einer müden Handbewegung entzündete die Alte das Feuer unter dem kleinen, blauen Topf, öffnete die Säckchen und ließ die Kräuter widerwillig in das warme Wasser rieseln. Den fertigen Trank schüttete sie in einen schwarzen Kelch und reichte ihn Viola, die sich erhoben hatte.

„Bevor du trinkst, Mädchen: Mich wirst du nie wieder finden. Wir beide sehen uns heute das letzte Mal. Ich habe deinem Vater versprochen, dir zu helfen, wenn es soweit kommen sollte. Mein Versprechen löse ich jetzt und heute ein, damit bin ich frei von deinem zukünftigen Schicksal und auch deine Vergangenheit berührt mich nicht mehr." Mit einem traurigen Lächeln reichte sie Viola den Becher, aus dem bläuliche Schwaden quollen. Durch den Dampf hindurch sahen sich die beiden Frauen einen Augenblick an, die Augen der alten hatten einen resignierten Ausdruck angenommen, die blauen der jungen frohlockten im Angesicht der Möglichkeiten, die auf sie warteten. Viola atmete kurz ein, trank mit einem Zug den Kelch leer, wischte sich mit dem Ärmel über den Mund und setzte sich zurück in den Sessel. Sie spürte, wie die bittere Flüssigkeit wie heißes Quecksilber ihre Kehle hinunter rann, ihren Magen erreichte, ihn mit wohliger Wärme füllte und sich schließlich im Gedärm ausbreitete. „Es wird dir heute und morgen ein wenig flau sein, vielleicht wirst du hie und da einen kleinen Schwindel bekommen, aber nichts Ernsthaftes. Ich gebe dir ein Kraut dagegen mit." Während die Pavlowa sprach, spülte sie den Kelch gewissenhaft aus. „Das Kraut in dem grauen Sack ist gegen die Übelkeit, das in dem blauen Säckchen ist das Wandelkraut. Nur eine winzige Messerspitze davon genügt, um in jede Gestalt zu schlüpfen, welche du dir vorstellst. Nur die winzige Spitze eines Messers, hörst du, Mädchen?" Sie drehte sich um und warf die beiden Säckchen vor Viola auf den Küchentisch. „Falls jemand das Kraut bei dir findet, wird er nichts damit anfangen können. Es bleibt wirkungslos ohne den Trank, den du gerade zu dir genommen hast."

Leicht benommen von der Hitze in ihrem Körper stand die junge Frau auf. Rabea Pavlowa geleitete sie zur Tür. „Leb wohl, Mädchen, und viel Glück. Komm nicht mehr her, versuch es auch nicht. Du bist auf dich allein gestellt." Damit öffnete sie die Tür einen Spaltbreit, streckte ihren verwitterten Kopf hindurch und spähte in die Nacht. „Ich kann ihn nicht mehr sehen, nicht hören und nicht riechen, deinen Verfolger. Er wird wohl aufgegeben haben, komm gut durch die Nacht. Lebewohl!"

Sie stieß Viola Frost auf die dunkle Straße und schloss schnell die Tür hinter ihr. Viola wollte noch etwas erwidern, sich bedanken, doch es war zu spät. Die sanft glimmenden Lichter hinter den Vorhängen des alten Hauses wurden gelöscht und Viola stand in vollkommener Finsternis in der Gasse, lauschte auf den Wind, auf das entfernte Kläffen eines Hundes und das Geschrei von zwei Betrunkenen, die sich stritten. Ihre Augen gewöhnten sich an die Dunkelheit, sie erkannte die schattenhaften Umrisse der gegenüberliegenden Häuser, die Torbögen und Hauseingänge.

Alles war still, sie zog ihre Schuhe von den Füßen und lief in Strümpfen, eng an den Häuserwänden entlang zur nächsten Kreuzung, bog ab und lief weiter, wechselte abseits der Straßenlaternen schnell die Straßenseite und bog wieder in eine kleinere Gasse ein, drückte sich in den nächsten Hauseingang und lauschte. Die Betrunkenen stritten immer noch, der Hund hatte sich mittlerweile beruhigt und der Wind strich leise durch die leeren Straßen. Es war nicht mehr weit zum Boulevard, auf dem die Bars und Tanzlokale die Nimmermüden umwarben, Liebespaare durch die Nacht zogen und lichtscheue Gauner ihrem Handwerk nachgingen.

Sie zog ihre Schuhe wieder an, hob ihre Schultern, zupfte das Cape zurecht und löste sich aus dem Eingang, ging mittig und zielstrebig auf den großen Boulevard zu, dessen Lichter einladend schimmerten, nicht zu hell und nicht zu dunkel, der einen angenehmen Duft nach dem Parfum koketter Mädchen, Tabak und Whiskey verströmte. Sie würde sich jetzt in ein Straßencafé setzen, eine Zigarette rauchen und einen Martini trinken. Schon bei dem Gedanken wurde ihr leicht ums Herz, sie lachte leise vor sich hin und machte einen kindischen kleinen Hüpfer auf den Boulevard hinauf, schlängelte sich beschwingt um ein paar Schaulustige herum, die vor einem Gaukler standen, und hielt Ausschau nach einem gemütlichen Plätzchen für sich.

Aus der kleinen dunklen Gasse trat unbemerkt von allen ein eleganter Herr im schwarzen Anzug, zündete sich eine Zigarette an und sah zu, wie Violas kleine Gestalt in der Menge verschwand. Dann schwang er seinen Silberknauf und setzte sich in die entgegengesetzte Richtung in Bewegung.

Kapitel Vier
Arian

Der nächste Morgen zeigte sich nicht von seiner besten Seite. Es war einer dieser grauen, regnerischen Frühherbsttage, an denen die buntgefärbten Blätter zu fallen beginnen, aber noch genügend Grün in den Bäumen sitzt, um an den bevorstehenden Winter zu denken. Der Regen trommelte an Violas großes Fenster in ihrer Dachkammer. Sie lauschte einen Augenblick mit geschlossenen Augen auf das Klatschen der Tropfen, dann fielen ihr die nächtlichen Ereignisse ein. Etienne und sein berührendes Spiel, dann sein beiläufiger Blick durch sie hindurch, der fremde Mann vom Balkon, Rabea Pavlowas Worte und schließlich der Geschmack des Trankes.

Viola setzte sich auf und sah auf der kleinen Anrichte die beiden Säckchen liegen. Sie fühlte sich gut, besah ihr Gesicht im Spiegel, ihr kleines, weißes Gesicht mit den schrägstehenden blauen Augen, der etwas zu großen Nase und dem breiten Mund. Nichts, keine Veränderung. Sie sah aus wie immer, wie vorher auch schon. Viola band die schwarzen Haare zu einem Knoten, zog den Morgenmantel über, nahm ihren Papiermüll und stieg die Treppe nach unten. Vor den Mülltonnen angelangt, öffnete sie die Papiertonne und zog eine Zeitung heraus, danach warf sie ihren Müll hinein. Sie hatte bemerkt, dass der Herr aus dem zweiten Stock seine morgens gelesene Tageszeitung auf dem Weg zur Arbeit in die Tonne warf und nutzte diese Beobachtung jetzt für sich.

Die Schlagzeilen überfliegend, stieg sie die enge dunkle Holztreppe hinauf zu ihrem Zimmer, setzte den Wasserkessel auf den Herd und begann, die Zeitung durchzublättern. Auf Seite vier fand sie einen ausführlichen Bericht über Etiennes Konzert. Der Kritiker meinte es gut mit ihm, überschlug sich förmlich mit Lobeshymnen und ganz unten stand der Hinweis, dass es übermorgen ein Zusatzkonzert geben würde. Sie stand auf, brühte sich einen Tee und sah eine Weile, an den Herd gelehnt, nachdenklich den Regentropfen zu, die an der Scheibe ihres kleinen Zimmers perlten.

Der Zuschauerraum war bis auf den letzten Platz gefüllt, das Publikum starrte Etienne von Sutter atemlos an, der von seiner Rosenschaukel auf die Bühne schwebte. Viola beugte sich über die Balkonbrüstung, um besser sehen zu können, ihr Frack spannte unangenehm zwischen den Schulterblättern, doch sie konnte gut Etiennes leuchtende Augen erkennen, der berauscht vom Beifall und der Bewunderung wieder eine zu tiefe Verbeugung vollführte. Aus dem Augenwinkel bemerkte sie, wie jemand neben ihr auf dem Balkon Platz nahm, doch sie beobachtete lieber Etienne, der sich elegant an seinen schwarzen Flügel setzte, die Rockschöße hinter den Hocker drapierte und das Publikum mit einer einzigen Handbewegung zum Verstummen brachte.

Die purpurnen, schweren Vorhänge im Hintergrund der Bühne bewegten sich leicht und für einen kurzen Augenblick konnte Viola die Rothaarige sehen, die mit ihrer Alabasterhand Etienne einen Luftkuss zu hauchte. Etienne begann im gleichen Augenblick sein virtuoses Spiel und Viola lehnte sich zurück, lächelte flüchtig ihren neuen Nachbarn an und wäre vor Entsetzten fast wieder aufgesprungen, denn sie sah direkt in die grünen Augen ihres fremden Verfolgers. Der lächelte höflich interessiert zurück und nahm sein Opernglas zur Hand, um das Publikum zu erforschen. Violas Halsschlagader pulsierte. Ihr war klar, dass dieser Mensch sie nicht erkannt hatte, dass er glaubte, ein junger, gutaussehender Dandy säße neben ihm, aber ihr war auch klar, dass dieses Kraut etwas nicht veränderte, nämlich die Augen. Die blieben im Ausdruck und der Form gleich, das hatte die Pavlowa offenbar vergessen zu erwähnen und Viola hatte überhaupt keinen Gedanken an die Möglichkeit verschwendet, ihrem Verfolger erneut begegnen zu können, so beschäftigt wie sie war.

Die letzten zwei Tage hatte sie in ihrer Dachkammer einige Verwandlungen ausprobiert, sogar als perfekte Kopie der Rothaarigen hätte sie gehen können. Es war fantastisch, einen neuen Körper kreieren zu können, zu fühlen, wie man sich mit solchen Haaren wie diesen bewegen konnte, die Locken durch die Finger gleiten zu lassen, die Sommersprossen auf der Nase zu zählen, die langen Beine übereinander zu schlagen und ein verschmitztes Lächeln zu probieren. Sie hatte Stunden damit zugebracht, Posen zu üben, sich sicher zu bewegen, bis ihr bewusst wurde, dass sie einzigartig würde sein müssen, um ihren Plan umzusetzen, dass sie nicht als Kopie der Rothaarigen herumlaufen konnte, denn das würde ihr den gleichen gelangweilten Blick eintragen wie beim ersten Mal.

Also hatte sie entschieden, ein Mann zu werden, ein überaus schöner junger Mann, dem man seinen Adel und seinen Besitz ansah, der so formvollendet zurückhaltend aristokratisch agierte, dass in jedem Gegenüber das Bild eines introvertierten Müßiggängers, eines Kenners der Kunst und eines Mannes von Welt entstand, der sein weitläufiges Anwesen nur im absoluten Notfall verließ. Und Etienne von Sutters Konzert sollte so eine Notwendigkeit für den jungen Dandy sein.

Doch jetzt saß der Schattenmann direkt neben ihr und sie konnte sein schweres Parfüm riechen, seine langen, schmalen Hände betrachten, während er sein Opernglas ins Publikum hielt. Er hielt nach ihr Ausschau, sie war sich gewiss, dass er nur sie suchte. Die etwas längeren schwarzbraunen Haare waren akkurat mit Haarwachs nach hinten gekämmt und an den Seiten wurden sie von silbernen Strähnen durchzogen. Er hatte insgesamt eine hagere Statur, bis auf einen kleinen Bauchansatz, der dem Alter geschuldet war, doch seine Bewegungen waren schnell und glatt, wie die einer Katze. Das Spiel auf der Bühne interessierte ihn nicht, er forschte unentwegt die Reihen des Publikums im Parkett ab, und als er nicht fand, was er suchte, lehnte er sich zurück, sichtlich seine Wut unterdrückend. Viola hatte sich inzwischen von ihrem ersten Schrecken erholt und beobachtete ihn amüsiert. Vielleicht sollte sie schon in der nächsten Pause ein Spiel wagen, ihr Äußeres an diesem Mann probieren, ihn an der Nase herumführen, wohlwissend, was er eigentlich suchte. Als die Kronleuchter zur Pause den Saal in helles Licht tauchten, erhob sie sich von ihrem Sessel und wandte sich mit einer angedeuteten Verbeugung an ihren Nachbarn: „Darf ich Sie auf einen Drink einladen?"

Irritiert sah sie der Fremde an, einen winzigen Moment schien er zu schwanken, ob er seine Suche unterbrechen sollte, doch er stand auf, bedankte sich und nahm die Einladung an. An der kleinen Bar im Rang stellte sich Viola vor: „Arian Hamacher, unsere Familie ist im Eisenbahngeschäft." Sie reichte dem Fremden ihre kühle, schmale Hand. Er nahm sie mit einem kurzen festen Händedruck, so fest, dass Viola beinahe vor Schmerz aufgeschrien hätte.

„Carl Zwartsen, ich handle mit Antiquitäten." Er nahm einen kräftigen Schluck aus seinem Glas, ließ sie aber nicht aus den Augen. „Wirklich, interessant! Antiquitäten sind zufällig eine Leidenschaft von mir." Viola beobachtete, wie sein Adamsapfel auf und ab hüpfte. „Möbel, Bilder, Teppiche, alles, wenn man so einen ausgedehnten Landbesitz wie meine Familie hat, benötigt man des Öfteren neues Meublement."

Er starrte sie nun unverhohlen an. „Ich kann Ihnen behilflich sein. Sagen Sie, kennen wir uns irgendwoher?"

Das Blut schoss ihr in die Wangen, „Nicht, dass ich wüsste." Sie wandte sich ab.

„Sie erinnern mich an jemanden. Haben Sie eine Schwester?"

Viola schüttelt knapp ihren Kopf. „Nein, ich muss mit niemandem teilen, falls Sie das wissen wollten."

Zwarsten fuhr sich mit der rechten Hand nervös durch das Haar und entschuldigte sich. Viola wandte sich zum Gehen, da die Pause sich dem Ende neigte und ihr die Situation, die selbst herbeigeführte, zu entgleiten drohte. Sie spürte die Panik in sich aufsteigen, die Angst, er könne sie erkennen, ihre Tarnung nicht perfekt genug sein. Was hatte sie sich nur gedacht?

Er folgte ihr zurück zum Balkon. In der zweiten Hälfte nahm er sein Fernglas nicht mehr zur Hand, sah aber häufig ins Parkett und musterte die gegenüberliegenden Balkone. Als Etienne seinen Auftritt beendet hatte und sich am Bühnenrand feiern ließ, stand Zwartsen kurz auf, ließ seine Hände höflichkeitshalber einige Male ineinander fallen und drehte sich zu Viola. „Sollen wir noch in eine Bar, ich kenne eine in der Nähe, die einen ausgezeichneten Scotch führt."

Vermeintlich zustimmend nickte Viola. „Vorher möchte ich aber noch dem Pianisten meine Aufwartung machen. Sie entschuldigen mich einen Augenblick."

Behände sprang sie die Stufen zum Parkett nach unten und erreichte den Pulk um Etienne gerade, als er sich Richtung Ausgang bewegte.

Kapitel Fünf
Das Casino

Siegessicher bahnte sie sich ihren Weg von hinten durch die Menge, schob die Leiber auseinander und pflügte sich durch die Mäntel und Pelze, bis sie Etiennes blondes Haar direkt vor sich hatte. „Herr von Sutter?" Etienne wandte sich um. Viola lüftete ihren Hut und zwinkerte ihn verschwörerisch an. „Arian Hamacher, ich bin weit gereist und hab einigen Aufwand auf mich genommen, um Sie zu hören und zu treffen." Das stimmte sogar, Viola musste nicht einmal lügen.

„Ich wollte Sie und Ihre reizende Begleitung ...", mit einer ausladenden eleganten Geste deutete sie auf die Rothaarige, „zu einem Dinner im Casino einladen. Machen Sie mir die Freude und begleiten Sie mich durch einen bezaubernden Abend." Sie ließ eine angedeutete Verbeugung folgen. Ihr Herz schlug bis zum Hals hinauf, als Etienne sie einige Sekunden verblüfft musterte. Pirouettenhaft drehte er sich zu der Rothaarigen und sah sie fragend an, die lächelte zustimmend, reichte Viola ihre Alabasterhand zum Kuss, den Viola ihr untertänigst aufhauchte, benebelt vom Vanilledunst der Hand.

„Natalja Swoboda, ich habe in Petersburg getanzt."

„Meine Verehrung", beeilte sich Viola der Tänzerin zu versichern.

Etienne winkte Viola und Natalja zum Seitenausgang, die Menge blieb ergeben hinter ihnen zurück. Sie schlüpften durch mehrere schmale Türen und Gänge, bis sie durch ein unscheinbares Tor die Straße erreichten. Zum Casino war es nicht weit, ein kurzer Spaziergang über den Boulevard. Auf dem Weg erzählte Viola Etienne und der Swoboda von den Weiten des Landbesitzes der Hamacher Familie und von Arians Liebe zu den schönen Dingen. Sie präsentierte sich als der reiche, kunstinteressierte Müßiggänger, den Etienne faszinierend finden musste, weil er selber gerne so gewesen wäre. Ab und an warf sie ihm einen Seitenblick zu und sah das Glitzern in seinen Augen.

Im Casino ließen sie sich im Restaurant einen Tisch geben, speisten fürstlich, Viola ließ die besten Weine kommen und sie unterhielten sich prächtig über Musik und Malerei. Ihre Blicke verhakten sich zunehmend mit denen Etiennes und sie spürte, dass ihr Plan aufging. In die angeregte Unterhaltung über eine Partitur Schumanns platze die Swoboda mit einem unmanierlichen Gähnen und einem gekonnten Augenaufschlag zu Etienne. Der trank eilfertig sein Rotweinkelch leer und tätschelte der Geliebten den Schenkel.

„Wir müssen aufbrechen. Natalja ist müde und morgen steht uns ein langer Tag bevor."

Viola hätte am liebsten die Weinflasche auf dem Schädel der Diva zertrümmert, sagte stattdessen aber leichthin: „Nicht noch ein kleines Spiel? Zum Abschluss ein paar Runden Roulette? Jetons so viel Sie wollen, Natalja? Versuchen Sie Ihr Glück!" Sie richtete ihre Worte an die Frau, sah aber Etienne dabei an, sah, wie er elektrisiert seinen Kopf hob und wie sie hoffte, das Gleiche hoffte, nämlich, dass Natalja mit zum Roulettetisch kommen würde. Die reichte stattdessen Viola erneut ihre Hand für einen Abschiedskuss, den diese pflichtschuldigst absolvierte, mühsam ihre Wut im Zaum haltend.

„Es war ein sehr unterhaltender Abend, Arian, wenngleich Etienne sich offenbar mehr amüsiert hat als ich. Ich danke Ihnen und hoffe, wir sehen Sie bald wieder", flötete die

Swoboda. Viola stand auf und begleitete die beiden zur Garderobe.

„Auf bald." Etienne umarmte sie schnell, flüsterte unbemerkt in ihr Ohr: „Bleib! Ich komme wieder!" Er winkte ihr ein letztes Mal flüchtig zu und lief mit Natalja durch die kostbaren Glastüren, die ihnen von Pagen aufgehalten wurden. Zurück am Tisch nahm Viola einen kräftigen Schluck Wasser, zahlte die Rechnung, und schlenderte ins Casino. Ihr war der Wein zu Kopf gestiegen, sie war es nicht gewohnt, so viel zu trinken und sie musste die Toilette aufsuchen, wankte hinter einer Dame mit fülligem Hinterteil her, bis diese sich pikiert umdrehte.

„Mein Herr, hier ist nur für Damen Zutritt! Schämen Sie sich!" Sie schubste Viola weiter zur nächsten Tür. Viola holte Luft und lief mit gesenktem Blick durch die Reihen der stehenden Männer hindurch bis zu einer Kabine, in der sie sich sofort einschloss. Ihr schwirrte der Kopf, sie war müde und hatte Angst aufzufliegen, durch ihre Trunkenheit einen Fehler zu machen, und ihr Bett in der kleinen Dachkammer erschien ihr als eine Oase der Geborgenheit. Sie brauchte Zeit, Zeit alles zu verarbeiten, neu zu durchdenken. Was hatte Etienne gesagt, er komme wieder? Das würde sie nicht schaffen, ihr fielen die Augen zu, ihre Hände wurden schlaff und ihre Beine streckten sich entspannt nach vorne. Sie rutschte auf dem geschlossenen Deckel nach vorne und schreckte sofort wieder hoch, als jemand an die Kabinentür hämmerte: „Jemand drin?"

Sie sah zwei schwarze Lackschuhe vor der Tür stehen und links daneben einen Knaufstock. Der Fremde, Carl Zwartsen! Wie hatte er sie gefunden oder sollte das Zufall sein? Sie richtete sich auf und öffnete langsam die Tür, blickte direkt in die kühlen Augen von Carl Zwartsen. „Alles gut bei

Ihnen?" Viola nickte und lief wortlos an ihm vorbei, durch die Männer und das Casino hindurch auf die Straße hinaus. Luft! Sie brauchte Luft, drehte sich einige Male um sich selbst und spähte nach einem Taxi, rannte den Boulevard hinauf, durch die Buden und Menschen hindurch, drehte sich um und lief wieder Zickzack durch die Menschen, weg von dem Casino, dem Silberknauf und Etienne, weg von Arian Hamacher, weg von Rabea Pavlowa und den Menschen hier in dieser Stadt. Die Tränen rannen ihr über die Wangen und blind vor Erschöpfung lief sie durch die Straßen, die immer enger werdenden Straßen, bis zu ihrem Haus, nahm zwei, drei Stufen auf einmal, verfehlte eine, stürzte hin, rappelte sich wieder auf und kam auf allen Vieren an ihrer Wohnungstür an. Drinnen riss sie sich den Anzug vom Leib und blickte im Spiegel in ihr schönes Jünglingsgesicht, mit den vor Müdigkeit übergroßen Augen.

Tage später setzte sich Viola als Arian Hamacher in ein gut frequentiertes Kaffeehaus am Boulevard. Etienne kam hier jeden Nachmittag vorbei und trank einen schnellen Espresso im Stehen an der Bar. Es war keine Schwierigkeit für Viola gewesen, das herauszufinden. Sie platzierte sich so, dass Etienne sie sehen musste, sobald er die Glasdrehtür am Eingang betrat. Sie nahm sich die Tageszeitung und bestellte eine Melange. Dann wartete sie hinter ihrer Zeitung, überflog die neuesten Nachrichten, zog gelegentlich ihre Uhr an der Kette aus der Hosentasche, aber Etienne war pünktlich. Sie bemerkte ihn noch auf der Straße, bevor er durch die Drehtür trat und positionierte sich lässig Zeitung lesend in ihrem Sessel. Sie hörte, wie er an der Bar seinen Espresso bestellte und bekam, doch sonst passierte nichts. Nervös begann sie, mit den Fingern auf die Tischplatte zu trommeln, hob ihre Hand, um nach dem Kellner zu winken, doch da stand Etienne vor ihr, grinste und ließ sich in den gegenüberliegenden Sessel fallen.

„Lange Nacht gehabt, Arian?"

Viola nickte und grinste zurück. „Vielleicht heute eine Partie? Gegen Mitternacht im Casino?"

Etienne strahlte. „Abgemacht. Wir sehen uns dort!" Er sprang auf, klopfte ihr auf die Schulter und verschwand nach draußen.

Viola wusste, dass er den restlichen Nachmittag auf seinem Flügel üben würde und erst gegen Abend zum Essen verabredet war. Meist speiste er mit Natalja Swoboda allein, nur manchmal gesellte sich ein Kollege oder flüchtiger Bekannter hinzu. Danach sah sich das Paar meist ein Konzert oder ein Theaterstück an, wenn Etienne nicht gerade selber spielte. Sie gingen selten vor Mitternacht nach Hause, meist zu ihr. Sie wohnte in der Korngasse, hatte die Beletage des opulentesten Hauses der Straße inne und die Lichter verloschen erst in den Morgenstunden. Viola wusste mittlerweile, dass die Swoboda über genügend Geld verfügte, reicher russischer Adel, und sich das Leben mit Etienne viel kosten ließ.

In den letzten Tagen war Viola Etienne auf Schritt und Tritt gefolgt, hatte unerkannt seine Gespräche verfolgt, war seine Wege mitgelaufen bis vor seine Wohnungstür und hatte sich Zutritt zu seiner Wohnung verschafft, als er im Bett der Russin lag. Die Tür hatte ein wenig geknarzt, als Viola sie gewaltsam geöffnet hatte, aber niemand der Nachbarn war aufgeschreckt. Es war alles ruhig geblieben im Haus. Etiennes Wohnung bestand aus vier Räumen. Ein großes Empfangs- und Gesellschaftszimmer, in welchem der Flügel stand.

Wahrscheinlich gab er hier Hauskonzerte für kleinere Gesellschaften. Die Wände waren mit erlesenen Gobelins behangen und schufen so eine intime Kulisse für die Sessel, Kanapees und Sofas im Raum. Jeder ihrer Schritte wurde von dem dicken Teppich am Boden verschluckt, während sie sich im Halbdunkel vorsichtig durch den Raum bewegte. Der Vollmond brach mit seinem fahlen Licht durch die gewaltige Fensterfront und begleitete sie auf ihrem Weg durch die fremden Gemächer.

Der nächste Raum, halb so groß wie der erste, war als Herrenzimmer mit Kamin, Büchern, Ohrenbackensesseln und einem Billardtisch ausgestattet. Über einen kleineren Gang gelangte sie in ein Esszimmer mit anschließender Küche und am Ende ihres Weges stand sie in Etiennes Schlafzimmer. Ein hohes, breites Bett thronte in der Mitte des Raumes, lange glutrote Vorhänge an den Fenstern sperrten neugierige Blicke aus und um das Bett herum sowie an der Decke befanden sich riesige goldene Spiegel, aus denen sich Viola anstarrte. Langsam schritt sie zu dem akkurat gemachten Bett und ließ sich genüsslich mit ausgebreiteten Armen hineinfallen, betrachtete sich im Spiegel über sich, wie sie da lag in dem weißen Leinen, klein und dürr, eine verschwindende Figur in dem riesigen Lager, bewegte ihren Kopf hin und her, roch am Kopfkissen und starrte sich wieder an. Kleine Zweifel krabbelten über die Wirbelsäule kühl und hinterhältig in ihren Kopf, versuchten, sich auszubreiten, doch sie verbannte diese. Vernichtete sie mit einem einzigen Bild.

Erschöpft stand sie auf, riss uninteressiert zwei oder drei Schubladen auf, blätterte in den Papieren, sah blind die Fotografien durch, stieß die kunstvoll ziselierten Schatullen mit den privaten Andenken auf, entdeckte dann einen kleinen Schrank im Herrenzimmer, der sich nicht öffnen ließ, kein Schlüssel weit und breit, und sie war zu angegriffen, um ernsthaft danach zu suchen. Sie merkte, wie die Wohnung versuchte, sie, die Fremde, abzuwehren, sie roch das Private, sah Szenen vor ihrem geistigen Auge, die sich hier abspielen mussten, und wusste, dass es nicht ihre Welt war, niemals sein würde, dass sie hier nicht dazugehörte. Fremd. Fremd war sie schon immer gewesen und hier in Etiennes Wohnung übermannte sie das Gefühl in seiner ganzen Abscheulichkeit. Panisch war sie aus der Wohnung geflüchtet, hatte sich in ihrer kleinen Dachwohnung in ihr Bett verkrochen, wollte nicht mehr sein, nicht mehr denken.

Kapitel Sechs
Die Verführung

Die Kugel rollte. Gespannt wurde sie von mehr als zwanzig Augenpaaren verfolgt, ein paar Späte schoben schnell ihre Jetons um, bis der Croupier rief: Nichts geht mehr.

Nur das Klackern der Kugel durchdrang die rauschschwangere Luft. Fünf, bitte die Fünf, dachte Viola und lächelte Etienne an, der mit gierigen Blicken die kleine weiße Kugel verfolgte. Fünf! Erleichtert nahm Viola einen Schluck von ihrem Wasserglas. Sie würde heute nicht erneut den Fehler begehen und Wein trinken. Eine Menge Jetons wanderten über den Tisch zu Etienne, der Viola gegenüber Platz genommen hatte, die Swoboda an seiner Seite. Eine schwarze Pelzstola zierte ihren langen, hellen Hals und bildete einem atemberaubenden Kontrast zu ihren wallenden roten Haaren. Leider hatte kaum einer der Spieler einen Blick für die Frau, denn die Kugel rollte erneut. Etienne hatte sein gesamtes Geld ein weiteres Mal auf die Fünf gesetzt und war von den Umstehenden mitleidig angesehen worden, die mit ihren Jetons die Felder gleichmäßig tippten. Zweimal auf die gleiche Zahl zu setzen, das musste ein Anfänger sein oder ein Irrer.

Schwitzige Hände verteilten das Glück neu, hofften auf mehr Fortune und die Kugel rollte, das Murmeln um den Tisch verebbte nach und nach, bis zum Ende alle in fiebriger Erwartung die Fahrt der weißen Kugel verfolgten. Klack! Und klack! Arme flogen im verhaltenen Jubel halb in die Höhe, um gleich darauf betroffen zu fallen. Klack! Fünf! Noch einmal die Fünf! Der Swoboda entfuhr ein schriller, hysterischer Laut aus dem purpurnen Mund und Etienne sprang ekstatisch auf, lief um den Tisch und drückte Viola im Siegestaumel fest an sich.

„Arian, mein Freund, lass uns feiern! Lass uns Champagner trinken!!" Er küsste sie auf die Wangen, winkte nach dem Ober und bestellte eine Flasche vom edelsten Schaumwein, hüpfte aber sogleich wieder um den Roulettetisch zu seinem Platz, stopfte sich die Taschen mit den Jetons voll, zerrte die Swoboda von ihrem Stuhl und quetschte ihr eine Handvoll der Spielmarken ins Dekolleté, nicht ohne vorher einige dem Croupier hinzuwerfen, der sich mit einer angedeuteten Verbeugung bedankte und die Jetons in der allgemeinen Trinkgeldkassette des Casinos verschwinden ließ. Am Tisch schenkte Etienne die Gläser zu voll, sodass sie überliefen, drückte trotzdem Viola und Natalja je eines in die Hand.

Mit nassen Händen stießen sie lachend an, Etienne sprudelte über vor Begeisterung, und wie er diese alten Spieler abgezockt hätte, wie sie gelächelt hätten über ihn und seine Fünf, aber nun, nun sitze er hier mit dem Champagner, die Taschen voller Geld. Viola lächelte ihn an, sah, wie seine langen Finger unablässig durch die Jetons in seinen Taschen glitten, mit ihnen spielten, sie berührten und streichelten, wie er manchmal einen einzelnen aus der Tiefe des Jacketts ans Tageslicht beförderte, ihn kurz anstarrte und in der Hosentasche verschwinden ließ. Er redete ununterbrochen und seine Hände blieben unaufhörlich in Bewegung, als könnten sie die Menge der kleinen bronzenen Taler nicht fassen. Er trank schnell und hastig, sah Viola mit glühenden Augen an. „Mein Freund, versuchen wir unser Glück!" Und zur Swoboda geneigt: „Wenn ich gewinne, suchst du dir morgen den schönsten Diamanten aus, den du finden kannst in dieser Stadt!" Er küsste heftig ihren Hals und zog sie mit sich zum Roulettetisch.

Viola beobachtete ihn die ganze Nacht, wie er gewann und wieder etwas verlor, sein Glück erneut versuchte und schließlich in den frühen Morgenstunden, der Russin war inzwischen der Kopf auf die Arme gesunken und sie hielt ihre Augen mit aller Kraft halboffen, was ihr das Aussehen einer müden Katze verlieh, gewann Etienne eine bedeutenden Summe. Viola frohlockte, sah dass er noch immer hellwach war, ihn nur das nächste Spiel, der nächste Einsatz interessierte, die Swoboda richtete sich auf, streckte ihren muskulösen Rücken und zupfte Etienne am Ärmel, er nickte ihr abwesend zu, warf ihr ein paar Jetons in ihre Richtung und murmelte: „Ich komme später nach, Liebling!"

Empört fuhr die Swoboda in die Höhe, die Wangen puterrot vor Wut und Alkohol. „Ich bin nicht das Personal!"

Der Stuhl, auf dem sie gesessen hatte, kippte durch den Schwung nach hinten und es gab ein grässliches splitterndes Geräusch. Etienne starrte einen Moment lang auf den umgekippten Stuhl, dann sammelte er wortlos seine Jetons zusammen und verließ, mit einem halben Abschiedsgruß zu Viola, hinter der Russin das Casino. Viola lächelte in sich hinein, setzte seelenruhig weiter und gewann, nicht viel, aber stetig. Morgen ist auch noch ein Tag und dann, Etienne, sehen wir uns wieder, frohlockte sie.

Auch am nächsten Abend und am übernächsten tauchte Etienne immer in Begleitung von Natalja Swoboda auf. Er gewann viel, sehr viel Geld und Viola konnte das Glimmen in seinen Augen erkennen, das Fieber, sich immer wieder neu zu versuchen, welches ihn unmerklich gepackt hatte. Nach vier durchgespielten Nächten gab die Russin auf. Etienne kam von da an alleine. Meistens verabredeten sie sich zum Essen, speisten in einem kleinen Lokal in der Nähe des Casinos und Etienne erzählte Viola von seinem Tag, seinen anstehenden Konzerten und von seinen hochfliegenden Plänen. Ein Konzerthaus wollte er gründen, in welchem nur die erlesensten Pianisten spielen dürften, und dieses Konzerthaus sollte nach seinen Vorstellungen gebaut werden, erklärte er Viola. Manchmal brachte er kleine Skizzen und Zeichnungen mit von diesem Konzerthaus, dann diskutierten sie gemeinsam. Nach zwei oder drei Stunden liefen sie den Boulevard entlang zum Casino und verbrachten die Nacht bis in die frühen Morgenstunden dort. Am Anfang saßen sie sich am Roulette gegenüber, aber das wurde Etienne bald zu langweilig, er brauchte eine neue Herausforderung, also versuchten sie es mit Baccara.

Etienne gewann auch hier, verlor und gewann mehr Geld, verlor größere Summen und gewann sie zurück, spielte zunehmend riskanter. Nach seinen Konzerten trafen sie sich weit nach Mitternacht im Casino, Etienne sprach dann nicht mehr viel, setzte sich erschöpft, doch entschlossen an den Spieltisch, gewillt, die Bank zu bezwingen. Viola spielte schon längst nicht mehr mit größeren Einsätzen, Etienne schien es nicht zu bemerken oder es interessierte ihn nicht. Wenn der Morgen graute, stand er kraftlos auf, sammelte bleich seine Jetons ein und verließ grußlos das Casino. Viola wusste, dass er nur wenig schlief, die Klavierübungen vernachlässigte, die Swoboda ebenso, sie wusste, dass er kaum noch abendliche Gesellschaften gab oder besuchte und er versuchte, alle nächtliche Zeit im Casino zu verbringen.

„Ich werde für zwei Wochen durch Europa reisen", eröffnete er ihr eines Abends beim Essen, „eine lang geplante Konzerttour, die Hallen sind ausverkauft." Nervös fuhr er sich durch die blonden Haare und sah sie unsicher an. „Arian, ich habe überlegt, es abzusagen." Sie lächelte ihn teilnahmslos freundlich an. „Warum, mein Freund?"

„Was soll ich dort, was soll ich in Venedig, London oder Madrid? Diese fremden Menschen, diese immer neuen Fremden, die einen bestaunen wie ein Zirkustier, deren Applaus ein beliebiger ist, denn morgen jubeln sie für den nächsten Star, was soll ich da? Das ist bedeutungslos, bedeutungslos, es ist nichts, es interessiert mich nicht." Er sank in sich zusammen, wurde schmal und klein in seiner Verzweiflung. „Arian, komm mit! Wir könnten in die Casinos gehen, in die weltbesten Casinos, gegen die Besten antreten, auf die wirklichen Spieler treffen, Arian, komm mit." Flammend für seine Idee hatte er ihre Hand ergriffen. Viola übermannte die Welle der kalten Leidenschaft, die von ihm ausging, doch sie zögerte. Wie sollte sie ihre Verwandlung aufrechterhalten, wenn nicht mit noch einer Prise vom blauen Wunderkraut, und genau davor hatte die Pavlowa sie gewarnt, niemals zu viel und niemals zu lange. Sie spürte Etiennes innere Erregung und sie wusste, wenn sie mitfuhr, wäre das Ziel so nah, sie wäre dann die einzig vertraute Person in seiner Umgebung, keiner hätte mehr Einfluss auf ihn als sie, da, in diesen fremden Welten.

„Komm mit, Arian, komm mit!" Fast flehend sah er sie an und Viola nickte langsam, hatte keine Ahnung, wie sie das bewerkstelligen sollte und wie diese Reise für sie enden würde. Erleichtert ließ Etienne ihre Hand los, lehnte sich zurück und zündete eine Zigarette an. „Arian, mein Freund, mein einzig wahrer Freund, ich gebe meinem Agenten Bescheid. Du erhältst natürlich dein eigenes Zimmer. Wird das ein Spaß, als Erstes erobern wir London! Crockfords Club!" Vorfreudig rieb er sich die Hände, lachte kurz auf und hob sein Glas.

Gequält lächelte Viola zurück. „Wann geht es los?"

„Übermorgen! Genug Zeit zu packen und alle Termine zu verschieben, Arian! Doch jetzt sprengen wir die Bank, heute Nacht werden wir gewinnen, denn wir werden es brauchen in Monte Carlo, im Casino di Venezia und all den anderen Casinos dieser Welt." Euphorisiert sprang Etienne auf, riss Viola an der Schulter nach oben, warf ein paar Scheine auf den Tisch und zog sie wie eine Marionette mit sich nach draußen, über den Boulevard ins Casino, unentwegt redend, den Griff nicht mehr lockernd. Die Nacht wurde lang, Etienne gewann, er gewann so viel Geld, dass sie vorzeitig den Spieltisch verließen, an der Bar tranken und sich im Siegesrausch ihre Reise ausmalten, wie Kinder, denen das Weihnachtsfest ins Haus steht.

Kapitel Sieben
Das Spiel

Die nächsten beiden Tage portionierte Viola in ihrer Dachkammer das Wandelpulver in kleinen Säckchen, überlegte, wo sie diese verstauen könnte, und vergaß nicht, Notfallsäckchen herzurichten, falls ein Koffer abhandenkommen sollte oder auf den langen Zugfahrten durch Europa eine Tasche gestohlen wurde. Sie versuchte, alle Eventualitäten durchzudenken, die ihr auf dieser Reise widerfahren konnten, und wusste, sie musste das Pulver so einnehmen, dass die Wirkung ununterbrochen anhielt. Zweimal täglich würde sie einen Sud herrichten müssen, Wirkung und vor allem Nebenwirkungen unbekannt.

Die Pavlowa hatte sie gewarnt, mit jeder Einnahme würde sich ihr wahrer Körper unumkehrbar ein wenig mehr verfärben. Viola betrachtete ihr schmales, weißes Gesicht im Spiegel. Noch konnte sie keine Veränderungen feststellen, vielleicht war es fahler als sonst, aber sie war schließlich jede Nacht bis ins Morgengrauen unterwegs, da würde ein jeder an Farbe verlieren, und am Tage war sie niemals untätig gewesen. Im Grunde hatte sie nie mehr als Etienne geschlafen.

Natürlich hatte sie sich überlegen müssen, woher sie genug Geld bekam, um dauerhaft als Arian Hamacher aufzutreten. Als sie sich ihre Verwandlung ausgedacht hatte, hatte sie nicht geglaubt, so lange in dieser Rolle ausharren zu müssen, und ihre Ersparnisse waren bald aufgebraucht. Sie hatte sich etwas ausdenken müssen, wie sie Geld auftreiben konnte, viel Geld, richtig viel Geld, und die Lösung waren nicht die Casinos. Das waren die Spieler. Die großen Gewinner der

Nächte, die merkte sie sich genau, verfolgte sie auf ihrem Heimweg und stahl ihnen unauffällig im Vorübergehen ihre Geldbörsen, ein kleiner Rempler, eine kurz gemurmelte Entschuldigung, keiner vermutete in einer alten Weißhaarigen eine ausgefuchste Diebin. Sie waren kraftzehrend, diese Verwandlungen, vollkommen erschöpft fiel Viola in den frühen Vormittagsstunden in einen kurzen, traumlosen Schlaf, zählte nach dem Aufwachen ihre Beute, überlegte sich neue Strategien. Sie wusste, es würde nicht endlos andauern, weder ihre Raubzüge, von denen die Gazetten schon voll waren, noch ihr Alter Ego Arian Hamacher. Irgendwann würde Etienne dahinterkommen, dass ihre Geschichte von vorn bis hinten erlogen war.

Dann war da noch ihr Verfolger, dieser Carl Zwartsen, sie hatte ihn nicht vergessen, obwohl er in den letzten Wochen nicht mehr aufgetaucht war. Sie fühlte eher, als dass sie wusste, dass es nicht vorbei war. Diese Reise durch Europa mit Etienne, das musste der Abschluss sein, danach musste es aufhören, sie musste ihr Ziel erreichen. Sie würde es ohnehin nicht länger aushalten, denn sie fühlte immer mehr, was Etienne fühlte, merkte, wie seine Stimmungsschwankungen, seine Euphorie am Spiel und seine zunehmende Teilnahmslosigkeit am Leben auf sie übergriffen, konnte sich der fremden Stimmungen immer weniger erwehren. Eine Nebenwirkung, welche ihr die Pavlowa prophezeit hatte, aber sie hatte nicht geahnt, wie das ihr eigenes Leben beeinflussen würde. Sie musste sich lösen und dann das Kraut vernichten. Nur diese eine Reise. Danach wäre Etienne am Ende, sie war sich sicher.

Viola und Etienne zogen durch Europa, durch die nächtlichen Straßen, speisten in den feinsten Restaurants, kauften sich die edelsten Anzüge, fuhren mit den teuersten Autos, tranken die erlesensten Weine und spielten Nacht für Nacht bis zum fahlen Morgen. Sie lachten, weinten und stritten sich, Viola erlebte Etiennes gefeierte Auftritte in den größten Konzertsälen mit, immer in der ersten Reihe sitzend. Doch er war schmal geworden, aus seinen Augen loderte ein ungesundes Feuer, sobald sie in die Nähe eines Casinos kamen, und seine Shows wurden seltsam leblos. Niemand außer ihr schien das zu bemerken. Das Publikum feierte ihn enthusiastischer als zuvor, doch am Ende verzichtete er auf das Bad in der Menge, ließ niemanden mehr vermeintlich an seinem Leben teilhaben, sondern verschwand ohne Zugabe in der Garderobe, wo Viola ihn schon erwartete und zum Wagen geleitete, der sie zum Spieltisch brachte. Meist aß er eine Kleinigkeit während der Fahrt, schüttete ein oder zwei Champagnergläser hinunter und sie spürte, wie der Druck nachließ, wenn er endlich die Karten in der Hand hielt.

Gegen Ende der Reise wurde Etienne zunehmend gereizter, seine Konzerte kürzer und er begann zu verlieren. Große Summen zu verlieren. Viola fühlte die Depression, sah, wie er trank, jetzt nicht mehr Champagner, sondern Wodka, sah, wie er trunken immer mehr verlor und verlor, die Karten auf den Tisch warf und wutentbrannt das Casino verließ. Viola eilte ihm hinterher, zerrte ihn ins Hotel auf sein Zimmer und hielt ihm an nächsten Morgen eine Standpauke, wies ihn auf seine Unprofessionalität hin. Sie begegnete seinem eiskalten Blick und hielt stand. Jetzt sind wir fast am Ziel, mein Freund, lächelte sie in sich hinein. Das war in Venedig.

Doch Viola täuschte sich. In Monte Carlo wurden sie wie die Könige empfangen, Etienne wurde hofiert und es gelang ihm ein berauschender Sieg, man prostete ihm zu, er bekam die Fürstensuite des Casinos gratis, um sich zu erholen oder zurückzuziehen, und dann flüsterte man ihm zu, welche Spieler sich für morgen angesagt hatten. Etiennes Augen leuchteten unheimlich auf und Viola spürte, wie die Welle der Obsession sie erfasste, so sehr, dass sie wankte, sich kurz an der Wand abstützen musste. Sie fing sich schnell wieder, ahnte, dass dieses Gefühl nicht das ihre war.

Am Abend saß Etienne im feinsten Zwirn am Tisch, seine Gegner waren nicht minder elegant, aber Viola wusste, dass es nur auf den einen älteren Gentlemen mit dem schmalen Schnurrbart ankam. Er trug einen teuren Siegelring am Finger und es hieß, er hätte noch alle besiegt im Spiel. Keiner käme ihm gleich. Etienne gewann, er gewann viele Stunden und fing an, sich merklich zu entspannen, sein Gegenüber verzog keine Miene, obwohl er Summen verloren hatte, die Viola schwindlig werden ließen. Sie hatte schon längst aufgegeben, ihren Platz anderen Spielern überlassen, die ungleich besser und ernsthafter spielten, spielen mussten. Nach Mitternacht verlor Etienne das erste Mal, aber er gewann kurz darauf die verspielte Summe um das Dreifache zurück.

„Aufhören, du solltest jetzt aufhören", flüsterte Viola ihm in einer kurzen Zigarettenpause zu. Sie sah den schwarzen Abgrund, auf den Etienne zielsicher zu taumelte, blind vor Spielleidenschaft, sah das gähnende Loch und wusste, dass auch sie nicht sicher war. Sie nahm ihn fest beiseite, drückte ihn an die Wand, nah ganz nah.

„Etienne, hör auf. Er wird dich ausnehmen bis auf die letzte Münze. Ich habe ihn beobachtet, du spielst gut, aber nicht so gut wie er. Er lässt dich gewinnen. Bis jetzt!"

Etienne sah sie erstaunt an, stieß sie weg und schüttelte den Kopf. „Glaubst du nicht an mich?"

Einen Augenblick sahen sie sich schweigend an, Viola hielt aus, blickte in seine hellen, klaren Augen. „Etienne, du wirst

Monte Carlo als Bettler verlassen!", beharrte sie. Unbeherrscht warf Etienne seine Zigarette auf die Straße, drehte sich wutentbrannt um und ging zurück an den Spieltisch.

„Adieu, mein Freund", flüsterte Viola und es tat ihr tatsächlich weh. Jetzt, kurz vor dem Ziel, kamen ihr Zweifel an der Richtigkeit ihres Tuns, es war unsäglicher als vermutet und es drückte auf ihre Seele.

Viola drehte sich um und lief die breite Straße runter zum Hafen. Ein lauer Wind wehte vom Meer her und die Lichter der Stadt wurden schimmernd vom Wasser zurückgeworfen. Die mächtigen Yachten schaukelnden sanft durch die Nacht, wiegten sich im Mondenschein und auf manch einer wurde lautstark gefeiert. Viola lief den Kai weit hinaus, weg von den Lauten, den Feiernden, den Schönen und den Spielern, setzte sich auf eine weiße Bank und sah lange auf das dunkle Wasser. Es war ihr Abschied von Arian Hamacher, denn von nun an würde sie Etienne nicht mehr begegnen müssen, sie würde seinen Niedergang von außen verfolgen können, wenn sie das wollte. Sie wollte nicht.

Er war der Mann, den sie kannte, den sie erwartet hatte und doch wieder nicht. Die Kaltschnäuzigkeit, das Kalkül im Umgang mit Menschen und die Fähigkeit Leute in großer Zahl für sich zu begeistern, all das hatte sie erwartet. Was sie nicht erwartet hatte, war seine Ehrlichkeit und seine kindliche Freude an einfachsten Dingen, seine Begeisterung, seine Träume. Das machte ihn allzu menschlich, ja sympathisch und ließ sich schlecht mit ihrem Bild von ihm vereinbaren. Sie dachte an ihren Vater und an Etienne, wie er damals, als sie ein Mädchen gewesen war, Tag für Tag pünktlich zur gleichen Zeit vor ihrem Haus stand, um seine Stunden zu absolvieren.

Es schüttelte sie kurz bei dem Gedanken und sie verließ als

Viola die Bank, unscheinbar, dünn und mit einem langen, flatternden Seidenkleid angetan, lief in ihren Sandalen den Weg zurück, vorbei an den prunkvollen Schiffen, deren Stege die einzige Verbindung zu dieser Welt hielten. Zwischen zwei hellscheinenden Gaslaternen kam ihr von einem der Stege ein Mann entgegen, bekleidet mit einem blau-weiß geringelten Shirt und einer weißen, lässigen Baumwollhose, die schwarzbraunen, von silbrigen Fäden durchzogenen, Haare elegant nach hinten gekämmt. Viola blieb stehen und beobachtete ihn, wie er auf sie zu schlenderte, offenbar wohlwissend, dass sie diesen Weg entlang kommen würde. Er lächelte sie freundlich aus seinem sonnengebräunten Adlergesicht an.

„Haben Sie vielleicht Lust auf eine kleine Spritztour, hübsches Fräulein?"

Viola lächelte nicht. „Kennen wir uns?"

Augenblicklich verlor sich die aufgesetzte Freundlichkeit in Carl Zwartsens Gesicht. „Nun, Sie kommen mir sehr bekannt vor." Ruckartig beugte er sich vor und sah ihr direkt in die Augen. Entsetzt wich Viola zurück.

„Was wollen Sie von mir?", schrie sie erbost.

„Hübsche Augen, die Sie da haben. Die erinnern mich an jemanden." Gönnerhaft warf er ihr die Worte hin. Viola merkte, wie die Furcht sie von hinten heimtückisch erfasste. Was wusste dieser Mann und warum interessierte er sich so für sie? Sie holte Luft.

„Lassen Sie mich vorbei, gehen Sie Ihrer Wege und belästigen Sie mich nie wieder!" Sie versuchte, ihrer Stimme einen festen Klang zu geben, und mit einem Mal kam neben der Furcht eine kalte Wut hoch, der sie nicht mehr Herr wurde. Was zum Teufel bildete sich dieser Mensch ein? Sie spürte, wie heller Zorn von ihr Besitz ergriff und ein eisiges Gefühl durch sie hindurch bis in ihre Fingerspitzen rann. Der Mann vor ihr sah sie mit blanken Grausen an, denn Viola schien von innen heraus eisblau zu leuchten, ihr gesamter Körper wurde durchscheinend, ihre Augen zu gefrorenen Kristallen und ihre Blicke bohrten sich wie Dolche in seinen Kopf. Schmerzerfüllt riss er seinen Kopf herum und wich Schritt für Schritt zurück. Langsam bewegte sie sich an ihm vorbei, immer mit ihren Augen seinen Kopf als Ziel behaltend, bis sie ihn zurück auf seine glänzende Yacht gedrängt hatte, dann eilte sie weiter. Die Straße hinauf zum Casino. Rannte und rannte. Als sie kurz innehielt, um Atem zu schöpfen, entdeckte sie ihr Spiegelbild in einem der Schaufenster, ihr ureigenstes Abbild, welches bläulich matt irisierte. Erschrocken wich sie in eine der Passagen aus, hockte sich auf die dunklen Stufen eines Türportals, barg ihren Kopf in den Händen. Sie musste sich beruhigen und kühl überlegen, die Wut in den Griff bekommen.

Ruhig atmen, ruhig atmen, sagte sie zu sich, der Mann eben ist Nebensache, nichts, was sie interessierte. Er konnte nichts wissen, tat aber so, als wüsste er alles. Darum musste sie sich später kümmern, denn es kam ihr schon zu zufällig vor, um eben das zu sein. Sie wollte weiter, ins Casino, wollte sehen, was mit Etienne passierte und ja, wollte was? Was wollte sie da? Für sich hatte sie alles erreicht, der Niedergang interessierte sie nicht, und doch war da der letzte Funke einer Hoffnung, sich getäuscht zu haben, sich in der Person Etiennes getäuscht zu haben. Er ließ sie zurückkehren, der Funke, funktionierte wie ein Sog. Ein letztes Mal, nur ein Mal, und vielleicht offenbarte sich ihr eine andere Wahrheit.

Langsam wie eine Hundertjährige stand sie auf und schob ihren Körper vor das Schaufenster einer Edelboutique. Sie sah blass und unscheinbar aus, das Seidenkleid gab ihr einen

Hauch von Eleganz, doch das Gesicht war beliebig, die Haare hingen lose herunter. Rasch band sie sie zu einem Knoten, was ihr etwas Gouvernantenhaftes verlieh, und schritt entschlossen los, zum Casino, durch die Eingangshalle in den Saal, nahm im Vorübergehen ein Champagnerglas vom Tablett eines Livrierten und sah auf den ersten Blick, dass Etienne am Ende war. Sie blieb wenige Schritte hinter seinem Stuhl stehen und ihre Blicke kreuzten sich in einem Spiegel, welcher obszön mit Blattgold verziert war.

Einen kurzen Moment glaubte Viola, er hätte sie erkannt, aber dann wandte er seine Aufmerksamkeit wieder dem Spiel zu, dem letzten Spiel um seine Ersparnisse. Der schnurrbärtige Gentlemen, dem nun Etiennes gesamtes Vermögen gehörte, hatte weder seine Position noch seinen Gesichtsausdruck geändert, niemand konnte erkennen, ob ihm das, was er da tat, Spaß machte oder Höllenqualen bereitete oder ob es ihm vollkommen gleichgültig war. Als Etienne die Karten streckte, stand der Schnurrbärtige auf, winkte mit einer kleinen Geste einen der Angestellten heran und gab ihm eine kurze Anweisung. Etienne saß regungslos am Tisch und starrte vor sich hin, Viola wandte sich ab und lief einem plötzlichen Impuls folgend auf eine der Telefonkabinen zu, die sich in den Gängen vor den Erfrischungsräumen befanden, rot ausgepolstert mit einem kleinen Sessel. Sie schlug die seidenbespannte Tür hinter sich zu und wählte hastig die Nummer der Swoboda. Es tönte lange am anderen Ende, bis sich eine schläfrige raue Stimme meldete: „Swoboda?!"

Viola verlor allen Mut. Was tat sie da, warum sollte sie diesem Mann helfen?

„Swoboda, wer da?" Die raue Stimme drang merklich ungehalten durch den Hörer.

„Etienne ...", flüsterte Viola.

„Wer?" Die Swoboda war endgültig wach.

„Etienne ist im Casino in Monte Carlo. Es sollte ihm jemand helfen ..."

Viola hatte hinzufügen wollen, dass die Swoboda kommen solle, aber sie hatte mit einem Mal genug, hängte auf und verließ angeekelt von sich selbst die Kabine. Im Casino setzte sie sich an die Bar, bestellte einen Drink, nicht ohne einen Blick auf den Platz von Etienne zu werfen. Der saß noch immer dort und spielte, stellte sie überrascht fest. Mit welchem Geld? Sie schüttete ihren Martini in sich hinein und bestellte noch einen. Neben ihr saß eine ältere Dame, deren graue, schlaffe Haut tausend feine Linien beherbergte und deren dürre, lange Finger mit kostbarsten Ringen beschwert waren.

„Spielen ist nur etwas für die Herzlosen unter uns, mein liebes Fräulein, denn die Emotion führt zur Sucht, zur Versuchung, die Freude über den kleinsten Gewinn ist wie eine Droge, die potenziert werden muss. So funktioniert das, und wenn man seinen letzten Taler verspielt hat, hilft nur noch der Alkohol oder der Buchmacher, aber dann kommt das Gewissen, bei dem einen oder anderen, der vielleicht das Erbe seiner Kinder verspielt oder die Lebensgrundlage seiner Familie, Generationen vor ihm erarbeitet, und die Bank gewinnt, die gewinnt immer. An welcher Stelle sind Sie angelangt?" Beiläufig sah die Dame Viola an.

„Beim Gewissen", antwortete die. „Man muss schon ehrlich zu sich selbst sein, nicht wahr, das muss man aushalten können, sich selbst, und nicht versuchen, sich zu betrügen, indem man vermeintlich Gutes tun will, nur weil man sich selbst nicht aushält."

„Bitte?" Konsterniert sah die Frau Viola an. Die lächelte, rutschte vom Barhocker und warf einen Schein auf die Theke. „Der Mann dort drüben, dieser blonde, schöne Mann, begabt, begnadet, vom Schicksal verwöhnt, spielt sich gerade um Kopf und Kragen, im Moment spielt er mit geliehenem Geld und ich hatte fast Mitleid mit ihm." Flüchtig deutete Viola auf Etienne. „Aber wissen Sie was, er hätte das Geld von jedem genommen und ihm das Blaue vom Himmel versprochen, damit er es bekommt, und dann verzockt, nur ist es jetzt die Bank und die bekommt ihr Geld zurück, so oder so und mit Zinsen und Zinseszins." Im Vorübergehen strich Viola mit ihrer kleinen, ein wenig bläulichen Hand über Etiennes Schulter und formte das Wort „Aufhören!" in den Spiegel, doch ihre Augen leuchteten ihn an. Er bemerkte sie kaum, war in sein Spiel vertieft.

Zurück in der Stadt und nachdem sie sich gründlich ausgeschlafen hatte, nahm Viola Tage später im Kaffeehaus einen kleinen Imbiss zu sich und studierte die neueste Tageszeitung. In einer Randnotiz im lokalen Teil fand sie, was sie suchte. Etiennes Konzerte waren bis auf weiteres abgesagt, er befände sich in einem Sanatorium. Sobald es ihm besser ginge, würden neue Tourneen geplant.

Viola faltete die Gazette zusammen, winkte nach dem Ober, zahlte und spazierte gemächlich die Straßen entlang, vorbei an Etiennes Wohnung, ehemaliger Wohnung, denn unübersehbar klebte an den Fenstern das ZU VERKAU-FEN-Schild. Sie lief ein paar Gassen weiter, am Konzerthaus vorbei, in dem andere Stars auftraten, vorbei am Casino und an dem kleinen Restaurant, in dem sie und Etienne meist gespeist hatten. Zu ihrem Erstaunen sah sie die Swoboda an einem Tisch sitzen, in Begleitung mehrerer ihr unbekannter Herren. Einem eisgrauen Herrn schien die Swoboda zugeneigt, lachte ihn breit und einladend an, hob ihr Glas. Viola spazierte weiter, suchte in den kleinen, engen Gassen der

Stadt das Hutzelhaus der Pavlowa, aber wie diese ihr prophezeit hatte, fand sie es nicht wieder.

Viola kehrte zurück in ihre Dachwohnung, packte ihren Koffer und begab sich zum Bahnhof. Als der Zug anfuhr, der sie in ihr kleines Dorf bringen sollte, sah sie am Bahnsteig Carl Zwartsen stehen, elegant mit Silberknauf, melancholisch den entschwindenden Wagen nachsehend. Ihr Herz setzte vor Schreck kurz aus, doch dann ließ sie diese Welt hinter sich, freute sich auf ihr wenig ereignisreiches Leben daheim im alten Haus ihres Vaters

Kapitel Acht
Die Wandlung

Der Winter war vergangen, ein eisiger, langer Winter diesmal, und Viola hatte mehr gefroren als sonst, das Feuerholz war fast zur Neige gegangen und ihre Finger waren ständig blau vor Kälte, genau wie ihre Füße und die Adern, welche die Waden und Schenkel hinaufliefen, traten unnatürlich schimmernd hervor. Sie hatte versucht, das Blaue an ihrem Körper wegzuwaschen, mit warmen Bädern aufzulösen, doch es blieb. Unerbittlich, unzerstörbar wie eine Erinnerung, die sich stündlich in ihre Seele brannte. Während der Weihnachtstage war es ihr schlecht gegangen und sie wusste, dass sie noch immer mit Etienne und seinen Gefühlen verbunden war, hoffte, dass es verfliegen würde, je mehr Zeit verrann.

Im März begann es aufwärts zu gehen, sie bekam neue Klavierschüler ins Haus und sie beschloss, den riesigen Garten, der ihr altes Haus umgab, neu zu gestalten. So verging der Frühling, der Sommer kam, wurde heiß und trocken, trotzdem behielten ihre Finger diesen bläulichen Farbton, der ihre Haut wie Pergament wirken ließ. Mittlerweile hatte sie sich daran gewöhnt, ja fand es sogar elegant, eine dermaßen blauädrige Haut zu besitzen, die ihr immer einen blassen, kränklichen Zug verlieh, eine künstlerische Note, wie sie fand. Im Frühherbst ließ sie das Dach neu decken und ergötzte sich an den Früchten ihres Gartens, als die ersten Flocken fielen ging es ihr gut.

Sie freute sich auf Weihnachten, und auch wenn sie keine Familie mehr besaß, ihre Mutter war bei der Geburt gestorben und ihr Vater vor vier Jahren an Tuberkulose, Geschwister gab es nicht, konnte sie das Fest mit allen Sinnen genießen ohne Neid auf die anderen, die mit den Ihren am Gabentisch und unterm Weihnachtsbaum saßen. Am Nachmittag und um Mitternacht spielte Viola die Orgel in der kleinen Dorfkirche, wie ihr Vater und dessen Vater das schon getan hatten. Die Stunden zwischen Nachmittag und Mitternacht verbrachte sie fast immer mit dem Pfarrer, seiner Frau und ein paar alten Dorfweiblein, die niemanden mehr hatten, beim Essen. Die Frau des Pfarrers tischte Apfelkuchen, Schokoladenbiskuits und Spekulatius auf, meist gab es noch gebackene Äpfel und gegen Abend einen kalt aufgeschnittenen Braten mit Kartoffelsalat. Die Weihnachtsgesellschaft unterhielt sich angeregt im Hause des Pfarrers. Es wurden Neuigkeiten aus dem Dorf, aus Nachbardörfern, Rezepte, Strickmuster und Gartentipps ausgetauscht. So auch diesmal. Alles lief genauso wie immer, bis der Pfarrer das Radio einschaltete, was er meist zu fortgeschrittener Stunde tat.

Viola berichtete ihrer Nachbarin soeben von ihrem Garten, als leise Klaviertöne an ihr Ohr drangen. Noch immer redend, drehte sie den Kopf etwas zum Radio hin, kein Zweifel! Das musste Etienne sein, der da im Radio spielte. Viola merkte, wie ihre Gedanken abschweiften, sie der Antwort der Nachbarin nicht mehr folgen konnte, sondern sich mehr und mehr der Musik zuwandte. Sie sprang auf, lief um den Tisch herum zum Radiogerät, stand eine Weile erstarrt lauschend daneben. Eine Direktübertragung. Er spielte wieder Konzerte, war offenbar von der Spielsucht genesen und zurück in seinem alten Leben. Vor ihrem geistigen Auge sah sie Etienne, wie er gefeiert wurde und selber feierte, wie er lärmend durch die Nächte zog, die Swoboda an seinem Arm hängend, eine neue Wohnung besaß und sich nicht im Geringsten für die Vergangenheit interessierte. Die Vorstellung versetzte ihr einen Stich im Herzen, sie wankte und setzte sich.

„Geht es Ihnen heute nicht gut?" Die Frau des Pfarrers sah sie besorgt an. Matt wehrte Viola sie ab und nahm einen Schluck Kaffee zu sich, der sie belebte. Sie musste in die Stadt zurück, das war ihr soeben klar geworden, um mit eigenen Augen zu sehen, wie er weiterlebte.

Wochen später schlenderte Viola äußerlich gelangweilt den ihr bekannten Boulevard auf und ab. Sie hatte ihre schwarzen Haare sorgfältig unter einem hellblauen Hut zusammengesteckt, die Augen waren pechschwarz umrandet, was ihren blass-bläulichen Teint unterstrich, die Lippen blutrot bemalt. Der elegante, nach unten weit schwingende Mantel war oben mit einem Silberfuchskragen verbrämt und betonte ihre schmale Figur auf das Vorteilhafteste. Sie war auf dem Boulevard der Sehenden und Gesehenen nicht die unauffälligste Person, sie war eine Frau, der Mann hinterher sah, welche die Phantasie beflügelte, aber nicht so schön, nicht so perfekt, um unerreichbar zu sein. Sie hob sich wohltuend von der Masse ab, war ein wenig interessanter als die Übrigen, aber eben doch noch eine von ihnen.

Sie wandelte dahin, scheinbar gleichgültig, besah sich flüchtig die Auslagen der Schaufenster, flanierte weiter, um gleich darauf die Richtung zu ändern, nochmals vor dem eben schon taxierten Schaufenster stehenzubleiben, innerlich zum Zerreißen gespannt. Sie wartete auf Etienne, der jeden Augenblick hier vorbeikommen musste. Er hatte immer nach seinen Konzerten das kurze Stück des Boulevards passiert, um vom Konzerthaus herüber zu den Bars und Restaurants zu gelangen. Sie hoffte, er würde diesen Weg nehmen.

Vertraute darauf, dass er seine Gewohnheiten über die vielen Monate nicht geändert hatte.

Sie irrte nicht. Sie bemerkte sein Kommen schon, bevor sie ihn überhaupt sah. Menschen strömten vom Konzerthaus auf den Boulevard, sich immer umwendend, Ausschau haltend, langsamen Schrittes vorwärts, wieder innehaltend und sich umdrehend, aufgeregt miteinander tuschelnd sich weiter bewegend. Hinter ihnen musste etwas Spektakuläres passieren und Viola wusste, was das war. Etienne erschien mit seiner Entourage, Hof haltend, sein Lieblingsspiel spielend, nämlich den Leuten vorzugaukeln, er sei einer von ihnen, genau wie sie mit einem normalen Leben. Viola setzte sich in Bewegung, gezielt auf den Zenit des Menschenballs zusteuernd zerteilte sie herrisch die ihr Entgegenkommenden, stieß sie zur Seite, stach unbeirrt durch die Unwissenden, bis sie Etiennes blonden Schopf wippen sah. Natürlich verteilte er Autogrammkarten, lächelte, scherzte und verschoss freizügig Luftküsse an die umstehenden Damen.

Ihm selbst hing eine dralle Blonde am Arm, rotbäckig mit blitzenden, kugelrunden Augen und einer sommersprossigen Himmelfahrtsnase. Viola stockte kurz, erfasste mit einem Blick die Situation, sprang an Etiennes Seite und bat ihn, um eine Autogrammkarte, die sie nicht interessierte, sah ihm währenddessen unverwandt in die Augen. Er lächelte freundlich sein aufgesetztes Publikumslächeln, gab ihr eine Autogrammkarte und fragte, ob er sie für sie signieren solle. Sie nickte.

„Viola, schreib: Für Viola!" Sie lächelte ihm jetzt gewinnend ins Gesicht, um seine Augen festzuhalten. Es gelang ihr nicht, er krakelte hastig die Worte auf die Karte und steckte sie ihr zu, mit den Gedanken schon weiter vorn.

„Suivi!", rief sie, für Außenstehende würde es einem verunglückten Merci gleichkommen in diesem Getümmel, doch Etienne hatte das Spielerwort genau verstanden. Er riss seinen Kopf herum und starrte ihr zum ersten Mal direkt ins Gesicht.

„Kennen wir uns?"

Sie knickste lächelnd, schüttelte scheinbar ehrlich bedauernd den Kopf und verharrte einen Moment länger, als dass ihre Gesten glaubhaft gewesen wären. Wartete, ob er sie erkannte, ob sich irgendetwas in ihm regen würde, eine Erkenntnis, ein Gedanke von weit her, ein Bild.

Sie sah, wie er versuchte, etwas zu greifen, und es ihm nicht gelang, er von der Blonden weitergeschleppt wurde, sich wie immer nicht wehrend, den Frauen an seinem Arm ergeben folgend. Einen Moment sahen sie sich entfernend in die Augen, es entstand eine luzide Intimität, so etwas wie Verbundenheit, bevor die Leiber zwischen ihnen zusammen schwappten und er weitergespült wurde im fordernden Sog der Massen.

Bewegungslos stand Viola einige Augenblicke da, sah wie versteinert in die Richtung, in welche Etienne soeben verschwunden war. Links und rechts wurde sie von der nachschiebenden Menge angerempelt, einige riefen ihr Worte zu, drängten sie energisch beiseite, solange, bis sie sich fasste, wie aus einem Traum erwachend umsah, den Kopf schüttelte und mit einem feinen Lächeln die entgegengesetzte Richtung einschlug.

Etienne hatte derweil mit seiner Verlobten Lucie Brömmer das kleine Restaurant betreten, in welchem Arian und er so oft vor dem Casino gespeist hatten. Natürlich hatte ihm sein Arzt Dr. Guggenmos strengstens verboten, die alten Stätten aufzusuchen, alles, was in diesen Kreislauf der Sucht hineingehörte. Also auch die Vorbereitung, das Ritual des Speisens mit Arian in diesem gemütlichen Restaurant, auch das gehörte dazu, gehörte zum Kreislauf der Sucht, ebenso wie ein Abstinenzler nur am Wein riechen muss, um fast den Verstand zu verlieren, so verhielt es sich mit Etienne und dem Lokal.

Der Kellner, welcher die Gesellschaft überschwänglich begrüßte, Etienne sofort namentlich ansprach, sich höflich nach dem werten Befinden erkundigte und ihnen ohne Zaudern den üblichen Tisch zuwies, den Platz, an welchem er viele traute Abende mit Arian gesessen war. Nur mit Arian, dem Freund, der ihn gewarnt hatte, den er verstoßen hatte, von dem er nie wieder etwas vernommen hatte, kein Lebenszeichen, keine Nachricht. Jetzt hier an dem Tisch, in diesem Restaurant, auf demselben Platz wie früher sitzend, übermannte Etienne eine nie gekannte Hoffnungslosigkeit. Er beobachtete, während er die Gesellschaft gekonnt unterhielt, seine flachsblonde Verlobte, wie sie ihren runden Körper auf den zierlichen Stuhl wuchtete, eine schöne Frau, nicht sein Geschmack, doch sie kam aus gehobenen Hause. Ihr Vater konnte ihm alle Türen öffnen, die in der Zwischenzeit zugefallen waren, konnte ihm den Weg zurück an die Spitze ebnen. Das war nicht der Grund, warum er mit Lucie verlobt war, doch ein angenehmer Nebeneffekt, dessen sich beide durchaus bewusst waren.

Lucie war gleich in seinem ersten Konzert nach dem Klinikaufenthalt gesessen, hatte so eine naive Begeisterung ausgestrahlt und war ihm sympathisch gewesen in ihrem gestärkten, sauberen Kleid mit dem weißen Rüschenkragen. Einer spontanen Eingebung folgend, hatte er sie und ihre Familie nach dem Konzert zum Essen eingeladen und da war ihm ihre Festigkeit aufgefallen, ihre seelische Beständigkeit.

Für Lucie Brömmer gab es kein Zweifel an den Dingen, an ihrem eigenen Tun oder dem ihrer Umgebung, für Lucie lagen die Dinge immer klar und simpel vor ihr, was nicht hieß, dass sie unintelligent war. Das Gegenteil war der Fall, sie war eine schlaue, zielsichere Person, die bekam, was sie wollte und die so schnell nichts aus der Bahn warf, die unempfindlich war gegen die Versuchungen des Lebens. Eine Frau, wie Etienne sie brauchte. Im Moment zumindest und vielleicht für immer, da war er sich nicht sicher. Sein Herz erreichte Lucie Brömmer nicht, sie schaffte es nicht einmal, seine Seele zu berühren. Doch sie tat ihm wohl und dafür achtete er sie hoch.

Neben Lucie saß ihr Vater, Studienrat Brömmer, feist und selbstzufrieden, seiner Tochter in vielen Dingen ähnlich, zündete sich eine Zigarre an und dröhnte durch den Raum nach der Weinkarte. Zwei seiner Freunde aus dem Club waren ebenfalls mitgekommen, ältere Herren auf der Zielgeraden des Lebens, denen es an nichts mangelte, die ihre Vermögen ordentlich angelegt hatten und nun nach dem höchstmöglichen Genuss strebten, den ihnen die Welt zu bieten hatte. Im Moment lag dieses Vergnügen in ihren Begleitungen, die, jung, anmutig und verspielt, begierig auf das Leben, ihnen zur Dekoration gereichten.

Etienne langweilte sich. Er unterhielt alle prächtig, aber im tiefsten Inneren langweilte er sich, fand die Gesellschaft dröge. Sie sprach seinen wachen Geist nicht an, er sehnte sich nach Arian, war mit seinen Gedanken im Casino, verbot sich, nur im Mindesten daran zu denken, nahm sich vor, nach Arian zu forschen, ihm eine Nachricht zukommen zu lassen, sich zu entschuldigen. Er verwarf den Gedanken sogleich wieder, denn Arian gehörte zu dem Kreislauf der Sucht, denn was, wenn er hier heute Abend erschiene, ihm auf die Schulter klopfen würde und ihn mit ins Casino nehmen wollte? Etienne war sich nicht sicher, ob er stark genug wäre zu widerstehen.

Dann diese Frau eben auf den Boulevard, irgendetwas an ihr war ihm bekannt, ja vertraut vorgekommen und doch war sie seltsam gewesen, ihre ganze bläuliche Erscheinung, er würde sich sicher an so jemanden erinnern, eine Frau mit so schwarzen Haaren und so violettstichiger Haut, die würde er doch nicht vergessen? Und doch suchte er vergebens in den Tiefen seiner Erinnerung nach ihr, ein kleines Bild wollte von unten aufsteigen, doch es blieb undeutlich, verschwamm, wurde von anderen Bildern überlagert.

Fahrig entnahm Etienne eine lange Zigarette aus dem fein ziselierten Silberetui vor sich, ein Geschenk der Swoboda, er erinnerte sich. Die mit ihren roten Haaren, ihrer rauchigen Stimme und hysterischen Anfällen, er vermisste sie nicht. Doch manchmal, wie eben jetzt, wenn die Gespräche, vom Studienrat Brömmer dominiert, dahin plätscherten, sich die alten Männer in ihren einstigen Taten sonnten, verklärte Anekdoten zum wiederholten Male über den Tisch wabern ließen, mit der immer gleichen Rollenverteilung und dem immer gleichen Wortlaut, eine Vorliebe des Alters, und sich an der gelungenen Wiederholung ergötzten, dann zog es ihn hinaus. Weg von den Leuten, diesen netten Wohlstandsbürgern mit ihren Wampen, dicken Nasen und Geldtaschen, weg, raus und hinein in das Getümmel der Leute auf den Boulevard, um mit der Menschenmenge zu verschmelzen und jegliche Individualität abzulegen. Einer von vielen zu sein und in ein fremdes Leben zu schlüpfen, für einen Augenblick, für einen Moment der Herr mit dem Gehstock zu sein oder die alte Bettlerin am Straßenrand, der rothaarige Kellner, der schwitzend die Tabletts auf die Terrasse zu den

Gästen trug. Jeder zu sein, mit einem anderen Leben, einer anderen Familie und anderen Möbeln. Andere Marotten zu haben und andere Vorlieben, vielleicht arm zu sein oder einer dieser Angestellten, die morgens stets zur exakt gleichen Zeit in ihrem Büro saßen und zur exakt gleichen Zeit ihr Büro verließen, was immer sie in der Zwischenzeit getan hatten, und dann zur exakt gleichen Zeit ihre Wohnungstür aufschlossen, etwas aßen, schliefen und am Morgen alles von vorne begannen.

Lucie Brömmers helles Lachen riss ihn aus den Gedanken, sie tätschelte seine Hand mit ihrer weißen, mit schweren Ringen garnierten Pfote und lachte nochmals auf, denn offenbar hatte der Studienrat ein Bonmot zum Besten gegeben. Die jungen Mädchen am Tisch kicherten hohl in sich hinein und die beiden Herren nickten dem alten Brömmer anerkennend zu, er gefiel sich in der Rolle des geistreich gealterten Dandys. Etienne hob sein Glas in Richtung des Studienrates, trank mit großen Schlucken, dem Wein nicht angemessen, wie man ein Wasserglas leert, und stand auf. Lucie sah ihn erstaunt fragend an. Er entschuldigte sich bei ihr und der Tischgesellschaft, er müsse ein Stück überarbeiten und morgen sei ein langer Tag, sah das mütterliche Verständnis in Lucies Augen aufglimmen, das ihn sofort anwiderte, und obwohl sie nichts dafür konnte und er das wusste, verließ er angeekelt den Tisch. Schnell nach draußen in die kalte, klare Luft. Tief einatmen. Dann lief er los, unbewusst zu der Stelle, an der er die Violette gesehen hatte. Natürlich war sie dort nicht mehr.

Er sah sich suchend um, die übliche Abendgesellschaft aus verspäteten Theaterbesuchern auf dem Heimweg, dem jüngeren Volk auf der Suche nach Tanzlokalen und Bars, aus Gaunern und Taschendieben und den fliegenden Händlern flanierte, lustwandelte oder hetzte in die aufziehende Nacht den Boulevard entlang. Keiner nahm Notiz von ihm und wie er da so stand, mitten auf der Promenade, war er ein Niemand, ein Irgendwer, der sich sofort in ein anderes Leben begeben könnte, wenn er diese Bar da schräg gegenüber betreten würde. Er könnte für einen Abend Arian sein, versuchen, wie er zu sprechen, sich wie er zu verhalten, seine Ansichten und die Ticks übernehmen und sich einen Spaß daraus machen, sein Gegenüber zu täuschen.

Etienne sah auf die Eingangstür der Bar, die sich soeben öffnete. Von drinnen stolperte ein schwarzhaariger älterer Herr mit Zylinder und Silberknauf auf den Bürgersteig. Dort angekommen, schwankte er etwas, schob den Hut auf den rechten Fleck, straffte sich und sah Etienne direkt in die Augen. Ein Betrunkener, war Etiennes erster Gedanke, den er sogleich verwarf. Der da drüben war nicht benebelt, der erkannte ihn, der sah genau ihn an und hatte gewusst, dass er hier draußen war, offenbar von einem Fensterplatz der Bar aus gesehen, dass er hier stand, und nun diesen Auftritt hingelegt. Ein Spinner, doch der Gedanke erschien Etienne zu harmlos, denn genau das war der Typ da drüben auf dem Gehsteig mit seinem Silberknauf wahrlich nicht: harmlos. Der hatte eher was Gefährliches an sich, wobei gefährlich nach Seeräuberei und Abenteuer klang, nach etwas Herausragendem, und jetzt fiel Etienne das passende Wort für den Mann ein. Hinterhältig, so wie er aus der Bar gekommen war, dieser Unbekannte, sein täuschendes Spiel und doch hatte Etienne das abschätzige Glitzern seiner Augen registriert, bevor sich dieser langsam und provokant drehte, den Weg fortsetzend.

Etienne steuerte auf die Bar zu, warf noch einen schnellen Blick auf den schwarzen, langen Mantel des sich entfernenden Fremden mit dem Silberknauf und öffnete die Tür. Er prallte gegen eine beeindruckende Wolke aus Zigarettendunst, abgestandenen Fett und Alkohol, die ihn sich schütteln ließ. Als sich seine Augen an das dämmrige Licht des Lokals gewöhnt hatten, sah er sich am Ende einer langen hölzernen Theke stehen, die voll besetzt war. Er stakste zwei Schritte nach vorne, legte den Arm betont lässig auf die Holzplatte und schnippte nach dem Barkeeper, der sich ihm eilfertig zuwandte. „Martini." Er ließ seine Stimme rau klingen in dem Glauben, dass es ihm mehr Seriosität verlieh. Mit dem Getränk in der Hand musterte er die anderen Besucher der Bar. Alles Gewohnheitstrinker, die meisten zumindest, das erkannte er mit einem Blick. Am Ende eine Gruppe junger Burschen, die offensichtlich etwas zu feiern hatten, zwischendrin einzelne Männer mit stieren Augen auf die Flaschen hinter dem Barkeeper. Doch halt, da mittendrin saß eine Frau mit dem Rücken zu ihm, sie hatte sich etwas gedreht und schien angestrengt aus dem Fenster zu sehen. Er erkannte den pelzverbrämten Mantel sofort und sein Herz machte einen Sprung, als er sich zielstrebig in Bewegung setzte.

Er war beinahe angekommen, als sie sich mit einer irren kleinen Drehung umwandte und ihn direkt aus ihren großen, blauvioletten Augen anstarrte. Er lächelte, setzte erneut die tiefe, raue Stimme auf: „Kennen wir uns nicht von irgendwoher?" Er fuhr sich durch die Haare, er wusste genau, wie umwerfend diese Geste auf das Weibsvolk wirkte, und zwinkerte sie an. Ihr Gesicht blieb regungslos.

„Nein, nicht dass ich wüsste.", antwortete sie monoton und verstummte. Sah ihn an mit diesen eigenartig gefärbten Augen, nicht einmal erwartungsvoll, gar nicht begierig darauf, das Gespräch fortzusetzen, saß da und sah ihm zu.

„Vielleicht waren Sie mal in einem meiner Konzerte, Etienne von Sutter, darf ich mich vorstellen?" Also die ganze Nummer, dachte er sich. Sie schüttelte ihm die Hand, kurz. Ihre Hand fühlte sich klein und kalt an und war, wie er staunend bemerkte, wirklich fliederfarben, zumindest im Licht dieser Bar.

„Was machen Sie hier?", erkundigte er sich neugierig, ohne ihre Vorstellung abzuwarten.

„Trinken", erklärte sie ohne Umschweife. „Trinken, warten und vergessen, das, was alle hier machen." Sie rutschte mit ihrem Hocker etwas beiseite, damit er neben ihr Platz nehmen konnte. „Mit wem habe ich die Ehre anzustoßen?" Er hielt sein Glas in die Höhe.

„Violetta de Glace, ich habe eine Konzertagentur." Gelangweilt tropften die Worte aus ihrem rotbemalten Mund, als sie ihr Glas gegen das seine stieß.

„Eine Konzertagentur? Welche Künstler?", erkundigte er sich interessiert, nachdem er das Glas abgesetzt und beim Kellner mit zwei erhobenen Fingern die nächste Runde bestellt hatte. „Klassisch. Für Sie wäre auch etwas dabei, aber Sie sind sicher vollkommen ausgebucht, schätze ich, so ein Ausnahmekünstler wie Sie!"

Irrte er sich oder hatte sie das mit einem spöttischen Unterton gesagt? In dem Augenblick fiel es ihm ein: „Wissen Sie, Sie erinnern mich an jemanden, ein guter Freund von mir, Arian, Ihre Augen, ich weiß nicht, die haben so etwas Vertrautes an sich." Er beugte sich näher zu ihr hin, sah ihr ins Gesicht, das perfekter war, als er es auf dem Boulevard empfunden hatte. Ein vollkommenes Gesicht mit einer etwas zu großen Nase und dann diese Augen!

Sie drehte sich brüsk weg hin zu ihrem Glas, zog unter der Theke zügig ihre Handschuhe an. Mit einem nervösen Lächeln entgegnete sie ihm: „Nun, es ist spät. Ich lasse Ihnen meine Karte da, falls Sie mich anrufen möchten, kann ich Ihnen behilflich sein. Ich habe eine Konzertagentur, Violetta de Glace ist mein Name!" Schlangengleich wand sie sich von ihrem Barhocker, warf einen Schein auf den Tresen und beugte sich an sein Ohr. Aus ihrer Rosenduftwolke heraus flüsterte sie „Violetta de Glace! Träumen Sie schön!" und entschwand.

Er betrachtete die Karte, welche aus einem mauvefarbenen Papier bestand. In schwarzer, dünner Schnörkelschrift war ihr Name darauf, etwas kleiner darunter eine Telefonnummer. Nichts sonst. Keine Adresse, kein Name der Agentur. Unschlüssig drehte er das Kärtchen in den Händen hin und her, er hatte noch nie etwas von einer Konzertagentin namens Violetta de Glace gehört. Plötzlich musste er lachen, es gluckste erst ein wenig vom Magen her und dann wirbelte ihn sein eigenes Lachen fast vom Stuhl. Die anderen Gäste sahen ihn befremdet an, glaubten, dass er verrückt geworden war, aber nein, er war bester Dinge, denn mit einem Mal wurde ihm klar, dass er einer Täuschung aufgesessen war. Diese Violetta hatte ihr Spiel so mit ihm getrieben, wie er es gerne mit Fremden tat. Er winkte dem Barkeeper und zahlte. Draußen beschloss er, sofort am nächsten Morgen die Nummer zu wählen und wenn er Glück hatte, war wenigstens die echt. Was für ein Spaß! Er lachte in sich hinein und ging beschwingt nach Hause, nicht bemerkend, dass ein dünner schwarzer Schatten ihm beständig folgte.

Kapitel Neun
Der Sturz

Am nächsten Morgen rief er sie an, lauschte ihrer melodischen Stimme, verabredete sich für den Nachmittag in einem Café mit ihr. Sie kam nicht. Er wartete eine Stunde, aber keine Violetta de Glace stolzierte durch die Tür. Wütend erhob er sich, schloss sich in der Telefonkabine des Cafés ein und wählte, lauschte dem Läuten am anderen Ende hinterher. Niemand hob ab. Am Abend nach seinem Konzert wählte er erneut ihre Nummer, doch der Hörer blieb stumm. In den folgenden Tagen versuchte er Violetta de Glace immer häufiger zu erreichen, verstand nicht, wieso sie beim ersten Mal am Apparat gewesen und nun nicht mehr erreichbar war. Obgleich ihm ihre Vorstellung in der Bar am Anfang wie ein leichtes Spiel erschienen war, wurde der Drang sie zu sehen, eine Aufklärung über ihr Ausbleiben zu erhalten, beständig größer. Vielleicht war ihr etwas passiert, das schien allmählich die einzige verbliebene Möglichkeit für ihr Nichterscheinen im Café und das stumme Telefon.

Am Ende der Woche, als er schon fast automatisch vor dem Konzert an den Telefonapparat des Ganges hinter den Künstlergarderoben lief, um ihre Nummer zu wählen, stand er in eben diesem Gang plötzlich einem schwarzhaarigen Mädchen gegenüber, das ihn aus fünf Metern Entfernung beobachtete, wie er die Treppe herunterkam. Er blieb in der Mitte des Ganges stehen, genau zwischen der Treppe und dem Telefonapparat und sah sie amüsiert an. Die hatte sich sicher verirrt, gehörte nicht hierher, in ihrem schwarzen, langen Seidenkleid und einer Turmfrisur, die Nofretete alle

Ehre gemacht hätte. Sie bewegte sich nicht, fixierte ihn mit ihren hellen Augen, bis hinter ihr ein Tumult entstand. Atemlos stürzten zwei junge Männer durch die Tür, zerrten an ihr, riefen und zogen sie nach hinten hinaus durch eine Tür. Sie drehte sich noch einmal zu ihm um, als er schon den Telefonhörer in den Händen hielt, warf ihm einen langen Blick zu, bis die Tür hinter ihr ins Schloss fiel.

„Violetta de Glace?" Er schrak zusammen, als er ihre Stimme vernahm, legte verwirrt auf und wandte sich seiner Garderobe zu. Nach dem Konzert rief er nochmals an, diesmal in Erwartung von Violettas Stimme, doch nichts geschah.

Am folgenden Morgen erreichte er Violetta endlich, plauderte mit ihr über dies und das, erwähnte mit keiner Silbe das geplatzte Treffen, seine unzähligen vergeblichen Anrufe, denn sie sollte auf keinen Fall merken, wie ihn diese Tatsache verärgert hatte, wie zutiefst empört und wütend er darüber war, wie er sich in seiner Seele verletzt fühlte, es als persönliche Infamie Violettas betrachtete. Nein, sie durfte all das nicht bemerken und so scherzte er weiter ins Telefon hinein, während er mit seinen langen, schmalen Fingern nervös auf das polierte Eichenholz des Sekretärs trommelte.

„Mein lieber Etienne, Sie werden sicher verärgert sein wegen des Treffens, ich habe Sie warten lassen und habe Ihnen nicht Bescheid gesagt, nun, das tut mir wirklich sehr leid, glauben Sie mir, es tut mir unendlich leid und ich will es natürlich wieder gutmachen", flötete sie soeben durch den Hörer. Etienne hielt die Luft an.

„Ich hätte sozusagen als Ausgleich zwei oder drei Konzerte in den großen Hallen Europas für Sie, übrigens auch der Grund meiner Abwesenheit. Manchmal muss man direkt vor Ort sein, mit den Leuten reden, Essen gehen, eben angenehme Stunden verbringen, ihnen das Gefühl von Nähe und Vertrautheit suggerieren, vielleicht sogar freundschaftlicher Verbundenheit, dass sie ein Bild von mir haben, mich anrufen, mir gute Konditionen für meine Künstler bieten, verstehen Sie, Etienne, das verstehen Sie bestimmt! Ich biete Ihnen jetzt London, Paris und Amsterdam. Was sagen Sie?"

Etienne sagte zu, sagte auch die Sommerkonzerte zu, welche ihn durch halb Vorderasien bis nach Russland führten. Er sagte Amerika zu, fuhr drei Wochen auf dem Schiff bis New York, spielte unablässig, manchmal zwei Gastspiele am Tag, setzte sich nach dem Konzert in den Wagen, der immer für ihn bereitstand, ließ sich vom Fahrer an den nächsten Ort, die nächste Stadt, das nächste Städtchen bringen. Die Ortsschilder, Gesichter, Bühnen, die Menschen, welche ihm zujubelten, schwirrten in immer größerer Geschwindigkeit vorbei, ihre Antlitze, ihre Städte verschwammen dadurch zu einer einzigen Masse, die sich am Ende drohend vor ihm auftürmte.

Er telegrafierte jeden Tag mit Violetta, doch gesehen hatte er sie nie wieder, nur dieses eine Mal in der Bar. Die Erinnerungen an ihre Gestalt, an ihr Auftreten begannen sich aufzulösen, obgleich sie der wichtigste Mensch in seinem Leben geworden war. Hin und wieder versprach sie ihm, auf ein Konzert zu kommen, und am Anfang hatte er diesen Begegnungen entgegengefiebert, doch sie erschien nie. Hatte sich immer entschuldigt, ihm neue Auftritte verschafft, wieder einen Besuch angekündigt, bis er zermürbt von all der Hoffnung diese letztendlich fahren ließ.

Wer war sie denn auch? Er hatte eine Verlobte daheim sitzen, die seine Konzerte besuchte, nicht alle, aber zumindest in Sankt Petersburg war sie mit ihrem Herrn Vater aufgetaucht, hatte in der ersten Reihe gesessen, wie immer. Diese

Lucie Brömmer. Zwischen den eleganten russischen Adligen nahm sie sich geradezu provinziell aus. Auf der Soiree danach war ihm Lucie fast peinlich, auf der anderen Seite rührte ihn ihre unbedingte Hingabe, ihr Glaube an die Beziehung zu ihm und natürlich war sie nicht so maniert wie die hochgezüchtete Bagage um sie herum, sondern eben sie selbst. Lucie Brömmer nebst ihrem polternden Herrn Vater, der sich mit erhebenden jovialen Habitus durch den Raum bewegte. Die blondbezopfte Lucie kam nach Wien, Budapest und sogar nach Madrid, himmelte Etienne unverhohlen an und machte sich an seinem Arm breit, schob ihn am Ende der Konzerte zielsicher durch die Menge der glühenden Verehrerinnen nach draußen. Etienne ließ es sich gefallen, wehrte sich nicht, ließ sich umherschieben und platzieren, ließ ab und zu seinen Blick kreisen, durch die Menge, über die Hüte und Pelzkragen nach einem Zipfel Violett.

In Amerika wurde es dann schlimm. Lucie war weit weg und ihre Briefe halfen nicht, einzig der Zuspruch Violettas richtete ihn auf. Es gab Tage, da erreichten ihn überhaupt keine Nachrichten, dann fühlte er sich wie ein Verdurstender im Ozean, nichts Vertrautes, nichts Heimisches, da fühlte er, wie die Fremde versuchte, ihn zu verschlingen, in den Abgrund zu stürzen. Die Einsamkeit klaffte wie ein höhnendes schwarzes Loch am Ende jedes Abends, im unvertrauten Bett, umgeben von unbekannten Geräuschen und Sprachen, die nicht seine waren.

In diesen Zimmern, die sich glichen, manchmal in der Farbe unterschieden, aber immer denselben polierten Geruch nach Reinigungsmitteln ausströmten, mit den immer gleichen weißbezogenen Betten, der gelben Nachtlampe und dem Fenster, an das er sich stellen konnte, um die Aussicht zu genießen. Die war meist schön, aber dadurch schmerzlicher, denn es gab niemanden, mit dem er das teilen konnte, niemanden, dem er jetzt in diesem Augenblick zurufen konnte: Oh, wie schön ist doch die Aussicht! Er fing an zu trinken, telegrafierte mehrfach täglich an Violetta, die immer antwortete, nur eben oft recht zeitverzögert, also trank er mehr in den Nächten. Schlief schlechter, dann weniger, nahm ab.

In Los Angeles rief Violetta ihn an. Perplex lauschte er ihrer Stimme, unfähig wahrzunehmen, was sie sagte. Es kam ihm vor, als hätte er eine Begegnung mit einem vorigen Leben, als wäre Violetta eine Erfindung seines Geistes, die niemals in der Realität existiert hatte, und nun sprach sie mit ihm durch das Telefon, bewies ihm dadurch ihre Wirklichkeit.

„... Südamerika. Die großen Häuser. Etienne, ich kann heute Abend nicht auf dein Konzert kommen, aber wir können uns danach in einer Bar treffen, was meinst du?"

Er nickte, vergaß, dass sie ihn nicht sehen konnte, zündete sich fahrig eine Zigarette an und stieß ein „Ja" hervor. Sie gab ihm die Adresse der Bar am Sunset Boulevard durch und legte auf. Benommen starrte er in den Hörer und rauchte blicklos zu Ende. Sie war hier. Violetta war hier!

Das Konzert wurde ein großartiger Erfolg, gleich, nachdem der Jubel abgeebbt war, hastete er die Stufen des Theaters hinunter, winkte nach einem Wagen und ließ sich in die Bar fahren. Überall blinkten Reklamen, Palmen rauschten im nächtlichen Sommerwind und die Sterne schienen heller zu funkeln denn je. Er roch das Salz des Meeres. Die Bar war in ein diffuses, angenehmes Licht getaucht, eine dreiköpfige Jazzcombo spielte gedämpft am Ende des Raumes, an den Tischen und an der Theke saßen viele Menschen, doch keine Violetta. Das erfasste er mit einem Blick. Sie kommt nicht!

Er setzte sich an die Theke, neben ihm ein Platz frei für die Hoffnung, und bestellte einen Highball, trank und orderte nach. Alleine zu trinken war er gewohnt, nichts Besonderes, nichts, was er nicht jeden Abend in seinem Hotelzimmer, in den diversen Hotelzimmern tun würde, doch alleine trinken, wenn man erwartet hatte, zu zweit zu trinken, war etwas anderes. Etwas ganz anderes. Er rutschte in sich zusammen und bestellte noch einen Drink. Lächelte zuversichtlich in die Runde, was keinen interessierte, drehte sich auf seinem Barhocker herum Richtung Raum, um der Band zu lauschen. Pianist, Bassist und Schlagzeuger, Jazzstandards. Eine elegante Rothaarige im grünen Seidenkleid erkundigte sich, ob der Platz neben ihm frei wäre und er nickte nur. Das Nicken des Besiegten, das Nicken eines Mannes, der eben begriffen hatte, dass die Ersehnte nicht erscheinen würde, die Ersehnte, die so nah war, in der gleichen Stadt, weit weg von der Heimat, von Europa, und doch schaffte sie es nicht in die Bar. In den Morgenstunden schleppte er sich torkelnd ins Freie, atmete tief die Wüstenluft ein, dieses Nichts in der Wüste, diese glitzernde Blase, und fiel zu Boden.

Sein Kopf schmerzte, um ihn herum hörte er das aufgeregte Trappeln von Füßen, Rufe und einige englische Wortfetzen, bis sich ihm eine kühle kleine Hand auf die Stirn legte. Er versuchte, die Lider zu heben, aber es misslang. Direkt an seinem Ohr vernahm er plötzlich ihre Stimme: „Etienne, mach die Augen auf. Steh auf!"

Mit all den ihm zur Verfügung stehenden Kräften versuchte er, die Augen aufzuschlagen, doch zu mehr als einem Flattern reichte es nicht mehr. Er fühlte, wie die Lebenskraft aus seinen Adern wich, die Glieder kalt und schwer wurden, hörte im Rauschen des eigenes Blutes von Ferne die Sirene, spürte, wie man ihn auf eine Trage bugsierte, jemand seine Hand hielt. Ein angenehmes Gefühl der Entspannung fing an, sich in ihm auszubreiten, die Außengeräusche verschwanden und er fühlte sich warm und leicht wie in Watte gepackt. Kein Zustand, den man gerne wieder verließ.

Kapitel Zehn
Das Sanatorium

Als er zum ersten Mal die Augen öffnete, sah er über sich die kalkweiße Decke eines Krankenzimmers und als nächstes Lucie Brömmers mindestens ebenso weißes Antlitz mit zu rotem Wangenrouge, miserabel verteilt. Die schwitzigen Poren ihres Gesichts ließen das Rot fleckig erscheinen, das sich über ihn stülpte, sein gesamtes Gesichtsfeld okkupierte. Er schloss die Augen. Öffnete sie wieder. Sah an die Decke, versuchte sich zu orientieren, seinen Kopf zu bewegen, was ihm nicht gelang. Die Müdigkeit übermannte ihn ein weiteres Mal, eigentlich interessierte ihn nicht, was da draußen vor sich ging. Er hörte Stimmen, spürte erneut die kleine, kühle Hand auf seinem Gesicht, öffnete schnell die Augen, doch die Stimmen entfernten sich, waren im Abklingen. Violetta, das war sie gewesen! Er wollte rufen, doch kein Laut drang aus seinem weit geöffneten Mund.

Die Decke blieb weiß, immer die gleiche Aussicht. Dann hatten sie ihn offenbar verlegt, denn jetzt sah er auf eine lindgrüne Decke, in deren Mitte eine extravagante Lampe hing, kein Krankenhaus, konstatierte er für sich. Dann konnte es ihm ja nicht zu schlecht gehen. Er versuchte erneut, sich zu bewegen, zerrte mit dem Arm an der Bettdecke, hörte einen lautes Grunzen neben dem Bett und sah in Lucie Brömmers weißrotes Gesicht. Sie redete sofort auf ihn ein, hob ihn an, setzte ihn aufrecht hin. Ihm wurde schwarz vor Augen, er fiel um, sie riss ihn wie eine Puppe hoch, lagerte seinen Oberkörper gutmeinend auf vielen dicken Kissen, von denen er seitlich hinunterrutschte und auf die er von ihr wieder mittig drapiert wurde, während sie keuchend vor Anstrengung auf ihn einredete. Ohne Unterlass. Er roch ihren abgestandenen Atem, ihren Schweiß in einer alten Parfümwolke und übergab sich, was zu mehr Aufruhr in Lucie Brömmer führte. Sie absolvierte jetzt viele Gesten gleichzeitig und redete in gesteigertem Tempo, nun, wie man zu einem fünfjähren kranken Kind spricht, auf ihn ein. Er fing an zu schreien, hörte nicht mehr auf, bis die Schwestern herbeigelaufen kamen, Lucie Brömmer aus dem Raum führten und er aus dem Bett auf den kalten Mamorfußboden stürzte.

„Diesmal ist es schlimm, nicht wahr, Etienne?" Er lauschte der kühlen Stimme Violettas an seinem Bett. „Diesmal kommst du nicht so einfach davon. Diesmal musst du dich noch mehr anstrengen, das zu schaffen. Aber ich helfe dir, wie ich dir immer geholfen habe." Er lag mit geschlossenen Augen da, sie wusste nicht, dass er genau verstand, was sie sagte.

„Diese Brömmer habe ich nach Europa bringen lassen, die hat dir nicht gutgetan. Die brauchst du nicht. Ich werde dafür sorgen, dass du in ein anständiges Sanatorium kommst, wo du dich erholen kannst. Solange du willst, vielleicht die nächsten zehn Jahre." Sie kicherte vor sich hin.

Er schlug die Augen auf und starrte in ihr bläuliches Gesicht. Wie sah sie denn nur aus?

„Oh, mein Lieber, du bist wach? Wie geht es dir? Du hattest einen Zusammenbruch, das wirst du schon bemerkt haben, nehme ich an, zu viel gearbeitet, sagen die Doktoren, das liegt am unruhigen Leben, das wird schon wieder, dauert nur etwas länger diesmal." Sie putzte sich umständlich die Nase und sah ihm dann mit einem kalten Blick direkt ins Gesicht.

Grausen erfasste ihn. „Wer bist du?"

Ein rätselhaftes Lächeln umspielte ihren hübschen Mund, dann stand sie mit einem solchen Schwung auf, dass der Stuhl hinter ihr krachend umfiel. Sie beugte sich über ihn, sah ihn an, umfasste mit beiden Händen seinen Kopf und küsste ihn leicht auf die Lippen.

„Adieu, Etienne! Das Sanatorium wird dir gefallen!" Mit diesen Worten drehte sie sich um und verließ den Raum. Wer war die Frau? Ihm fielen die Augen zu und im Traum erschien ihm Violetta, schwebend, über vergessenen Wiesen und Hainen, über kleinen Wegen bis hin zu einem charmant eingewachsenen Bauernhaus. Er schob die Pforte auf, klopfte und die Tür öffnete sich von selbst, gab den Blick frei auf ein Musikzimmer mit Klavier, Notenständer, einem Akkordeon, welches am Boden aufgestellt lag, und zwei Violinen an der blassgelben Wand. Er ging vertrauten Schrittes in den Raum, setzte sich an das Klavier und spielte. Als er aufschaute, sah er Violetta neben sich, die ihn anlächelte: „Weißt du jetzt, wer ich bin?" Dann verschwamm das Bild, wurde flüchtig, obwohl er verzweifelt nach ihr rief, verschwand sie, machte einem bleiernen Grau Platz, in das eine tiefe Stimme drang: „Herr von Sutter! Wachen Sie auf!"

Ein harter Griff an der Schulter zwang ihn in die Wirklichkeit. Er erblickte einen weißbärtigen Herren mit Brille vor sich, der an seinem Bett stand. „Herr von Sutter, mein Name ist Professor Ehrenberg und ich bin Ihr behandelnder Arzt. Sie befinden sich hier im Sanatorium Bellevue in der Schweiz, ihre Agentin Violetta de Glace hat Sie hierher verfügt und Sie, mein Lieber, müssen sich in den nächsten Jahren keine Sorgen um Ihr Wohlergehen machen." Professor Ehrenberg sah scharf über seine Brillenränder hinweg. „Sehen Sie, wir haben ein völlig neuartiges Konzept zur Heilung von Erkrankungen des Gemützustandes, wie Sie sich eine

165

zugezogen haben. Sie werden hier in diesem Raum schlafen, und wenn Sie sich umsehen, können Sie erkennen, dass die Frontseite zum Hof bis zum Boden aus Glas besteht, Fensterglas, das auch nicht zu öffnen ist, gleichzeitig werden Sie die konische Form ihres Zimmer entdecken, das zur Glasseite hin weit ausläuft."

Etienne setzte sich auf, starrte durch die breite Glasfront direkt vor ihm in den Hof und in die gegenüberliegenden Zimmer, welche ebenfalls mit einer weit auslaufenden Fensterfront ausgestattet waren. Sah die Tische, Menschen im Bett liegen, sich umziehen, einige standen direkt an der Glasscheibe und starrten hinaus, manche liefen umher, eine Frau lag am Boden und trommelte mit den Fäusten gegen die weißen Fliesen.

„Unser Sanatorium ist an das Colosseum in Rom angelehnt", fuhr der Professor fort, ihn angelegentlich betrachtend. „Ein geschlossener Rundbau mit einem großflächigen Innenhof zu dem alle Fenster hin verlaufen. In der Mitte sehen Sie einen Turm. In diesem Turm sitzen ich, meine Kollegen, Wärter und Helfer, die Sie rund um die Uhr betreuen, denn wir können jederzeit sehen, ob Sie, Etienne, Hilfe benötigen oder nicht. Sie müssen niemanden rufen, denn wir sind immer bei Ihnen, was sehr praktisch für uns ist, denn wir brauchen nicht viel Personal. Sie werden ja wissen, das gutes Personal immer schwer zu bekommen ist." An dieser Stelle machte er eine kleine Pause und schrieb etwas mit winziger Krakelschrift auf seinen Block, winkte dann mit der Hand zum Turm hin. Das Zimmer wurde mit einem Schlag taghell ausgeleuchtet. Unwillkürlich beschirmte Etienne mit der Hand seine Augen, die von der plötzlichen Helligkeit schmerzten.

„Wir sind immer und ganz für Sie da, Etienne!" Damit

nickte der Professor nochmals freundlich in seine Richtung und verschwand durch eine winzige Tür in der Wand. Etienne fiel auf sein Kopfkissen zurück und hoffte, dass dies ein schrecklicher Albtraum war. Hier wollte er sicher nicht sein, er wollte nicht diesen anderen Menschen ausgeliefert sein, Fremden, die ihn jederzeit beobachteten. Verzweifelt verkroch er sich unter seiner Bettdecke. Es dauerte keine zwei Minuten und ein ohrenbetäubender Lärm riss ihn aus dem Bett. Von dem Gedröhn schwankend, die Ohren haltend, geblendet durch das grelle Licht, stürzte er gegen die Glasscheibe, aber da draußen, gegen das Licht, konnte er niemanden sehen, keiner war hier, der ihm half. Das ist das Ende! Er war sich sicher. Das Getöse ebbte genauso plötzlich ab, wie es ausgebrochen war.

Und wer war Violetta? Das hier war keine Freundlichkeit. Er wusste, dass er sie kannte, lange kannte, doch die Erinnerung kam nicht, schwelte als unfassbares Bild unter der Oberfläche vor sich hin. An die musste er ran, er musste wissen, wer diese Frau war, die es geschafft hatte, ihn hierher zu bringen, und er musste versuchen, Kontakt zu Lucie zu bekommen, dem einzigen Menschen, der ihm jetzt helfen konnte, der ihn hier herausbringen konnte.

In den folgenden Wochen hielt er sich streng an die Regeln des Sanatoriums, nahm Medikamente, die seiner Meinung nach vollkommen wirkungslos waren, hielt sich an die Ruhezeiten, nahm an dem täglichen Rundgang im Hof teil, sang im Patientenchor mit und versuchte, nicht aufzufallen. Nachts grübelte er, wie er am schnellsten diesen Ort verlassen könnte, doch soweit er einen Überblick hatte, gab es keinen Weg nach draußen. Die Ärzte vertrösteten ihn, wenn er davon sprach, telefonieren zu müssen.

Weitere zermürbende Wochen vergingen und Etienne war

mittlerweile einer Arbeitskolonne zugeteilt, die täglich morgens um 7:00 ihre Tätigkeit am Fließband begann. Es fuhren kleine hölzerne Dosen in geringem Abstand vorbei, eine jede besaß fünf Kämmerchen, die mit jeweils fünf blassblauen, azurblauen, dunkelblauen, violetten und fliederfarbenen Glaskugeln zu befüllen waren. Etienne saß jeden Morgen neben dem Fließband und versuchte, jeweils fünf fliederfarbene Glaskugeln in die Kammer gleiten zu lassen, was fast nie vollständig gelang, weil die Döschen zu schnell vorüberfuhren. Das war seine Aufgabe für die nächsten zwölf Stunden, mit einer Unterbrechung für die Mittagspause. Am Abend der Hofgang, dann Bettruhe. Er war zu müde geworden zum Denken, zu müde, um irgendwas zu wollen, aß am Morgen den zähen Brei, den man ihm vorsetzte und der vollkommen geschmacksneutral war, am Mittag den gleichen Brei und am Abend. Die Tage und Nächte woben sich zu einer einzigen zähen Masse, welche durch nichts zu unterscheiden war, zukunftslos.

Die Zeit kam ihm abhanden, denn im Sanatorium gab es weder ein Wochenende noch Uhren. Nicht einmal Bäume im betonierten Hof, an denen man die Jahreszeiten ablesen konnte, einzig an der Außentemperatur beim Hofgang konnte er erahnen, in welchem Monat sie sich befanden. Die Tage krochen bleiern dahin und tief drinnen wusste er, dass er jemanden anrufen wollte, er wusste bloß nicht mehr, wen.

Alle Insassen besaßen eine schwarze Einheitskleidung, bestehend aus einer weiten Hose, einem Hemd und einer Jacke. Unterhaltungen zwischen den Insassen waren strengstens untersagt und wurden schwer geahndet. Zu Beginn, als die Tage nicht so grau gewesen waren, hatte eine ältere Frau versucht, ihm Zeichen zu geben, hatte es sogar geschafft, ihm ein Stück Papier, woher auch immer sie das hatte, zuzustecken und wurde erwischt, von den Wärtern brutal an den Haaren hinausgeschleift. Ihr Zimmer wurde kurz nach dem Vorfall geräumt. Am nächsten Tag kam vom Turm die Durchsage an alle Patienten, dass Nummer 413 sich nicht an die Regeln gehalten hätte und jetzt im Bunker unter ihnen eine Einzelzelle bewohnen dürfe, leider ohne Tageslicht. Er sah sie nie wieder, hatte aber ein Wort auf dem Papier lesen können: „Essen!"

Manchmal dachte er nachts vor dem Einschlafen an diesen Zettel. Was wohl noch darauf gestanden war? Dann verschwand auch das Wort in der grauen Masse und Etienne fiel aus der Zeit, aus dem Leben.

Später konnte er sich an keinen einzigen Tag dieser vielen Monate erinnern, sie verschwammen zu einem gleichbleibenden Tag, aber er erinnerte sich genau an das Erwachen. Es war bei einem Hofgang, er stierte in das kurzrasierte Genick seines Vordermannes wie jeden Abend. Braune Haare, der Nacken schweißig glänzend von zwölf Stunden Fließbandarbeit, stinkend aus den Achselhöhlen, schlurfte er gleichgültig vor ihm her und da bemerkte Etienne im Augenwinkel etwas Weißes. Es flatterte kurz an ihm vorbei und setzte sich auf die Schulter des Mannes vor ihm. Ein Kohlweißling. Etiennes Herz schlug vor Aufregung schneller. Der kleine Schmetterling klappte die Flügel zusammen und trat vorsichtig von einem Bein auf das andere, seine Fühler wanden sich unablässig auf und ab. Etienne sah die feinen Äderchen des Tierchens, die sich wie ein Baumgeflecht an den Flügeln entlangzogen, und dann klappten die Flügel auf, wieder zu und erneut auf. Der unerwartete Gast verschwand so schnell in den blauen Himmel, wie er gekommen war.

Automatisch bewegte Etienne sich weiter, Runde um Runde, ließ sich seine innere Aufgewühltheit nicht anmerken, ließ nach außen bis hin zur Nachtruhe alles so wirken wie bisher. Aber als die Lichter gelöscht waren, schlug er die Augenlider auf und starrte in die gläserne Dunkelheit, welche nur von den stetig blinkenden roten Lämpchen vom Wärterturm unterbrochen wurde.

Er fing an, nur die Hälfte des morgendlichen Breis zu essen, reduzierte langsam Tag für Tag den Brei, und damit sein Teller leer aussah, behielt er den Brei, soviel wie möglich, im Mund, und ging aufs Klosett, spuckte und erbrach sich. Das half. Er wurde klarer im Kopf, hatte Hunger, aber reduzierte weiter die Nahrung, magerte ab. Am Fließband schaffte er seine Glasperlenarbeit kaum, so ermüdete ihn die Stupidität, doch dann entdeckte er auf dem Gang zur Toilette überraschend eine weitere Tür.

Beim nächsten Toilettenbesuch versuchte er, die Tür zu öffnen und zu seiner großen Überraschung schwang sie auf. Eilig schlüpfte er hindurch, entschied sich für die Abzweigung nach links, hastete den Gang entlang bis zu einer weiteren Tür, die sich ebenfalls problemlos öffnen ließ. Jetzt ging es abwärts, er merkte, wie er vom Laufen anfing zu keuchen, hörte ein ungesundes Pfeifen aus der Kehle, zwang sich aber weiterzulaufen. Der Schweiß rann ihm in Strömen den Körper hinab, doch er lief und lief. Er ahnte, dass es seine einzige Chance war, diesem Gefängnis zu entkommen, und plagte sich weiter vorwärts bis zu einer schwarzen Eisentür. Es klackte ein wenig, als er versuchte, den Riegel beiseitezuschieben. Erschüttert starrte er auf das Hebelwerk der Tür, sie war zu schwer. In völliger Verzweiflung stemmte er sich dagegen und schaffte es, den Hebel wenige Zentimeter zu lösen. Tränen liefen unkontrolliert aus seinen Augen, wenn er diese Tür nicht bewältigen würde, wäre dies sein Ende. Vollkommen klar.

Die Sirenen schlugen Alarm, man hatte die Flucht entdeckt und wieder stemmte er sich mit der Verzweiflung eines Ertrinkenden gegen den Hebel, welcher Stück für Stück nachgab. Er hörte die Rufe der Wärter im Gang, sie kamen näher und näher. Da endlich gab der Öffner nach, er schlüpfte durch die Tür ins Freie, sog frische Wiesenluft ein, sah die blauen Berge am Horizont und den dunkelgrünen Tannenwald am Ende des Hügels, atmete und lebte, bis ihn die Fäuste der Wärter niederstreckten.

Kapitel Elf
Der Mäzen

Der Kopf schmerzte, er bewegte ihn leicht hin und her, bevor er versuchte, seine Augen aufzuschlagen. Es misslang, er bekam nur das linke Auge ein Stück weit auf, das andere war so zugeschwollen, dass es sich nicht öffnen ließ. Er sah durch den Augenspalt in einen grauen, heruntergekommenen Raum, welcher durch das schummrige Licht einer altersschwachen Glühbirne erleuchtet wurde, die schmucklos von der Decke hing. Er rollte den Augapfel weiter und entdeckte zu seinem großen Schrecken am Fußende, auf einen Stuhl gelehnt, den Mann mit dem Silberstock, der damals aus der Bar getreten war, in welcher er Violetta wiedergefunden hatte.

Der Fremde sah ihn aufmerksam an. „Etienne von Sutter, es hat einige Zeit gebraucht, bis ich Sie gefunden habe." Seine Stimme drang angenehm an Etiennes Ohr, menschlich. „Und es hat auch einige Zeit gebraucht, bis ich Sie wiedererkannt habe, Sie sehen, offen gesagt, miserabel aus, es scheint Ihnen hier nicht zu bekommen, nehme ich an." Es war mehr eine Feststellung als eine Frage. Etienne versuchte trotzdem ein Kopfnicken, was mehr zu einem unkontrollierten Zucken verkam. Der Mann stand auf, elegant und schlank, im feinen Zwirn sah er kühl auf Etienne herab. „Ich werde Sie hier herausholen. Dauert noch ein paar Tage, aber länger nicht. Sie können sich darauf verlassen!"

Er nickte Etienne kurz zu und verließ den Raum, ohne sich noch einmal nach ihm umzusehen. Etienne versuchte gar nicht erst, hinter die Beweggründe des Mannes zu gelangen, denn das Einzige, was zählte, war die Hoffnung. Und dieser Mann war seine ganze Hoffnung! Hoffnung auf ein freies Leben, auf überhaupt ein Leben, Hoffnung, dem Gefängnis zu entkommen. Er musste daran festhalten und sich darauf verlassen, nicht nach den Gründen fragen, nicht zweifeln, nicht genau hinschauen, sondern naiv und kindlich dem Mann vollkommen vertrauen, denn eine andere Möglichkeit des Überlebens gab es nicht für ihn. Er würde sonst hier auf der Pritsche sterben, in dem Bunker verrecken an der Hoffnungslosigkeit. Dieser Mann kam ihm vor wie ein Geschenk des Himmels, denn er war so sicher aufgetreten, hatte den Raum verlassen, was ihm, Etienne, nicht möglich war. Der dunkle Fremde konnte sich in diesem Gefängnis frei bewegen, kommen und gehen, wie er wollte, also hatte er Macht. Er hatte die Möglichkeit, ihn hier herauszuholen. Erschöpft schlief Etienne ein.

Später wurde er brutal geweckt, hochgetrieben durch die Gänge des Bunkers, hingestoßen an das Fließband, an dem andere Gesichter saßen, die Visagen der Nacht, grau und eingefallen. Das Band fuhr in umgekehrter Richtung und Etienne musste die Glasperlen aus den Döschen herausholen und zurück in die Glasperlenkiste geben. Er sackte in sich zusammen. Das bedeutete, was vorher einen Sinn hatte, die monatelange Fließbandarbeit, von der er glaubte, dass sie einen geringen Sinn hatte, irgendeinen Sinn, eine winzige Bedeutung, diese Fließbandquälerei, erwies sich als wertlos.

Er aß, was er bekam, aß es auf, den gesamten Teller. Anscheinend waren hier keine Medikamente enthalten, denn er bemerkte keinerlei Veränderungen an sich, den Bunker sollten die Insassen mit klarem Kopf erleben. Vielleicht hatten sie ihn aber schon soweit zerfetzt, dass er ohnehin nicht mehr viel spürte, ob mit Medikamenten oder ohne. Die

Stunden verrannen, zäh, bleiern und kalt. Sehr kalt. Er erinnerte sich nicht mehr, wann der Fremde bei ihm gesessen war, wusste dessen Worte nicht mehr genau, nur an die Hoffnung besann er sich, an den Glauben, an das Gefühl der Erleichterung, welches in ihm aufgeflammt war darüber, Menschlichkeit wahrzunehmen an einem Ort, wo es kein Mitleid gab.

Er schlief unruhig auf seiner Pritsche, im Licht der Glühbirne, die niemals gelöscht wurde und schonungslos die Widrigkeit des Raumes ausleuchtete, wurde wach vom Geräusch der sich öffnenden Tür. Sofort schnellte er hoch, wollte gewappnet sein gegen Angreifer und erblickte ein fremdes junges Mädchen mit einer braunen Reisetasche, das sich ihm lächelnd näherte. „Etienne von Sutter, ich heiße Mathilda Friesen." Freundlich streckte sie ihm ihre kleine Hand hin, die er vorsichtig schüttelte, immer gefasst auf eine grausige Wendung.

„Ich werde Sie nach Hause bringen", erklärte Mathilda und öffnete die große Reisetasche, aus der sie einen grauen Anzug, Hemd und Schuhe entnahm. „In wenigen Minuten komme ich wieder und hole Sie, der Fahrer erwartet uns unten."

Mit entzückenden Trippelschritten verließ sie den Raum und zog die Tür sanft hinter sich ins Schloss. Etienne glaubte eher an eine Sinnestäuschung oder an eine großangelegte Widerlichkeit, als dass Mathilda erneut durch diese Tür kommen würde, geschweige denn ihn hier heraus bringen konnte. Er zog sich an wie einer, der zum Schafott geführt wurde. Doch sie kam wieder, hakte ihn behutsam unter und führte ihn mit winzigen Schritten langsam zum Auto, welches vor den Toren der Anlage auf beide wartete.

Das weiche Lederpolster der Rückbank nahm ihn schützend auf und Mathilda setzte sich neben ihn. Sie sprachen während der stundenlangen Fahrt kein Wort miteinander, Etienne starrte erschöpft auf die Landschaft draußen, versuchte, zu erraten, wo er sich befunden hatte und zu verstehen, was geschehen war. Mathilda blickte reglos aus ihrem Fenster.

Sie erreichten die Stadt und fuhren auf wohlbekannten Wegen bis zu Etiennes ehemaliger Wohnung. Als sie davor hielten, schüttelte er bedauernd seinen schmalen Kopf: „Die gehört mir schon lange nicht mehr. Ich habe gespielt und verloren, wussten Sie das nicht?"

Mathilda nickte. „Sie gehört Ihnen jetzt wieder, nun eigentlich Carl Zwartsen, einem Antiquitätenhändler, doch er möchte Sie Ihnen schenken, wenn Sie nur sobald als möglich wieder Klavier spielen."

Etienne empfand das als eine nicht gerechtfertigte Großzügigkeit, war aber zu müde, um sich zu wehren, stieg stattdessen die Stufen zu der Wohnung hinauf und fand sie so vor, als hätte er sie nie verlassen. Alles war an seinem Platz, jeder Raum sah unverändert aus, nicht einmal Staub lag herum.

Mathilda setzte die Reisetasche ab. „Ich komme morgen wieder und sehe nach Ihnen. Es wird am Morgen eine Zugehfrau hierher kommen, Ihnen Frühstück bereiten, und danach Dr. Ludwig aus dem Sandweg, der Ihren Gesundheitszustand prüfen wird, ich selber werde Sie am frühen Nachmittag besuchen."

Er nickte ergeben. „Welchen Umstand habe ich es zu verdanken, wieder hier sein zu dürfen?" Mathilda lächelte. „Darüber reden wir morgen."

Als sie die Wohnung verlassen hatte, setzte er sich an seinen Schreibtisch und wählte Violettas Nummer. Niemand hob ab. Er lachte bitter. Probierte dennoch im Laufe der Nacht mehrfach, sie zu erreichen, doch es gab keine Verbindung.

Unerwartet und laut schrillte das Telefon durch die Räume, Viola schreckte hoch und lauschte dem Ton nach. Sie wusste, dass er heute entlassen worden war und hatte nichts unternommen. Es war genug. Für immer. Die Wohnung, in der sie die letzten Monate residiert hatte, war leergeräumt, sie würde erneut die Stadt verlassen, mit dem festen Willen, niemals zurückzukehren. Sie hatte Zwartsen beobachtet, wie er die Wohnung Etiennes ausfindig gemacht, sie zurückgekauft und wieder hergerichtet hatte, und ihn dabei belauert, wie er auf die Suche nach Etienne gegangen war, als sich herumsprach, dass Etienne von seiner Tournee nicht zurückgekehrt war. Als die Schilderungen Lucie Brömmers zum Stadtgespräch wurden, hatte sie ihre Gestalt als Violetta de Glace aufgegeben. Die Agentur, ihre Wohnung aufgelöst und sich unter einem neuen Namen eine Bleibe in der Stadt gesucht, um abzuwarten, was passieren würde. Vor allem wollte sie herausbekommen, wer dieser Carl Zwartsen war, der immer ihren Weg kreuzte und von dem sie sich nicht sicher sein konnte, dass er sie nicht doch durchschaut hatte.

Sie versuchte, ihre Ausgänge auf das Nötigste zu reduzieren, denn ihre Haut schimmerte bereits an einigen Stellen tiefblau und würde unweigerlich zu Verwirrungen führen, sähe dies jemand in der Öffentlichkeit. Und mit jeder neuen Verwandlung, mit jeder winzigen Einnahme des Krauts schimmerte sie eine kaum merkliche Nuance blauer. Sie verhüllte ihren Körper vollkommen, konnte niemals ohne Handschuhe aus dem Haus, den Hals in Tücher geschlungen und das Gesicht dick geschminkt.

Sie spürte Etiennes Erleichterung, so wie sie seine Verzweiflung und Ohnmacht die letzten Monate gefühlt hatte. Gegen Abend, wenn der allgegenwärtige Schmerz Etiennes einer dumpfen Düsternis wich, hatte sie sich einen teuren Wein aufgemacht und angefangen zu trinken. Nach ein paar Monaten waren es zwei Flaschen am Abend, irgendwann fing sie am Nachmittag an, um den restlichen Tag zu überstehen, sich gegen Etiennes Gefühlswelt wehren zu können, ihr eigenes Ich zu behaupten. Als das einsame Trinken die Wucht von Etiennes Schmerz nicht mehr abfederte, trieb es sie raus, verhüllt bis zur Unkenntlichkeit.

Sie versuchte, nichts mehr von dem Kraut einzunehmen, hatte Angst davor, sich selbst zu verlieren, als Person in Etienne zu verschwinden, Panik vor vollkommener Auflösung im Kopf eines anderen. Am Anfang waren es die eleganten Hotelbars, welche sie aufsuchte, doch sobald der Barkeeper anfing, wissend zu lächeln oder ihr seine Hilfe antrug, wenn sie reden wolle und so weiter, wechselte sie das Etablissement. Irgendwann, durchsoffene Monate später, betrat sie selbstverständlich die übelsten Spelunken der Stadt. War hier zu Hause bei den Vergessenen, den Trinkern und Spielern, den Verlorenen, bei denen, die den Kampf aufgeben hatten, sich selbst aufgegeben hatten, den Schwachen, den Verführten, hier unter dem Abschaum der Gesellschaft war sie angekommen und zu Hause.

Hier hatte sie den Beinamen „Die Blaue", manchmal „Eiskönigin", mehr interessierte hier niemanden, hier trank sie, ohne zu reden, war in Gesellschaft, ohne gesellschaftlich zu sein. Hier lernte sie Whiskey, Wodka und Gin trinken. Manchmal musste sie das Lokal verlassen, um an die nächste Hauswand zu kotzen, und sie studierte Rauschmittel aller Art, die hier im Umlauf waren, die anders als der Alkohol in ihrem Kopf wirkten, die Etienne tatsächlich vertrieben. Für kurze Zeit. Bis zum nächsten Morgen.

Einmal bemerkte ein ehemaliger Banker im zerschlissenen Nadelstreifen an der Bar ihre blaue Hand, starrte eine Zeitlang darauf und fing dann an zu lachen, dröhnend, als hätte sie einen Witz gemacht. Er zeigte mit dem Finger auf sie, „Nicht nur innen, auch außen blau!", lachte wieder und fiel um. Zwei andere Gäste schleiften ihn vor die Tür, keiner kümmerte sich um sie oder beachtete gar ihre Hand.

Als Carl Zwartsen Etienne im Sanatorium aufspürte, wusste sie, dass es vorbei war und sie sich besinnen sollte. Sie hörte auf mit dem Trinken, von einem Tag auf den anderen besuchte sie keine Lokale mehr, hielt Etienne in ihrem Inneren aus und beschloss, nach Hause zu fahren. Vielleicht löste sich die Bindung mit der Zeit, wenn sie nur weit genug weg wäre und versuchen würde, ihn zu vergessen.

Am ersten Tag, an dem Etienne in seiner Wohnung in der Stadt erwachte durch den Duft von frisch gebackenen Brot, der verführerisch und halb vergessen in sein Schlafzimmer drang, stand Viola mit ihrem Koffer am Bahnhof. Sie war nicht an seiner Wohnung vorbei, war nachts nicht in sein Zimmer gedrungen, hatte allen Versuchungen widerstanden, bereit, ihn gehen zu lassen in sein Leben, ihm die Freiheit zu schenken, ohne sich selbst zu erkennen zu geben. Was sollte es bringen, wenn sie ihn an seine Vergangenheit erinnerte, so, wie sie jetzt aussah, ein blaues mageres Mädchen mit zweifelhaften Ambitionen. Sie hatte sorgfältig darauf geachtet, dass der Zug zu einer Zeit fuhr, die nicht in Carl Zwartsens Plan passte, denn sie wusste mittlerweile, wo er wohnte, wusste, mit wem er sich traf und was seine offiziellen Geschäfte waren, die inoffiziellen, die geheimen hatte sie auf kompliziertem Weg herausgefunden. War ihm gefolgt bis zu einem unscheinbaren Haus in der Getreidegasse, das ohne Schilder auskam, nur einen löwenköpfigen Türklopfer besaß und in das er jeden Freitagabend und Mittwochabend verschwand. Zu dem ihm wie durch Geisterhand die Tür geöffnet wurde, in das er durch einen winzigen Spalt eilig hineinschlüpfte, niemals, ohne sich vorher noch einmal umzusehen, ob ihm jemand gefolgt war.

Kapitel Zwölf
Die Loge

Es hatte sie ein paar Kräuter und Bläue gekostet, um herauszufinden, was in diesem Haus vor sich ging. Sie hatte sich auf die Lauer gelegt und beobachtet, dass ausschließlich Männer in mittleren Jahren das Haus betraten, immer mit dem gleichen albernen Gebaren sich nochmal umdrehend, nach allen Seiten spähend. Die Vorhänge des gesamten Hauses waren schwarz zugehangen und es drang niemals ein Lichtschimmer nach draußen. Einige Male schlich sie als naives Mädchen getarnt zur hinteren Seite des Hauses, doch außer einem asphaltierten, saubergefegten Hof war nichts zu sehen, die Fenster auch hier schwarz verhangen, die Tür zugemauert. Es gab nur diesen einen Eingang, den an der vorderen Seite des Hauses. Kein Entkommen, so schien es.

In einer kühlen Nacht, wissend, dass Zwartsen heute erscheinen würde, hatte sie sich in die Kanalisation aufgemacht, war zwei Straßenzüge von dem Haus in der Getreidegasse entfernt über einen Innenhof in die unterirdische Stadt eingestiegen. Es stank erbärmlich, war dunkel und feucht. Mit einer Stirnlampe ausgerüstet und einem alten Plan, den sie sich aus dem städtischen Archiv besorgt hatte, tastete sie sich vorsichtig, von Ekel ergriffen, durch das weitverzweigte System von Gängen, Wegen, Sackgassen und Rinnsalen. Ratten wichen im dürren Strahl der Lampe vor ihr aus, huschten quiekend in dunkle Höhlen, aufgeschreckte Fledermäuse streiften geräuschlos dicht an ihrem Haar vorbei und eine dicke Schlange verzog sich züngelnd und zischend in ihren Mauervorsprung. Wegen des bestialischen

Gestanks versuchte Viola, so wenig wie möglich Luft durch die Nase zu holen. Das kurze glitschige Sauggeräusch, welches ihre Stiefel beim Herausheben der Füße verursachten, ließ sich nicht verhindern, doch sie bemühte sich, sich so lautlos wie möglich zu bewegen. Ihre Ohren und Augen, jede Faser ihrer Sinne, waren bis zum Äußersten gespannt, jederzeit war sie bereit, die Flucht zu ergreifen oder zum tödlichen Angriff anzusetzen.

Plötzlich hörte sie in der Ferne, in einem der Nebenläufe, ein scharrendes Geräusch, nicht auszumachen, ob es von einem Menschen oder einem Tier stammte. Sie hielt inne und lauschte. Entschied sich dann für eine der rechten Abzweigungen und schlich dem Geräusch nach. Je lauter es tönte, desto vorsichtiger wurde sie, bis sie ihre Lampe löschte und sich in der vollkommenen Schwärze des Ganges auf die Klänge vor ihr konzentrierte. Unhörbar schlich sie weiter, bis das Scharren von einem Räuspern und trockenen, altem Husten unterbrochen wurde. Sie schlüpfte um die Ecke und sah in die gelblichen, stieren Augäpfel eines Vagabunden, der sich hier unter der Stadt eine Residenz erschaffen hatte.

Mindestens so erschrocken wie sie erstaunt war, starrte er sie an. Seine weißen Haare hingen stumpf und verdreckt an ihm herab, doch durch den langen, verschlissenen Ledermantel bekam er etwas von einem Kämpfer, einem besiegten Kriegsherrn, ein Eindruck, der durch seine hohe Gestalt verstärkt wurde. Auf einigen alten Teppichen stand ein aus Gartenzaunlatten zusammengezimmertes Bett mit einer Decke, ein Lehnsessel und ein klappriges Tischchen mit einem rußfleckigen Samowar. Flackerndes Kerzenlicht erhellte das kleine Reich, in welches Viola so unvermittelt eingedrungen war.

„Wer bist du!" Drohend schwenkte er eine halbleere Wodkaflasche hin und her. Instinktiv spürte sie, dass sie hier nur die Wahrheit äußern konnte.

„Viola, die Blaue, ich suche einen Zugang zu einem bestimmten Haus in der Getreidegasse, das mit dem löwenhäuptigen Türklopfer. Kennst du es?" In ihrer Anspannung, ihn unentwegt auf jede seiner Bewegung belauernd, sprach sie leise und abgehackt. Er rührte sich nicht, fixierte sie mit sich klärenden Augen, das trübe Gelbe schien zu verschwinden und machte einem strahlenden Eisblau Platz.

„Von dort solltest du dich fernhalten, Mädchen, egal, wie mächtig du bist." Er machte eine bedeutungsvolle Pause. „Diese Typen sind mächtiger, der Ausgang oder Aufgang zu diesem Haus liegt nicht weit von hier, ich kann ihn dir zeigen, aber du solltest wissen, dass dieses Haus nur eine Attrappe ist, nichts weiter. Ich war selbst schon drinnen. Es ist weitestgehend leer, ein Raum hat wenige Stühle und einen Tisch. Das Haus dient als Durchgang oder als Zutritt zu einer unteren Welt." Er deutete auf den Lehnsessel. „Setzt dich, wenn du willst, ich mache uns einen Tee, dann zeig ich dir den Weg, aber du weißt ihn nicht von mir, verstanden! Wenn sie dich erwischen, weißt du nichts, du kennst mich nicht, hast mich nie gesehen!" Unvermittelt schlug er seine Faust an die Wand, sodass Viola zusammenzuckte und einen Schritt zurückwich.

„Das sind Tiere, verstehst du, Menschen ohne Gefühlsregungen, Menschen, die sich nur an ihrer eigenen Macht berauschen, nur das ist ihr Elixier, die Macht, sonst nichts, sie lachen über die Verlierer, auch über so einen, wie ich es bin, lachen sie, für sie bin ich Dreck, nichts Lebenswertes, denn sie fühlen sich immer besser als alle anderen, sie sind die wahren Herren, glauben sie. Und ihre Macht erlangen sie durch das Wissen über andere Menschen, nicht weil sie so intelligent sind, nicht weil sie Forscher sind oder etwas erfinden, etwas Konstruktives tätigen, nein, weil sie spionieren, lauschen und auf kriminellen Wegen ihr Wissen über andere Menschen erlangen, was sie dann versuchen, gegen diese armen Individuen auszuspielen, sie unter Druck zu setzen, ihnen zuzusetzen, das wiederum bringt ihnen das Gefühl von Macht und eine innere Befriedigung.

So funktioniert das, sie haben ein System und helfen sich untereinander in ihrer Loge da, dort, wo sie sich zweimal wöchentlich treffen und ihre perfiden Pläne beraten. Ich hatte mich da unten schon versteckt, wollte wissen, was da los ist, so im Geheimen, im Unterirdischen, und ich sag dir, mir ist speiübel geworden bei dem, was ich da gehört habe."

Er wischte sich mit der Hand über den Mund und servierte ihr eine schwarze, heiße Flüssigkeit in einer alten, zerbeulten Blechtasse. Die Wärme des Gefäßes übertrug sich angenehm auf ihre Fingerspitzen und zog durch ihre Hände die Arme hinauf. Zögerlich nippte sie einige Male von der Flüssigkeit, immer in Erwartung, sich die Lippen zu verbrühen, doch nichts passierte und es schmeckte so gut wie seit Jahren kein Getränk mehr. „Carl Zwartsen, kennst du den? Den suche ich."

Langsam drehte sich der Alte zu ihr herum, seine Augen wurden eine Spur dunkler. „Der! Den kenne ich sehr gut! Carl Zwartsen, Antiquitätenhändler! Ja, da oben in der Tagwelt mag das so sein, aber das ist nicht sein Geschäft. Die paar Antiquitäten, die er verkauft, das ist lachhaft, das dient zur Tarnung, nichts, was ihn wirklich interessiert, und nicht das, womit er sein Geld verdient. Carl Zwartsen ist nicht sein wirklicher Name. Er ist der Meister, der sogenannte, der Brüder da unten. Sein richtiger Name ist Daniel Ivors.

Hat mich einige Lebensmonate gekostet, das herauszufinden. Er erpresst Menschen, macht sie abhängig von sich, sein Nebengeschäft, sein eigentliches Vergnügen sind gutsituierte Frauen, blonde, prallbrüstige Damen der gehobenen Gesellschaft, die er um den Finger wickelt, mit halben Versprechungen ködert, mit Romantik und der Aussicht auf gemeinsame Stunden und Reisen, ihnen Träume ins Gehirn setzt, die so niemals realisierbar sind, denn es geht immer ums Geschäft. Oder um die Befriedigung, einen Menschen zu besitzen, seine Seele zu kontrollieren, um mehr geht es nicht. Aber auch nicht um weniger. Er vernichtet nachhaltig." Sie hatte die Tasse geleert und hörte ihm mit offenen Mund zu, und als er schwieg, fragte sie ihn:

„Woher weißt du das alles?"

Der Vagabund erhob sich, nahm ihr die Tasse aus der Hand und stellte sie vorsichtig neben den Samowar. „Eine der Frauen, die er verschlungen hat, war meine Ehefrau. Sie hat sich die Klippen von Moher hinabgestürzt, zwei Jahre später. Zwei Jahre, in denen sie gewartet hat, vergebens gehofft hat und verwelkt ist, krank wurde und schließlich keinen anderen Ausweg als den Tod sah. Ich konnte ihr nicht helfen, niemand konnte das außer diesem Unmenschen. Doch dem war das egal, hatte sie längst vergessen, hatte eine Spur der Eroberungen, der Blonden, hinter sich gelassen und sie sind alle gefallen, haben sich zum Gespött der Leute gemacht, freiwillig wohlgemerkt, blöd, und ihre Ehemänner gleich mit. Und gut kann er das, kommt mit dieser antiquierten Kunstattitüde daher, da fallen die Damen reihenweise, kann ich sagen, dann umgarnt er sie, charmant und undurchdringlich, da mit seinen glühenden Augen!"

Viola waren die glühenden Augen Zwartsens nie aufgefallen und sie beschloss, das nächste Mal genauer hinzusehen.

184

„Los! Komm!"

Sie brachen auf, quälten sich durch gewundene steile Gänge, stiegen Treppen hinab, passierten zwei eiserne Tore und am letzten blieb der Alte stehen. „Bis hierher und nicht weiter. Da vorne wird der Gang so eng, dass du robben musst bis zu einer kleinen Öffnung, die mit Gittern verschlossen ist. Durch diese Gitter kannst du in den Versammlungsraum der Loge blicken und alles sehen und hören, was du möchtest. Gib Acht! Und mich kennst du nicht." Erstaunlich flink drehte er sich um und verschwand in der Finsternis.

„Danke", flüsterte Viola ihm in die Dunkelheit nach, dann wandte sie sich nach vorn und quetschte sich endlose Minuten schweißgebadet die enge und immer enger werdende Röhre entlang, bis sie einen schwachen Lichtstrahl wahrnahm. Als sie am Gitter angekommen war, eröffnete sich unter ihr ein prunkvoller Saal in Rot und Gold, mit Brokat, Lüstern und Pagen. An einer langen Tafel saß am oberen Ende Carl Zwartsen und ihm zur Seite jeweils zwei honorige Herren, wie auch der gesamte Tisch, der ungefähr der Länge des Raumes entsprach, von wohlgekleideten feinen Herren besetzt war, die aßen und tranken. Ein Pianist spielte mit verbundenen Augen auf einem vergoldeten Spinett dazu die Fantasia von Händel. Schlecht, er spielte fahrig und unkonzentriert, Viola hörte, wie seine Hände zitterten, die Tasten nicht mit der richtigen Stärke trafen, nicht genau modulierten, und sie sah, dass Zwartsen das ebenfalls bemerkte. Bei jedem Patzer zuckte sein rechter Mundwinkel leicht, doch sein glatter Gesichtsausdruck änderte sich nicht. Blieb undurchdringlich.

Viola betrachtete ihn erneut, diesmal mit einem anderen Wissen als im Konzerthaus, als sie ihn das erste Mal bemerkt hatte, damals auf dem Konzert von Etienne, als dieser auf der Rosenschaukel herangeschwebt kam. Wie lange das her war! Es kam ihr vor, als wären Jahrzehnte seitdem vergangen. Als wäre sie unversehens in ein anderes Leben eingetreten. Nach ihrer ersten Ankunft in dieser Stadt, die den Lebensmittelpunkt von Etienne bildete, wegen dem sie gekommen war, den sie nicht vergessen konnte, und selbst als es ihr fast gelungen war, als sie sich beinahe von ihm gelöst hatte, erklang wie eine zauberhafte Vorhersehung sein virtuoses Spiel im Radio.

Selbst während der Verwandlung in Arian Hamacher hatte sie sich nicht seinem Reiz entziehen können. Sie musste sich immer wieder ins Gedächtnis rufen, was passiert war, und ihren Hass künstlich von ganz unten nach oben ziehen, ihn glätten und ausbreiten in ihrem Körper, denn er drohte zu verschwinden, sich im Nichts aufzulösen. Dann wäre ihr ausgeklügelter Vernichtungsplan wertlos, ihr Ziel, Etienne an den Abgrund zu bringen, so, wie sie damals gemeinsam mit ihrem Vater vor dem Nichts ihrer Existenz gestanden war. Fassungslos über die Herzenskälte Etiennes, mit dem Gefühl von plötzlichen Sehenden, in den menschlichen Abgrund Sehenden, die vor der Erkenntnis der eigenen Naivität zurücktaumelten und sich tief entsetzt fragten, warum sie so blind dieser Person vertrauen konnten. Die auf perfide Weise ein Spiel mit ihnen gespielt hatte, denn das sahen sie ja nun, das erkannten sie, mit Etiennes plötzlichen Verschwinden.

Ihre eigene Wertlosigkeit, die Bedeutungslosigkeit der persönlichen Beziehung, die sie selbst anders empfunden hatten, wie sie ihm ihre Liebe, jeder auf seine Weise entgegengebracht hatten, alles das musste sie sich vor Augen führen. Die Schockstarre in den Tagen danach, das erbitterte Schweigen des Vaters, das Hinnehmen und den Auszug des

Vertrauens aus ihrem Elternhaus, denn weder sie noch ihr Vater hatten jemals wieder eine fremde Person so nahe an sich herangelassen. Für all das sollte Etienne büßen, fand sie.

Die gerechte Strafe erhalten, wenn denn sonst das Leben ihn nicht strafte, sondern mit Glanz umgab, ihm alles gelang, das hatte sie ja lesen können in den Gazetten der Welt, wie er mühelos weiterlebte, ohne dass sein Gewissen ihn belastet hatte. Er hatte sie, den Vater und das Leben in dem kleinen Dorf in einen grauen Schleier des Vergessens gepackt und nie wieder hervorgeholt. Vielleicht war es das, was sie am meisten schmerzte, was stetig Wut und den Wunsch nach Rache und Gerechtigkeit in ihr anschwellen ließ, dieses Vergessen und damit verbunden die Wertlosigkeit ihrer Gefühle, die Herabsetzung ihrer Person zu einer Gesichtslosen, einer nicht erwähnenswerten Frau.

Trotzdem mochte sie Etienne, konnte ihn nicht gleich herzlos zerschmettern, das war ihr bewusst geworden, als er auf dem Sunset Boulevard vor ihr lag, unter dem nachtklaren Sternenhimmel. Sie hatte die Luft tief eingeatmet, diese salzige Meeresluft, und hatte gewusst, es hätte sie nur einen kleinen Tritt oder nur ein Wegschauen, eine nachlässige Nichtbeachtung im Vorübergehen gekostet, um ihn zu vernichten. Es war ihr nicht möglich gewesen, diese Grenze zu überschreiten, und sie hatte dunkel die endlose Leere danach gespürt, die schon in den Startlöchern stand, bereit, sich über sie zu ergießen, wenn es Etienne nicht mehr gab.

Also war sie zurückgeschreckt, hatte ihn weiter ein bisschen am Lebensfaden gehalten. Versucht, sich nicht mehr schuldig zu machen als nötig, nur so viel Schuld, wie sie meinte, überleben zu können, mit der sie meinte, leben zu können, ein einigermaßen angenehmes Leben zu haben in ihrem Dorf, in ihrem Haus mit dem Garten. Schuld, die man

zähmen konnte, die einen nicht des Nachts anfiel, sich er-
drückend der Gedanken bemächtigte, genüsslich Schlaflo-
sigkeit bereitete, nur so ein bisschen Schuld eben. Diese Mi-
schung war schwer zu bekommen, die Befriedung der Wut,
der Rachegelüste, ohne sich selbst schmutzig zu machen,
immer noch rein zu bleiben, dafür brauchte sie die Erinnerung.

Doch hatte sie mehr gegeben, als sie vermutet hatte, sie
hatte sich selbst gegeben. Etienne überlebte alles, der war
wie ein Stehaufmännchen, erholte sich von seinen Zusam-
menbrüchen, gesundete und stand strahlend im Licht, wie
der Phönix aus der Asche kam er ihr vor, schien unermüd-
lich auf seinem ihm zustehenden Platz auf den Bühnen der
Welt zurückzukehren. Das hatte er ihr voraus und das hatte
auch Daniel Ivors ihr vorweg. Diese Unempfindlichkeit, die
Kaltschnäuzigkeit, die Etienne gegen sich selbst an den Tag
legte, gestattete sich Daniel Ivors anderen gegenüber. Dagegen, das wusste sie, egal, wie fintenreich sie gegen die beiden
vorgehen würde, hatte sie keine Chance, ihr fehlte diese
letztendliche Kälte, das Eisherz.

Doch jetzt und hier in dem stinkenden, engen Gewölbe
sah sie von oben auf Daniel Ivors bleiches, herrisches Gesicht. Sie konnte beobachten, wie er elastisch aufsprang,
ohne Stock, und den Deckel des Spinetts mit einer knappen,
kraftvollen Bewegung unter dem Spiel des nervösen Pianisten zuschlug, sich umwandte und gelassen erneut seinen
Platz einnahm. Einige Herren zuckten merklich zusammen,
versuchten, sich nichts anmerken zu lassen und Haltung zu
wahren, doch die Gespräche, das unablässige Murmeln, waren mit dem jähen Verstummen der Musik für einige Augenblicke zum Erliegen gekommen, bevor sie angestrengt
und um Normalität bemüht wieder einsetzten. Erzwungene

Gespräche, in denen das Entsetzen über den unvermuteten Ausbruch Daniel Ivors mit flackerte. Zwei Pagen fingen geistesgegenwärtig den ohnmächtigen Pianisten auf, der nicht einmal einen kleinen Schmerzenslaut von sich gegeben hatte, zogen seine gebrochenen Hände unter dem Deckel hervor und trugen ihn lautlos aus dem Raum.

Mit einer ausholenden Geste brachte Daniel Ivors die Gesellschaft zum Schweigen. Einer der Herren, die neben ihm an der Frontseite saßen, erhob sich, entrollte ein Papier und nun begann die eigentliche Zeremonie, der Viola heimlich beiwohnte. Die sie von oben beobachtete, wobei sie sich die Gesichter der Anwesenden genau einprägte, sofern sie diese erkennen konnte, denn manche saßen mit dem Rücken zu ihr. Sie erfuhr, dass Daniel Ivors der Großmeister der Zusammenkunft war, die sich Rosenorden nannte, und dass die Vereinigung vermutlich wesentlich mehr Mitglieder weltweit besaß, als sie sich vorstellen konnte, Brüder, wie sie von den Rednern genannt wurden, und all das fand im Dienste der Wissenschaft statt. Die wurde großgeschrieben, die Wissenschaft, der wurde alles untergeordnet, dem Wissen, denn das bedeutete nach Auffassung der Versammelten Macht. Damit, das konnte Viola sich ausrechnen, mit ihren Kenntnissen, welche sie von dem alten Clochard erhalten hatte, damit wollten diese Leute da unten an die Spitze, in höchste Kreise, wenn nicht gar das Schicksal der Länder lenken. Natürlich nicht so offensichtlich, auch das erfuhr sie hier, sondern perfide im Hintergrund wollten diese Männer da unten die Fäden ziehen und die Welt beherrschen, nicht mehr und nicht weniger.

Ihren Kopf durften andere in die Öffentlichkeit halten, solche die gern von allen bewundert werden, die es gern haben, dass man sie für mehr hält, als sie sind, die aber nicht zu schlau sind oder denen es egal ist, was hinter den Kulissen passiert. Denen die Befriedigung durch den Schein vollkommen reicht, die sich nicht den Kopf, den pomadierten, mit verzwickten politischen Fragen zermartern mochten, nein, das wollten die da unten und letztendlich tun und lassen, was sie wollten. Auch vernichten, wen sie wollten, Gesetze erlassen und ihre Vorstellung einer Gesellschaft etablieren, und wie das aussehen würde, konnte sich Viola vorstellen.

Plötzlich hörte sie ihren Namen. Daniel Ivors schmetterte ihn durch den Raum, dass er von den Wänden abprallte und als winziges Echo zurückflog. Ein aufgeregtes, ja empörtes Gemurmel setzte ein und Daniel Ivors sprang auf, gestikulierte wild und sie hörte, wie er die Vermutung, dass sie eine Gestaltenwandlerin sei, laut durch den Raum rief. Dann hüllte er sich in effektvolles Schweigen, während die anderen an seinen Lippen hingen, begierig darauf, zu erfahren, was es mit dieser geheimnisvollen Frau auf sich hätte.

Doch Daniel Ivors schwieg, kostete den Augenblick bis zur Gänze aus und setzte mit einem lässigen Fingerschnippen einen Pagen in Bewegung, der ein Porträt von ihr an jeden verteilte. Viola kniff die Augen zusammen, um etwas zu erkennen, und tatsächlich fand sich auf der Vorderseite des Blattes eine verschwommene Fotografie von ihr, wahrscheinlich aus einem Konzertsaal, vielleicht sogar des allerersten Konzerts, welches sie in der Stadt besucht hatte, und auf der Rückseite Arian Hamacher im Casino. Eine unverkennbare Ähnlichkeit, das musste sie zugeben. Er war schlau, dieser Daniel Ivors, doch jetzt wusste sie, was er wusste, und sie konnte sich ausrechnen, dass ihre Begegnung in Monte Carlo, als er wie zufällig von einer der Yachten auf sie zukam, Kalkül gewesen war.

Gespannt wartete sie ab, ob er ihr das letzte Geheimnis offenbarte, nämlich, warum er sie verfolgte, doch der Großmeister stand starr und düster vor den Leuten, schien in sich versunken und an seiner Umgebung kaum interessiert. Die Männer flüsterten aufgeregt, wanden die Blätter in ihren Händen, einige fingen an zu rauchen, andere schenkten sich Wein in die Krüge. Da hob Daniel Ivors den Blick, sehr langsam, sodass man die Bewegung kaum bemerkte, und sah direkt nach oben zum Eisengitter, zu der Luke, hinter der Viola hockte. Seine glühenden Augen hielten einen Moment ihren kühlen Eisblick, bevor sie erschrocken zurückfuhr.

Er hatte sie entdeckt! Nein, er hatte die ganze Zeit gewusst, dass sie da oben hockte! Viola hastete durch die Gänge zurück, tastete im Lauf nach dem Beutelchen an ihrem Gürtel, öffnete es und entnahm ein Kügelchen. Er würde sie nicht bekommen, trotz all des Wissens, welches er besaß, würde er sie nicht bekommen, das wusste sie und das würde er auch wissen. Sie floh durch das unterirdische, verschachtelte Abwassersystem der Stadt. Steckte sich im Laufen ein kleines Kügelchen in den Mund und konnte vor lauter Aufregung nicht schlucken. Merkte, wie es langsam auf der Zunge im trockenen Mund zerbröselte, und doch spürte sie den Ruck, der durch ihren Körper fuhr, und sie fühlte sich mit einem Mal wendiger, kam schneller und lautloser voran. Sie bemerkte das schwarze Fell, das ihre Arme bedeckte, kippte im gleichen Moment vornüber und sprang mit riesigen Sätzen durch das Halbdunkel der muffigen Röhre, die Sinne aufs Äußerste angespannt.

Sie nahm kein Geräusch wahr, außer dem steten Plätschern und Tropfen der grün-gelblichen Flüssigkeit, die von den Wänden rann und dem vereinzelten Quieken einer Ratte. Problemlos erreichte sie den Ausgang, duckte sich weg und spähte nach draußen, schnupperte in die kalte Nachtluft. Nichts, nichts, was da nicht hingehört hätte. Vorsichtig setzte sie Pfote für Pfote aus dem geschützten Dunkel, huschte über die Straße und verschwand hinter dem nächsten Gartenzaun, und dann, als würden die Höllenhunde sie jagen, hetzte sie nach Hause. Unfähig, einen klaren Gedanken zu fassen, schlüpfte sie in ihr Haus, warf sich auf ihr Bett und schlief in vollkommener Erschöpfung ein.

Kapitel Dreizehn
Die Jagd

Daniel Ivors alias Carl Zwartsen war sie nicht wieder begegnet. Unbehelligt hatte Viola die Stadt verlassen und doch war sie in ständiger Furcht gewesen, er könne hinter einem Laternenpfahl hervorspringen, sich unvermutet aus einer Menschengruppe herausschälen oder sie grüßend überholen, wie jeder durchschnittliche Reisende, nur dass er das eben nicht war. Für alle anderen sähe das vollkommen normal aus, niemand würde sich irgendetwas dabei denken, geschweige denn eine todbringende Situation vermuten, denn dass der Kampf auf Leben und Tod ging, spürte sie, das wusste sie, seitdem sie da oben in der Röhre gesessen und sein Blick sie getroffen hatte. Nur das Warum blieb ihr rätselhaft.

Später, als sie in einem rosa angestrichenen Hotel am See saß und der Sonnenwind ihr sacht durch die Haare fuhr, dachte sie sich, dass er doch nur solange an ihr interessiert war wie sie an Etienne, und darüber hinaus, hoffte sie in der Beliebigkeit zu verschwinden.

Sie ging auf Reisen, nicht zurück in das kleine Dorf, sondern weg, weit weg von allem. Loslassen, sie versuchte erneut loszulassen. Die Vergangenheit ruhen zu lassen, sich mit der Ungerechtigkeit, der selbstempfundenen, abzufinden, sie nicht zu beachten. Sie hoffte auf ein neues Leben, ein stärkeres Glück und wirklich traf sie in einer Taverne in Agadir auf einen reichen Orangenplantagenbesitzer, der sie einlud. Zum Bleiben einlud auf seinem fürstlichen Anwesen, mit den weißen Villen, durch die ständig ein wenig kühle Luft zog. Sie reiste mit ihm durch die Wüste, zu den Pyramiden und weiter hinunter, immer den großen Fluss entlang. Nach vielen Wochen schlugen sie in der Mitte Afrikas, an den gewaltigen Wasserfällen, ihre Zelte auf und sie glaubte, nie etwas Schöneres erlebt zu haben, lauschte den fremden Geräuschen der Nacht und sah zusammen mit dem Araber in den sternenklaren Himmel. Am nächsten Tag hielten sie auf der Ranch eines Engländers, der mit in den Orangenhandel einsteigen wollte. Auf seiner Farm gab es viele Annehmlichkeiten und Viola genoss die Stunden des Müßiggangs auf der Veranda, immer mit einem kühlen Drink, bis sie die Zeitungen bemerkte, die unbeachtet und ungelesen nachlässig auf einer Holztruhe lagen. Ein ganzer Haufen, so wie sie angekommen waren, nicht ein einziges Mal auseinandergefaltet, lagerten sie herum wie besseres Brennholz.

Sie starrte eine Weile auf die Truhe, ihre Hand zuckte leicht, doch sie beherrschte sich. Nichts, was in der Zeitung stand, konnte sie hier interessieren, fand sie. Nichts. Sie war glücklich und Etienne, alleine seinen Namen zu denken, kam ihr fremd vor, Etienne, ging sie nichts mehr an. Der war Vergangenheit, genau wie sie seine Vergangenheit war, nicht die Gegenwart und schon gar nicht die Zukunft. Es war vollkommen gleich, ob etwas über ihn in der Zeitung stand oder nicht, es würde sie nicht berühren, es war weit weg, es fand in einer Welt statt, zu der sie nicht mehr gehörte, in welcher sie nicht mehr lebte, im Grunde nie gelebt hatte, denn er hatte ja in ihrer Welt gelebt und nicht sie in seiner. Von daher war es müßig, die Gazetten durchzusehen, es wäre nur eine alte Gewohnheit, mehr nicht. Etwas, was man fast automatisch macht, dieses Durchblättern und Suchen nach einem Bild, einer Notiz von Etienne, es war bedeutungslos, genauso gut konnte sie die Blätter auch durchsehen. Sie stand auf und machte sich über die Zeitungen her wie ein verdurstendes Tier über eine Lache Wasser. In den ersten Ausgaben fand sie nichts, auch später nicht, in keinem der Tageblätter stand etwas über den blonden Pianisten, aber sie fand eine kleine Werbeanzeige von Daniel Ivors Antiquitätenhandel, der jetzt, ganz neu, mit Devotionalien aus Nubien handelte. Ein Schauer rieselte ihr über den Rücken und sie kippte ihr Glas schnell hinunter. Gut, er wusste wahrscheinlich, wo sie war, oder ahnte es zumindest. Schnurstracks lief sie auf ihr Zimmer, packte ihre Sachen zusammen, entschuldigte sich bei ihrem Orangenplantagenbesitzer für die plötzliche Abreise, schob eine Erkrankung ihrer Mutter vor und versprach, in wenigen Wochen nach Agadir zurückzukehren. Er küsste sie innig auf dem staubigen Sandweg, entgegen seiner sonst so vornehmen Zurückhaltung, stand lange da und sah dem kleinmotorigen Flieger nach, der sie nach Alexandria bringen sollte.

Im Grandhotel von Alexandria ließ sie sich alle verfügbaren Gazetten auf ihr Zimmer kommen und blätterte die ganze Nacht in ihnen auf der Suche nach einem Lebenszeichen Etiennes. Nichts, nur Daniel Ivors Werbeanzeigen für nubische, in den neueren Ausgaben für ägyptische Antiquitäten. Sie rauchte, las und trank, wenn ihr die Augen fast zufielen, begab sie sich auf den kleinen Balkon und sah über die jahrtausendalten Gemäuer der Stadt, spürte dem immer noch warmen Wüstennachtwind auf ihrem Gesicht nach und wandte sich erneut den Zeitungen zu. Im Morgengrauen fand sie, was sie so begehrlich suchte und wünschte sofort, sie hätte es niemals gesehen. Etienne lachte aus einem halbseitigen Schwarz-Weiß-Foto heraus, an seiner Seite eine Brünette, die jung und schmal an ihm klebte. Er hatte den Arm um ihre Taille geschlungen und genoss offensichtlich die Situation. Im Hintergrund sah man eine Alm mit friedlichen Kühen und einem gigantischen Felsmassiv. Viola wurde fast schwindlig vor Schreck und sie musste die Zeitung aus der Hand legen, sich beruhigen. Es ging sie nichts an! Mathilda Friesen, so der Name der Brünetten, und Etienne von Sutter erholten sich in den Bergen, bevor sie zusammen auf Tournee gingen, erfuhr sie aus der Bildunterschrift. In der Berglandschaft könne Etienne von Sutter durchatmen, das wäre sein eigentliches Element, denn das Leben in der Natur sei ihm näher, als viele von ihm glauben würden, las Viola weiter, und er könne sich ein Leben auf dem Land gut vorstellen, weitab von den Metropolen, in einer so friedlichen Umgebung im Einklang mit der Natur und ihren Geschöpfen. Seine Meisterschülerin Mathilda Friesen sei da gleicher Ansicht wie er. Viola schäumte. Bleich vor Zorn trat sie an das bodentiefe Fenster und blickte in den diesigen Morgen hinaus.

Zurück in der Stadt mietete sie sich in ein unscheinbares, beliebiges Haus ein, versuchte, nicht aufzufallen, und ließ Vorsicht walten, damit Daniel Ivors sie nicht aufspüren konnte. Sie mied öffentliche Plätze und Veranstaltungen, begab sich nicht in die Bars und Cafés der Stadt. Es schien zu gelingen. Da der Antiquitätenhändler weiter verstärkt auf Afrika setzte, vermutete er sie noch immer dort. Sie musste schnell handeln.

Das Konzert Etiennes war vorbei, sie sah die üblichen Massen aus dem Konzerthaus streben, sich auf den Boulevard ergießen und, sich wieder auflösend, in die Restaurants wabern. Sie wartete am Seiteneingang in der Hoffnung, er hätte seine einstige Angewohnheit nicht aufgegeben und würde von dort, über den Boulevard ins Casino gehen, zumindest in eine der umliegenden Bars. Sie hatte sich nicht getäuscht, er erschien hastig, sah irgendwie kleiner und un-

196

scheinbarer aus als in ihrer Erinnerung, und obwohl er sie im Vorübergehen fast berührte, konnte sie keinen Geruch wahrnehmen.

Schnell huschte sie ihm hinterher, ihm und der kleinen mageren Mathilda, die an seinen Rockschößen hing wie ein Kind, überholte die beiden unbemerkt und gewann ein paar Meter Abstand, sodass man sie in der Dunkelheit geradeso erkennen konnte. Dann richtete sie sich mit dem Rücken zu den beiden direkt vor ihnen auf und lief mit festen schnellen Schritten voran, sodass die Absätze der Halbschuhe auf das Pflaster knallten. Ein Geräusch, das bemerkt werden musste. Sie hörte ihn rufen und lief etwas schneller, nicht so, dass es auffiel, aber doch so, dass er sie nicht sofort einholen konnte.

Jetzt galt es. Die Straßenecke dort vorne musste sie erreichen, schnell ins Dunkel verschwinden, dort konnte sie einen Sprint einlegen, bevor er sie wieder ins Visier nahm. Er rief nochmals, als sie die Ecke erreicht hatte, jetzt hatte sie ihn, sie rannte los, wartete, bis er an der Ecke ankam, nach ihr Ausschau hielt und verschwand so in die nächste Gasse, dass er sie sehen musste.

„Arian!", rief er, halb ärgerlich, halb belustigt. Doch sie tat so, als hörte sie ihn nicht, verschwand immer wieder um Ecken, tauchte tiefer in die verwinkelten Gassen der Altstadt ein, eilte über kleine Brücken, unter denen Bäche murmelten, überquerte geschwind schlaftrunkene, vergessene Plätze und lockte ihn immer weiter weg, weg von seiner Mathilda, die längst kopfschüttelnd über so einen vermeintlichen Unfug zurückgeblieben war. Die die kleine Strecke, welche sie mitgelaufen war, alleine zurückspazierte, zum Boulevard mit seinen Nachtschwärmern und schließlich zurück in Etiennes Wohnung, zu der sie einen Schlüssel besaß. Dort wollte Mathilda auf ihn warten, denn der Abend war nicht so weit fortgeschritten, dass sie nicht noch eine Kleinigkeit essen gehen, sie und Etienne, über das vergangene Konzert plaudern und den Abend gemeinsam friedlich ausklingen lassen konnten.

Sie setzte sich auf einen der samtbezogenen Stühle im Konzertzimmer und wartete. Sie würde bis zum Morgengrauen warten, zusammengesunken und schlaftrunken, hochschrecken, wenn er dann käme. Doch jetzt beobachtete sie nur den Zeiger der riesigen alten Standuhr, wie er Minute um Minute vorrückte, unerbittlich und ohne dass sich irgendetwas tat in dieser Stille, hier in der Wohnung. Durch die geschlossenen Fenster hörte sie ab und an das Trappeln von eiligen Schritten der Spätheimkehrer und irgendwann wurde es vollkommen still, nur die Uhr tickte. Und tickte. Mathildas Augen brannten vom immer verzweifelterem Starren auf den Minutenzeiger der Uhr, genauso wie Etiennes Augen zur gleichen Zeit anfingen zu brennen. Vom Rauch und Dunst der schäbigen Taverne, in die er Arian hatte gehen sehen, zumindest glaubte er das. Drinnen mussten sich seine Augen erst an das Dunkel des Gastraumes gewöhnen, bevor er die einzelnen Gäste mustern konnte.

Er ließ sich an der Bar nieder, bestellte ein Wasser und versuchte, zu Atem zu kommen, denn seine Lunge ließ ein ungesundes Rasseln verlauten, verursacht durch den schnellen Lauf. Gierig leerte er das Wasser mit einem Zug, griff in die Manteltasche und holte Zigaretten hervor. Direkt vor seinen Augen sprang eine elegante kleine Flamme aus einem elektrischen Feuerzeug und hinter dem winzigen, züngelnden Feuer sah er in die blasslilafarbenen Augen Violettas.

Sofort fing seine Hand an zu zittern, das Blut jagte durch die Adern und der kalte Schweiß trat ihm auf die Stirn, ihm drohte die Situation zu entgleiten, das wurde ihm bewusst. Unfähig, einen Ton hervorzubringen, zündete er umständlich seine Zigarette an ihrem Feuer an und lehnte sich, Zeit schindend und nach Fassung ringend, zurück. Umwerfend sah sie aus, die schwarzen Haare waren zu einem kurzen Bob geschnitten und sie schien noch dünner, bläulicher und eleganter zu sein als jemals zuvor. Ihr blutroter Mund verzog sich zu einem Lächeln und sie schnippte mit den Fingern zweimal nach dem Barkeeper, Etienne nicht aus dem Augen lassend.

„Wie geht es dir?" Sie rückte unmerklich ein Stück näher an ihn heran.

„Bis jetzt sehr gut", antwortete er wahrheitsgemäß und nahm das Glas, welches der Mann hinter der Theke vor ihm abgestellt hatte.

„Es ist ein sehr guter Whiskey, Etienne, den bekommt man nicht überall, aber ich dachte mir, dass es jetzt wohl die passende Gelegenheit wäre." Sie lächelte breiter und entblößte eine Reihe makelloser weißer Zähne, die eine Spur zu grell im Kontrast zu ihrem Lippenstift leuchteten.

Wie diese Frau aussah, dachte er bei sich, so berückend und doch unecht, wie eine Puppe. Er betrachtete sie genauer, die langen Bögen der Brauen, die etwas zu große, spitze Nase, der breite rote Mund, die weiße Haut an ihrem langen Hals entlang bis hinunter zu ihrem Dekolletee und konnte nichts Ungewöhnliches entdecken, außer diesen Blauton, der immer durch sie hindurch zu schimmern schien, der sie entrückte und abhob von den Normalsterblichen in der Kaschemme. Ein feiner Veilchenduft umwehte ihn, als sie sich zu ihm beugte und flüsterte: „Ich habe es wirklich versucht, Etienne, ich wollte, dass du mir egal bist, ich wollte dich nicht sehen, nicht besuchen, da in deiner Klinik. Ich kann kaputte Menschen nicht ertragen, Menschen, die einmal so geleuchtet haben wie du, und dann die Vorstellung, du kaputt, mit zerborstener Seele in einem weißen Krankenhausbett, das wäre doch nicht schick gewesen, findest du nicht, elend wäre das gewesen, so will man doch nicht gesehen werden." Sie lächelte, ein bisschen zu angestrengt.

Er nahm einen langen Schluck aus dem Glas, bevor es aus ihm herausbrach: „Du bist doch da gewesen, bevor sie mich verlegt haben. Lucie Brömmer war da und du hast mich doch in diese Klinik gebracht, in der ich fast umgekommen wäre." Er schrie so laut, dass sich ein paar Gäste nach ihnen umdrehten.

Violetta schnippte erneut nach dem Barkeeper, schien nicht im Mindesten gerührt. Er verlor die Fassung und schleuderte sein Glas zu Boden, packte sie an den Schultern, schüttelte sie und zischte mit vor Wut unterdrückter Stimme: „Du hast mich da verrotten lassen, ich wäre fast verendet in diesem Gefängnis!" Ihre Nasenspitzen berührten sich beinahe, er konnte ihren Whiskeyatem riechen, sah in ihre, für einen Schreckmoment geweiteten, Augen und ließ sie los, fuhr sich nervös durch die Haare, setzte sich wieder auf den Schemel. Sie wankte kurz, ließ die Schultern kreisen, zündete sich eine Zigarette an und blies den Rauch in Kringeln über die Theke.

„Warum?", stieß er hervor. „Warum?"

Sie lächelte nicht, als sie ihr Glas hob und gegen seines klirren ließ, welches der aufmerksame Mann hinter der Theke vor ihm abgestellt hatte.

„Trink!" Es klang mehr wie ein Befehl als eine Aufforderung. Sie tranken beide, der Whiskey rann harzig schwer seine Kehle hinunter und hinterließ einen torfigen Nachgeschmack. Es wurde ihm leichter, er entspannte sich. Sie orderte die nächste Runde. „Ich kenne noch eine andere Bar, in der bekommen wir einen noch besseren Whiskey." Sie warf ein paar Scheine auf die Mahagonitheke. „Trink!"

Beim Aufstehen stützte er sich kurz seitlich ab, hätte beinahe den Halt verloren, stand dann doch betont gerade und verließ mit etwas steifen Beinen und durchgestrecktem Rücken die Bar. Draußen lief er gegen eine Mauer aus kalter, klarer Nachtluft und schüttelte sich benommen, versuchte die Trunkenheit abzuwehren, aber er konnte den kleinen Ausfallschritt nicht verhindern, der ihn vor einem Sturz bewahrte. Bedrückt sah sie ihm zu, wie er sein Gleichgewicht wiedererlangte, schließlich ruhig stand, nicht sicher, aber regungslos, doch unfähig, ein Bein vor das andere zu setzen, das war beiden bewusst.

„Komm morgen wieder her." Sie nickte ihm kurz zu und verschwand in der nächsten Gasse. Am anderen Tag brummte ihm der Kopf, er konnte sich kaum konzentrieren, nahm Mathildas Ausführungen nicht auf, hörte sie wie ein nicht abebbendes Hintergrundgeräusch reden, doch nahm keinen ihrer Sätze bewusst wahr. Er dachte an die blaue Frau und an ihre Worte, grübelte über sie nach und war gewiss, niemals mehr in die Bar zu gehen, doch je näher der Abend rückte, desto mehr umkreiste ihn das Warum. Warum hatte diese Frau ihm all das angetan, wer war sie? Das galt es herauszufinden. Vielleicht würde er einmal hingehen, um genau darauf eine Antwort zu bekommen, und dann würde er sie loslassen.

Eilig schlüpfte er nach dem Konzert aus dem Frack in seinen grauen Abendanzug und wollte auf schnellstem Weg das Haus verlassen, als es energisch an der Tür klopfte. Falls es Mathilda war, würde er Unwohlsein oder Kopfschmerzen vorschützen. Ungeduldig öffnete er die Tür und sah direkt in

Daniel Ivors bleiches Gesicht, der ihn herrisch beiseite stieß und wie selbstverständlich Etiennes breiten Garderobensessel in Beschlag nahm.

„Ich bin in Eile, habe eine Verabredung. Was kann ich für Sie tun?" Etienne knöpfte sich die Manschetten zu und sah Ivors nervös an.

„Mit wem, wenn ich fragen darf?" Ivors steckte sich genüsslich eine Zigarette an.

„Mit einem Bekannten, Whiskyabend. Lange ausgemacht." Er log leicht und wusste nicht genau, warum, doch irgendetwas störte ihn an Ivors, ließ ihn instinktiv zurückweichen und lügen, obwohl der ihn aus dieser Klinik befreit hatte, obwohl er durch Ivors Mathildas Bekanntschaft gemacht und seine Wohnung wieder erhalten hatte, trotz alledem misstraute er Ivors zutiefst, der sein Leben in die Hand genommen hatte, ohne den er elendiglich verreckt wäre, und log ihn an für die Person, vor der Ivors ihn gerettet hatte. Es gab keine Erklärung dafür, besser gesagt hatte er jetzt nicht die Zeit, darüber nachzudenken, denn Ivors erhob sich langsam aus dem Stuhl, schraubte sich Wirbel um Wirbel nach oben wie eine schmale tödliche Waffe.

„Die Verabredung ist nicht zufällig eine schwarzhaarige Frau, die bläulich schimmert, Etienne, die ist es hoffentlich nicht, denn wenn es diese wäre, dann möchte ich sie treffen, ich will diese Frau treffen und du, Etienne," er trat so dicht vor ihn, dass Etienne in seine kalten, wutfunkelnden Augen blicken musste, „du, Etienne, wirst mich zu ihr führen, wenn sie denn auftaucht, und früher oder später wird sie auftauchen, ob als Arian oder Violetta." Er ließ ein höhnisches Lachen erklingen, bei dem Etienne schauderte. Doch vielmehr grausten ihn die Worte Ivors. Was hatte dieser schwarze, unheimliche Mann da eben von sich gegeben? Arian, sein

202

Arian, und Violetta sollten dieselbe Person sein? „Was haben Sie da gerade behauptet?", flüsterte er. Ivors lümmelte sich erneut in den Sessel, blies langsam den Rauch als weiße Wölkchen in die Luft, genoss die Stille, das entsetzte Innehalten Etiennes, der wie vor dem Kopf gestoßen im Raum stand und sich linkisch auf eine Armlehne stützte, in Begriff war, seine makellose einstudierte Haltung, die unendlichen Posen und die raffinierten, künstlichen Bewegungen zu vergessen, vom Schrecken gepeinigt auf sein wahres Ich zurückgeworfen, so stand er da und Ivors sah zu.

„Sie ist eine Magierin oder zumindest eine von den Weibern, die sich ganz gut mit Kräutern auskennen, eine Formwandlerin, vermute ich. Beweise habe ich nicht, doch ich erkenne das Pack und ich rieche, wenn ich so eine Kreatur vor mir habe. Man erkennt sie übrigens immer an den Augen, denn die wandeln sich nicht. Hast du dich nie gefragt, warum dir Violetta so bekannt vorkommt, warum du ihr so vertraut hast, nach ihrer Zuneigung süchtig warst und willig in den Abgrund gelaufen bist, Etienne, hast du dich das nie gefragt? Sie will dich vernichten und ich nehme an, du weißt, warum, wenn du ihre wahre Gestalt sehen würdest. Denk nach! Erforsche deine Vergangenheit nach einer Frau oder einem Mann, der dich so hasst, dass er oder sie dich vernichten will, denk nach und dann weißt du auch, wer sie ist. Ich persönlich vermute eine Frau. Das würde sehr gut zu dir passen!" Ivors grinste verächtlich und schnippte den Zigarettenstummel mitten in den Raum, wo er auf dem Parkett unbeachtet vor sich hin glühte. „Eine vergessene Geliebte wird es sein, da gibt's sicher viele." Er erhob sich erneut und betrachtete Etienne, als wäre er ein erstaunliches Tier in einem Terrarium.

„Nimm dich in Acht, triff sie nicht allein und bedenke, ich

habe meine Augen überall, ich finde jeden in jedem erbärmlichen Drecksloch, wie du ja weißt. Ich habe sehr viel Mühe auf dich verschwendet und ich will nicht enttäuscht werden, hast du mich verstanden, wenn sie kommt, wenn du sie siehst, gib mir Bescheid, Mathilda weiß immer, wo ich mich aufhalte und wie ich zu erreichen bin." Er gluckste kurz lautlos in sich hinein, hatte sichtliches Vergnügen an seinem eigenen Redefluss und strich sich schließlich zackig militärisch über die Mantelknöpfe, bevor er hinaus stolzierte, die Tür laut ins Schloss fallen ließ, wie ein Schuss. Etienne zuckte zusammen und fiel kopfüber der Länge nach auf den Boden.

Wer? Wer sollte diese Person sein? Er konnte nichts anderes mehr denken, ballte seine Hände auf dem Boden und schlug mit der Stirn heftig gegen die Dielen. Nochmal und nochmal, bis ihm schwarz vor Augen wurde und das Blut warm über die Lider rann. Er hörte, wie Mathilda in den Raum kam, plötzlich viele Leute in seiner Garderobe waren, ein nicht abflauendes Gemurmel, weit weg wie damals in der Klinik, nichts drang zu ihm durch, während er in sich fieberhaft nach der Person suchte, die sowohl Arian als auch Violetta sein sollte.

Sie hoben ihn auf eine Trage, draußen stand der Sanitätswagen, dessen rotierende Lichter ihn dermaßen blendeten, dass er für einen kurzen Moment die Augen schloss, bevor er mit einem Satz von der Trage sprang und wie von allen Teufeln gehetzt über den Boulevard sprintete. Sie riefen ihm hinterher, doch er beachtete sie nicht, denn er hatte eine Verabredung. Eine Verabredung mit einem unbekannten Menschen, von dem er weder wusste, ob er eine Frau oder ein Mann war, eine Person, die ihn offenbar, wenn alles stimmte, was dieser Ivors da vermutete, besser kannte als jeder andere Mensch. Denn wenn er das Maß des Vertrauens bedachte, welches er Arian und auf eine eigentümliche Art auch Violetta geschenkt hatte, so gab es im Moment niemanden auf der Welt, der ihn besser kannte als dieser Mensch, von dem er nichts wusste. Gar nichts. Keine Haarfarbe, keine Vergangenheit.

Er war hereingelegt, auf das Schlimmste benutzt, ja manipuliert worden. Er keuchte, hielt sich die Hände an den Seiten, da, wo es stach, versuchte, zu verschnaufen. Hier in diesen verwinkelten, modrigen Altstadtgassen würden sie ihn nicht mehr finden, da konnten sie lange suchen. Er hatte Arian geliebt und auch Violetta, jeden auf seine Weise, doch Arian hatte ihn zum Spieltisch gebracht, hatte ihn verführt, hatte aus ihm einen Spieler gemacht und Violetta, in ihrer Extravaganz hatte sie in ihm eine unheilbare Sehnsucht eingepflanzt, mitten in sein Herz, die Illusion einer Vertrautheit, die nur ein wenig angefüttert wurde, niemals ausgeführt.

Diese Sehnsucht hatte ihn zu einem Spielball gemacht und sie hatte ihn so lange gehetzt, durch die Lande vor sich hergetrieben, bis er zusammengebrochen war und dann kam die Klinik. Ihn schauderte, als ihm bewusst wurde, wie nah sie ihrem Ziel gewesen war, wie schrecklich nah. Wankend erreichte er die kleine Taverne, die er gestern volltrunken verlassen hatte, vor der er Violetta das letzte Mal gesehen hatte. Mit schwindender Kraft stieß er die klobige Holztür weit auf und stand einen Moment wie ein Geist im Türrahmen, auf den sich erstaunt alle Augenpaare richteten.

„Violetta!", keuchte er und dann lauter: „Violetta!"

„Sie ist nicht hier!" Der Barkeeper von gestern winkte ihn müde herein. „Mach die Tür zu, es wird kalt!" Er griff nach der Whiskyflasche, ließ zwei Eiswürfel in das leere Glas vor sich klacken und goss die braune Flüssigkeit langsam darauf.

Etienne trank schnell. „Wo ist sie?"

Der Mann hinter der Bar entblößte eine Reihe schwarzfauliger Zähne für ein schmieriges Grinsen. „Das weiß keiner. Heute hier, morgen da. Ich bin nicht ihr Kindermädchen!", wisperte er.

Etienne schob einen großen Schein über die Theke. „Geht's etwas genauer? Dieses Hier oder Da?"

Der Mann schenkte sich und Etienne einen neuen Drink ein. „Versuch's beim Tannenkönig, und wenn du sie da nicht findest, dann in der Goldgrube. Als letzte Möglichkeit das Feenauge. Irgendwo in diesem Dreieck findest du sie, wenn sie unterwegs ist, und das ist sie fast immer."

„Was weißt du über sie?" Erneut wanderte ein großer brauner Schein über die Theke, den der Barkeeper mit seinen gichtzerfressenen Fingern hastig ergriff, nicht ohne einen scheelen Seitenblick zu den Trinkern an der Theke, doch keinen interessierte es, was die beiden da tuschelten.

„Nicht viel. Sie kommt seit Monaten und sie hat eine eigenartige Hautfarbe, manchmal scheint sie blau. Sie versucht alles, um das zu verbergen, ist behandschuht und hat immer feinste Kleider an, aber sie ist allein und sie hat keine Angst. Das fällt auf. Eine Frau nachts alleine in einer Kaschemme wie dieser, und diese hier ist nicht die einzige Wirtschaft, die sie aufsucht. Am Anfang glaubte ich, sie habe sich verirrt, eine Dame der feineren Gesellschaft, nachts allein und trinkt. Ich vermutete sie auf der Suche nach jemandem, ihrem Ehemann vielleicht, oder sie wollte ihren Liebeskummer ertränken. Nichts davon. Sie kam wieder und sie trank. Sie rauchte, trank und trank. Ich habe schon viele Frauen gesehen, aber keine, die so viel trinken kann und gerade hinausgeht. Natürlich braucht sie den Sud wie andere Leute Brot zum Leben und sie hat ein Problem, das sie im Whisky ersäufen will, und weil das nicht funktioniert, zumindest nicht bis über das nächste Erwachen hinaus, kommt sie wieder und wieder. Ich kenne ihr Problem nicht, sie hat nie geredet und nie Gesellschaft gesucht.

Wenn sich einer der Trinker hier mit ihr vertraulich machen wollte, hat sie das Lokal verlassen, ruhig und ohne Hast, ist immer freundlich geblieben, hat gezahlt, dem Wehleidigen, der sie von ihrem Platz vertrieb, weil er sie in ihrer Einsamkeit störte, dem hat sie meist noch einen Drink ausgegeben, hat ihm auf die Schulter geklopft und ist gegangen. Einmal hat jemand was wegen der Bläue gesagt, aber der kam nie wieder. Merkwürdig ist das schon und ich hätte sie auch zu gerne gefragt, aber ich verstehe mein Geschäft und ich erkenne Leute, die man besser nichts fragt. Die Frau hat auf jemanden gewartet, vermute ich, oder auf ihre Zeit gewartet, die wollte hier von niemandem etwas und doch wollte sie nicht alleine daheim trinken.

Wissen Sie, das haben die Trinker gemein, die echten, die brauchen keine Gesellschaft, die wollen nicht reden, mit dem Besoffnen, dem Lallenden, der neben ihnen sitzt und genauso kaputt ist wie sie selber, das wollen sie nicht, aber alleine daheim sind die Dämonen zu groß, das halten sie nicht aus, sie halten sich selber nicht aus und hier, hier können sie die Trinker anschauen, die schon eine Stufe weiter sind, die sich vollkommen aufgegeben haben, und können Hoffnung schöpfen, dass sie soweit ja nun noch nicht sind, dass sie sich schon noch unterscheiden vom gemeinen Trinker auf der Straße, denn alle, die hier drin sitzen, haben immerhin noch Geld für einen guten Tropfen und es ist ihnen auch wert, Geld dafür auszugeben.

Zugegeben ist das hier natürlich nicht die feinste Adresse mit dem feinsten Fusel, aber es ist auch nicht der Spiritus, den die Straßentrinker sich in den Rachen gießen. Es gibt nicht so viele Frauen, die alleine trinken, die Nacht durchtrinken, die so angezogen sind und so eine Hautfarbe haben und sich nicht fürchten. Es gibt nur diese Eine und mehr weiß ich nicht über die Blaue. So nennen die meisten diese Frau." Er wischte mit dem Hemdsärmel geschäftig über die Theke, obwohl sie blitzeblank war. „Wenn sie jetzt nicht hier ist, kommt sie nicht mehr. Versuch's woanders." Abrupt drehte er sich herum und widmete sich einem grauhaarigen Alten am anderen Ende der Theke.

Etienne stolperte aus der Tür, besann sich, straffte seinen Rücken durch und lief die genannten Adressen ab, von Lokal zu Lokal, warf auch einen Blick in die nicht genannten Tavernen, die nur so am Wegesrand lagen und einladend schummrig leuchteten, genügend vertraulich-verschwiegenes Dämmerlicht verbreiteten für einen Trinker, der einsam durch die Nacht torkelt. Er fand sie nirgends, trank aber überall, versuchte, mehr herauszufinden, doch niemand wusste etwas, alle hatten die Frau schon des Öfteren gesehen, sie war bekannt und doch unbekannt. Es gab keinen Namen und keine Adresse.

Er trank sich durch die nächsten Wochen, Nacht für Nacht dieselben Etablissements aufsuchend, immer einer Route folgend, mit jedem Abend hoffend, sie würde da irgendwo an der Theke sitzen und aufsehen mit ihren merkwürdigen Augen, ihn ansehen, lächeln, ihn herwinken und sie würden gemeinsam trinken. Er stellte sich so oft vor, wie er sich freundlich zu ihr setzen, nach einem belanglosen „Wie geht's?" desinteressiert zum Glas greifen würde und dann, nachdem er sie lange gemustert, ihr zugeprostet und sie angezwinkert hätte, würde er langsam einen vernichtendes Satz in das Gesicht seines Gegenübers schmettern, langsam und genussvoll würde es Wort für Wort von seinen bleichen Lippen tropfen, sodass sie sofort wüsste, das Spiel ist aus, es gibt keine Revanche, diesmal nicht, er hatte sie durchschaut und in der Hand.

An den düsteren Tagen, wenn die Nüchternheit metallen über ihn hereinstürzte, der Himmel zu grell schien und der Kopf schmerzte, wenn er sich stinkend den Restalkohol aus dem Rachen putzte, dachte er darüber nach, wer diese Frau sein könnte, wer aus seinem früheren Leben solch einen Ehrgeiz entwickelt hatte, und manchmal gelang ihm der Gedanke an den alten Lehrer in der Jugend, da auf dem Dorf, dessen Schäbigkeit und Banalität ihn grauste, dieser Ort des durch und durch Kleinlichen, in dem die Leute nicht weiter als bis zum nächsten Feldrand sahen, und es ihnen auch reichte, dieser Blick, wo niemanden die Welt interessierte, keiner so hoch hinaus wollte wie er. Doch er wusste, dass der Lehrer tot war, wenige Jahre nach seinem Weggang in die Stadt, in die Musikschule, gestorben.

Ihm fiel die Aufnahmeprüfung ein, die honorigen Juroren, die ihm verzückt beim virtuosen Fingerspiel zusahen, danach in Lobgesänge ausbrachen und dem Jungen dem ihm zustehenden Platz versprachen, fest versprachen, denn keiner der anderen Bewerber war so genial, so begabt wie er, das hatte er gewusst und auch, dass er das Schulgeld nicht aufbringen konnte. Dann brachen die Erinnerungen ab, er wollte nicht an diese Zeit denken, wollte nicht an den Lehrer und dessen kleine Tochter denken, der die Mutter weggestorben war. Beinahe kroch ihm so etwas wie Schuld das Rückenmark hinauf, verwandelte sich in einen miesen Stachel, der nicht übermäßig, aber stetig wehtat. Er verscheuchte den Gedanken bewusst, jeder ist seines Glückes Schmied, niemand konnte etwas für die Blödheit des Lehrers, seine Naivität, und schließlich hatte er mit seinem Geld einem Genie zu wahrer Anerkennung verholfen, ihm den Feinschliff der Musikschule ermöglicht, wenn auch nicht so ganz freiwillig, aber es war sicher in seinem Sinne.

Er wankte weiter durch die Nächte, die rehäugige Geliebte, diese Mathilda, die fand ihn manchmal, nachdem sie stundenlang die dunklen Gassen abgelaufen war, fand ihn volltrunken und verdreckt im Graben liegen, lallend und nach der Blauen rufend. Ekel stieg immer öfter in ihr hoch, wenn sie ihm das vollgesabberte Gesicht wusch, versuchte, ihn so anständig wie möglich durch die Straßen in seine Wohnung zu bugsieren, doch irgendwann stellte sie die Suche ein. Ließ ihn liegen, half ihm nicht mehr, sodass er im grauen Morgenlicht halb nüchtern wie ein Clochard durch die Stadt lief, über den Boulevard, wo die feine Gesellschaft zum Frühstück saß, sich an einen Laternenmast lehnte und zusammensackte. Konzerte konnte er bald keine mehr geben, es wollte ihn auch niemand sehen, kein fesselnder Anblick, so ein Verwahrloster, der nur drittklassig Klavier spielte, weil er volltrunken vor dem Flügel die Noten nicht mehr erkannte. Er bekam kleinere Engagements in den Tavernen, spielte, um zu trinken.

Als er eines Vormittags die verschwollenen Augen aufschlug, sah er Daniel Ivors neben seinem Bett sitzen. Mit bleichem Gesicht und in pechschwarzem Zwirn, sah er ihn herablassend an. Etienne rieb sich die Augen und setzte sich auf, doch der zwielichtige Mensch blieb da sitzen, die behandschuhten Hände auf einen Silberknauf gestützt, wartete darauf, dass Etienne etwas sagte, betrachtete ihn angelegentlich.

„Was wollen Sie hier?" Etienne war trotz seines desolaten Zustandes ehrlich empört. Natürlich gehörte Ivors die

Wohnung, er hatte sie damals, als Etienne im Sanatorium weilte, zurückgekauft, hatte sie eingerichtet, nach Etienne gesucht und ihn in sein altes, vertrautes Heim verfrachtet, hier in diese Wohnung. Vermutlich besaß er einen Zweitschlüssel.

„Sie kommt nicht", stellte Ivors fest. „Du ruinierst dich auch ohne sie, da muss sie nicht kommen. Das machst du gründlich, deinen Ruin betreiben." Er maß Etienne mit kalten Blicken. „Die Wohnung hier wirst du zum nächsten Monat verlassen. Ich benötige sie nicht mehr, werde verkaufen."

Gepeinigt fuhr Etienne hoch, alles nur das nicht. „Warum!", mühte er sich, aber Ivors winkte im Aufstehen ab.

„Nichts Persönliches, das Geschäft, verstehst du, diese Investition lohnt nicht mehr." Die Tür schlug dumpf ins Schloss und Etienne fiel zurück in sein Kissen. Vorbei, das war das Ende, er konnte seinen Koffer packen und gehen, in irgendeine dieser Spelunken gehen und dort für sein drittklassiges Spiel Trinkgeld kassieren und ab und zu auf ein warmes Bett hoffen. Warum hier ausharren? Er wusch sich gründlich, nahm seinen feinsten Anzug aus dem Schrank, setzte sich an den Flügel im Konzertzimmer und spielte ein letztes Mal. Brach mitten im Stück ab und verließ die Wohnung, ohne etwas mitzunehmen, ließ die Tür offen, denn er brauchte hier nichts mehr, nichts bedeutete ihm etwas und er schritt als freier Mann in die Stadt hinaus, mit der Musik im Herzen.

An einer Ecke in der Altstadt blieb er stehen, spürte dem Luftzug nach und sah sie direkt auf sich zukommen. Sie lief frontal auf ihn zu, sah ihm ins Gesicht ohne ein sichtbares Zeichen des Erkennens und bog zentimeternah vor ihm nach links in die Straße. Er roch ihr Parfüm, hätte nur die

Hand ausstrecken müssen, ihren Namen rufen, doch er blieb stehen und sah ihr nach. Wenige Augenblicke später setzte er sich in Bewegung und folgte ihr in das Gewirr der Gassen.

Kapitel Vierzehn
Salome Lichtenberg

Die Greisin schloss die Augen und faltete ihre blauädrigen Hände vor sich im Schoß. Mieke Kalinowski zog ihre dünne Strickjacke fester um sich und versuchte, die plötzlich eingetretene Stille nicht zu unterbrechen, hing mit ihren Augen an dem leicht geöffneten Mund Salome Lichtenbergs. Sie fragte sich, wie diese Geschichte enden würde, wartete, sah prüfend auf die Standuhr. Der Zeiger zeigte zwanzig Minuten nach neun, draußen herrschte Dunkelheit, der Sommer war am Entschwinden und die Nächte wurden länger und kühler. Mieke Kalinowski erhob sich vorsichtig, lief durch den Raum und berührte mit dem Fuß den Schalter der großen alten Stehlampe, die sofort warmes Licht verbreitete.

„Möchten Sie etwas trinken, Frau Lichtenberg?" Zweifelnd sah Mieke die Alte an. Die bewegte sich leicht, ihre Augenlider zuckten kurz, bevor sie diese aufschlug und nickte. Die Hand, mit der sie die Teetasse von Mieke entgegennahm, zitterte.

„Wie geht es weiter, Frau Lichtenberg? Was ist aus dem Pianisten geworden und aus der Blauen?" Mieke setzte sich wieder an ihren Platz gegenüber der Alten. Die lächelte sie unter halb bedeckten Lidern an, bevor sie langsam die Tasse auf den Tisch vor sich abstellte.

„Es gibt dem nichts hinzuzufügen, Mieke, verstehen Sie nicht? Diese beiden, der Pianist und die Blaue, werden durch das Leben gehen, durch die Zeit, die sie haben, werden sie gemeinsam gehen oder sind gemeinsam gegangen. Nicht so wie Sie oder ich Gemeinsamkeit kennen oder verstehen wollen, so nicht, vielleicht gibt es ein anderes Wort dafür, ein Wort, welches auch von Ihrem Juri Besitz ergriffen hat, der ihnen den Berg Münzgeld auf den Tisch geschüttet hat." Salome Lichtenberg hielt kurz inne, dann richtete sie ihren Blick fest auf Mieke. „Gehen Sie, solange Sie noch können, und lassen Sie Ihren Juri. Nehmen Sie die schöne Erinnerung an ihn mit und den Gedanken an eine wundervolle Zukunft wie einen Traum, denn die werden Sie nicht haben zusammen, die Zukunft. Geben Sie ihn frei und konzentrieren Sie sich auf ihr eigenes Leben, lösen Sie sich und vergeben Sie ihm, denn das ist alles, was Ihnen bleibt. Ihr Juri ist schon lange nicht mehr der Mann, in den Sie sich verliebt haben. Seien Sie stark und großherzig, gehen Sie und behalten Sie keinen Groll im Herzen. Sie hatten eine wundervolle Zeit mit Ihrem Juri, die ist nun vorbei. Nehmen Sie das an, wenn Sie eine glückliche Zukunft haben wollen und kämpfen Sie nicht gegen etwas, wogegen Sie machtlos sind."

Zusammengesunken saß Mieke im Sessel der alten Frau. Das war es also, das war das Ende ihres Lebenstraumes mit Juri. Unwirklich fühlte sich das an wie aus einem Film, man sieht sich darinnen und ist gleichzeitig der Regisseur. Sie hob den Kopf, richtete ihre Schultern und den Rücken gerade auf und sah Salome Lichtenberg in die klaren Augen. Ungewöhnlich klare, helle Augen für eine so alte Frau, dachte sie und dann sah sie die Augen der Salome Lichtenberg blau werden, ein ungeahntes, alles überstrahlendes Blau von einer nie gekannten Intensität, welches ihren Körper ergriff und durch ihn hindurch floss.

Danksagung

An dieser Stelle möchte ich mich von Herzen bei Fatima Frijus-Plessen und Ute Krogull für ihre Unterstützung bedanken. Als stets kritische Testleser und Korrektoren sind sie für mich unersetzlich. Harry Alt möchte ich danken für die Zeit und den moralischen Beistand. Alle sind mir eine wichtige Hilfe und geben mir Rückhalt beim Schreiben und Veröffentlichen von Büchern.

Augsburg, Juni 2018
Kerstin Herzog